U0831276

天使望故城

王旭全　著

黄河出版传媒集团
宁夏人民出版社

图书在版编目（CIP）数据

天使望故城 / 王旭全著. — 银川：宁夏人民出版社，2017.9

ISBN 978-7-227-06745-0

Ⅰ.①天… Ⅱ.①王… Ⅲ.①短篇小说—小说集—中国—当代 Ⅳ.①I247.7

中国版本图书馆CIP数据核字（2017）第252036号

天使望故城　　王旭全　著

责任编辑　杨敏媛
责任校对　管世献
封面设计　圣立文化
责任印制　肖　艳

黄河出版传媒集团
宁夏人民出版社　出版发行

出 版 人　王杨宝
地　　址　宁夏银川市北京东路139号出版大厦（750001）
网　　址　http://www.nxpph.com　http://www.yrpubm.com
网上书店　http://shop126547358.taobao.com　http://www.hh-book.com
电子信箱　nxrmcbs@126.com　renminshe@yrpubm.com
邮购电话　0951-5019391　5052104
经　　销　全国新华书店
印刷装订　四川金邦印务有限公司
印刷委托书号（宁）0006662

开本　700 mm × 1000 mm　1/16
印张　17.5　　字数　260千字
版次　2017年11月第1版
印次　2017年11月第1次印刷
书号　ISBN 978-7-227-06745-0
定价　42.00元

版权所有　侵权必究

那里有人的芬芳

卢加强

挤一个安静的夜晚，把《天使望故城》书稿读完，掩卷远望便望见了那“故城”。那“喧嚣与宁静”“纯真与无邪”的“故城”，那空气中飘荡着泥土气息“贫瘠而自然”“简陋而善良”的“故城”。那一张张在屋檐下柳林旁荷塘边乡场上的面孔，那拆散下来平淡无奇组合在一起又恰到好处让人终身难忘的五官，它们原本是夏娃手中的泥团，它们那无机物或有机物的成分里含着泥土的芳香，呵气成人，便有了人的芬芳。这与城市里洒了工业香水的人相比，一个是自然的花朵，一个是塑料花。王旭全这个敏感而细腻、率真而深刻的才女作家，她一定能在工业香水之外闻到人的气息，于是她向往故城，思念故城，伤感故城，祭奠故城。把故城平凡的人和事写得精彩动人，写得荡气回肠。那些我的正在遗忘的邻里乡友，像一幅乡村风情画卷，在我们眼前铺展开来。

《二舅与女学生》里善良与卑微的嫂子，向往自由婚姻的老学究。《粉蒸羊肉》里让我揪心动容的母亲和那些逼死母亲的朴实的“帮凶”。《洗澡》里洗去的病痛和洗不去的忧伤。《父亲的学习班》里犹如一座山的父亲成了我今生的靠山。《车路口逸事》里那只黄毛鸡公的命运，应是有我或父老乡亲的影子。《旁观者》中一个理发店里演独角戏的顾客，理去了三千烦恼丝却理不去从内到外的虚荣。《捕获者》中一群机智勇敢奋不顾身的小孩子追捕那些投机倒把分子，让人感受到“爱国”精神力量在那个年代是如何强大，尽管这群违法分子又是如此可爱可怜。《杨高人》记录着小城名人短暂快乐的人生。

《天使望故城》刻画平凡人物的形象，展示人物的命运，表现人物在特定时代的思想情感和价值追求，细腻而深刻，诗歌的张力，散文化的语言，小说故事情节的推进，增添了文章的感染力。书中大量场面细节的描写，大量人物或拟人化的意识流记录，看似不动声色，却想象奇特，笔墨精到，在冷幽默中影射讽喻，在讽喻中流淌悲悯。读此不得不为王旭全的才情击案叹服。书中故城社会生活场景的真实记录，又像一部中国基层社会乡村史的缩影，让那个时代真实而鲜活地存在着，像一座文字构成的小城风情博物馆。

“归去来兮，田园将芜胡不归？既自以心为形役，奚惆怅而独悲。”社会的日新月异，人流物流资金流信息流浪汹波涌，人异化成为浪潮中的一个水滴，一个数据。王旭全的《天使望故城》带我们回望，带我们回到正在变成新城或废墟的故城，重拾精神家园，我们为何一路奔忙？我们要赶路的远方又是何方？我们能否像故城的人一样活得有生命的芬芳？王旭全，你这个子昂故里美丽而富有才情的来者，我们是否读懂了你回望故城那天使般的目光？

（卢加强：四川省艺术院院长。四川省文艺评论家协会理事。中国美学研究会会员。）

忆故城

我知道有许多男人和女人都深爱着她，包括我的父辈们。爱她的喧嚣与宁静，爱她充满乡土气息的纯真与无邪。

片　段

他们还记得老城墙外面的马车站。清晨，女马车夫赶着马车站在路边吆喝：到金华的，上车了。早已等候在此的人们依序而上。小孩坐中间，大人坐边上，两只脚悬吊着，就这样相互依偎着。当剪短发的女马车夫扬起手中的马鞭，城外的喧闹告一段落。

师傅，给我打半斤牛奶，给，这是七分钱。城内，卖牛奶的师傅骑着一辆破旧的三轮车沿街叫卖，牛奶装在一只铁皮桶里。

银行口的甜食店，搪瓷托盘里的白糖酥卷黄澄澄的，十分诱人。托盘旁边，放有一摞折叠整齐的土黄色的纸。买白糖酥卷的人先拿上一张纸，服务员用夹子把白糖酥卷放到纸上。但往往是买了白糖酥卷的人又想多蘸一点白糖，于是，又将手中的白糖酥卷放到托盘里去蘸白糖。九分钱，一两粮票，比一根油条多了4分钱，自然，吃油条的人要多一些。甜食店的甜品除了白糖酥卷，就是醪糟汤圆，其余都是普通的淡咸食品，实则有些名不副实。

傍晚，孩子们围着一个头发蓬乱、衣衫不净的男人，神情专注地看着一个在火光中摇曳的椭圆形铁筒。不一会儿工夫，男人停下手中的摇柄，将漆黑的椭圆形铁筒放进一个黑色的橡皮口袋里。这时，孩子们四处躲闪，两只手捂住自己的耳朵，急切地等待着那嘭的一声的到来。

星期天，新码头的水边，妇女们脱掉自己的鞋，光着脚，站在石阶上，用手中的木棒敲打着石板上的衣服。

春日，夏末，人们在映月桥上看柳、赏荷，在湖边的林子间听蝉鸣。秋天的花果山虽然没有果实，但枝繁叶茂，成就了树的绰约和山的清幽。

他们还可以历数窑货街、竹器社、花布巷子、半边街的故事，以及故事里的人和事，甚至于这些街上的每一个人的名字和他们的喜好。

当然，他们也不会忘记银行口的繁华，狮子楼的宁静，沿街就市的车路口的旺旺人气，还有公园口的旋子凉粉和凉帽山的幽静，以及三月三金华山上涌动的人潮。

九宫十八庙，寓意着一座有内核有历史文化底蕴的完整的城，由此，为这座城披上一道神秘的面纱。曾经的城，也因为九宫十八庙而辉煌，因为七道城门而有了自己独特的太和故事。但我听得最多的却是南华宫、三元宫、四圣宫、药王庙、水府宫、川祖庙，怎么也拼凑不齐一个完整的九宫十八庙。因为，当我试图去翻阅这些尘封已久的故事时，它们早已面目全非。但，不管怎样，当我的父辈们忆起这些时，却是神采飞扬，如数家珍。

我只记得广场上的露天电影，一到暑假，翻来覆去地讲述着相同的故事，但我们仍然乐此不疲忙不迭地搬凳子、抢座位，并神情专注、如痴如醉地仰望着屏幕，直至满天的星星朝着我们眨眼睛。

冬天，有雾的清晨，涪江河边的王家嘴方向多了一群早起的孩子。趁着浓雾未散之际，孩子们在石头下面寻找一种可食用的昆虫。往往是大一点的男孩子经验丰富，他们一眼就能判断出什么样的石头下面藏的昆虫最多。这种动物叫打屁虫，放完屁之后，用油煎着吃，很香，如同打牙祭一般。

还有，灯光球场的交谊舞会。从公园河的映月桥上横跨几步便可跃过湖心，抵达对岸最早的咖啡屋。还有，大兴街和花布巷子的服装市场，到后来弥漫的牛油香气，再到如今的好吃一条街。因其特殊的地理位置，大兴街和花布巷子从来就不曾寂寞过。

印　象

城市的发展和建设从20世纪90年代初开始绽放，仅十多年的光景，便沉寂了下来。傲娇的顶层，自负的民众，使这座城陷入了困境。如今，独孤求败的地理位置，使城市处在了夹缝之中，顿生诸多尴尬。

所以，她几乎没有风光过，也没有被重视过。

知道她的人不多，但有一个人的名字却是世人皆知的。他就是大唐诗人陈子昂。是的，我与陈子昂同住一个城，同饮一涪水。但我们却相隔了1300多年。某年某月的某一天，我与陈子昂在太和大道相遇了，看到先生凝重的表情，才猛然醒悟：原来先生心中的城是大国情怀，而我心中的城，仅仅是脚下的这一方故土。

然而，生养了我的这座城，我实在无法说出她的特征，只记住了一些美好的片段，于是，我把这些片段一节一节地拼接起来，试图构成一座城的印象，但，绝非完整。

于是，我心生惶惑。

纵然如此，我仍然爱她，爱她的大声吆喝，爱她东家长西家短的闲话，爱她的熟脸熟识，爱她由北到南的短促和三分钟穿城的快感，爱她的贫瘠与自然，也爱她的悠闲与自在。

但，我更爱她的简陋与善良，而不是现在的浮华与躁动，以及不伦不类的审美视角。

2016年夏于重庆

目录 Contents

二舅与女学生

夏肇庸，夏肇庸，我要叫你死在车乡外里。

很小的时候，我就听母亲念叨过这句话。

高外祖母对曾外祖父说：夏肇庸，夏肇庸，我要叫你死在车乡外里。说这话时，高外祖母正在气头上。我的曾外祖父夏肇庸是晚清进士，远离家乡在北方工作。他先斩后奏地娶了一位外省女子为姨太太。为此，高外祖母大为不满。不承想，临别时，高外祖母说的这句气话，真的应验了。曾外祖父死在归去的路途中。用现在的话来说，就是死于车祸。

若干年后，曾外祖母对外祖父说：夏开洞，你是不是也要学你父亲想死在车乡外里。说这话时，曾外祖母的表情很严肃。我的外祖父是一位商人，常常往返于梓城与中坝之间。久而久之，便与中坝场一名叫翠翠的烟花女子好上了。外祖父想把翠翠娶回家来，曾外祖母自然不允，外祖父回家的次数就越来越少。于是，曾外祖母就对外祖父说了那句话。后来，这句话又应验在了我外祖父的身上。我外祖父因吸食鸦片过量，死在了中坝。

“我要叫你死在车乡外里。”我高外祖母在情急之中说出的这句活竟然成了我母亲家族的咒语。

后来的事实证明，似乎总有一个人逃脱不了命运的魔咒。大外婆就从来没有对大舅说过这句话，但我大舅还是死在了车乡外里。

外婆对二舅说，有本事你就像你爷爷和父亲一样死在车乡外里，我才不稀罕你回来。外婆说这句话时，有一种恨铁不成钢的意味。当时的二舅，从省城灰溜溜地逃回梓城。我二舅胆小怕事，意志薄弱，不留恋外面的花花世界，自然就没有死在车乡外里。

一

二舅夏文学生于宣统元年，长于战乱时期。二舅是家里的老大，称呼为二舅是依照整个家族的排行，且男孩与女孩分开来排序。二舅的弟弟夏文炳排行第四，叫四舅，二舅的妹妹夏文慧即我母亲，在女孩子中排行第六，叫六小姐。二舅的童年，家道已开始衰落，但作为长子的二舅还是受到良好的教育。二舅不但念了旧学，还念了几年新学。统共算下来，二舅念了十几年的书，是他们姊妹三人中书念得最多的。二舅就读于国立县中，一直念到中学毕业。

说二舅得先说说大舅，这位死在车乡外里的循规蹈矩之人。

大舅夏文举是二舅的堂兄，比二舅年长了十多岁，也是家族里的长房长兄。二舅的新思想是受大舅的熏陶和影响。大舅虽然远在省城工作，但每回一次梓城，他都要把弟弟妹妹们召集在一起到狮子楼喝茶吃饭，讲讲省城里发生的新鲜事，并带回一些书籍供大家阅读和探讨。大舅说：梓城很偏远，你们待在这里根本不知道外面发生了什么变化，大家可以通过这些书籍和报纸了解一下外面的世界。

大外公一共有六个子女，分别是大舅文举、五舅文良、六舅文松、大姨文静、三姨文轩、四姨文丽。大舅与五个兄弟姊妹是同父异母。大舅的母亲在大舅五岁那年因病去世。大舅十岁时，大外公娶了新夫人，给大舅生下弟妹们。幺外公一共有五个子女，分别是三舅文龙、七舅文君和二姨文锦、五姨文娅、七姨文茹。二外公自然是我外公，那位四十九岁死在一个名叫中坝场的“车乡外里”，让外婆伤心让家族蒙羞的人。

大舅是夏氏家族最后一道耀眼的光芒。这主要是因为他在省城的政府机关供职，比起家族里那位曾在京城做官的曾外祖父来说，官职虽说降格了好几个级别，但总归还是在衙门里做事。作为进士第之后的大舅，背负着书香门第的重荷，能够在政府机关谋职是他一生的追求，也是大外公的理想。没有科举考试制度的公选公招，大舅在梓城念了几年旧学以后，只身到省城求学，就读于四川省中西学堂。期间，适逢保路运动爆发，大舅加入了保路同志会，并参与到声讨清廷的革命洪流中。当时，作为新生的大舅，主要做一些印发传单、深入街巷宣传演讲等工作。有时，大舅还跟着高年级的同学一道编排话剧和舞台剧，到周边的村镇去演出。保路运动虽然被清政府镇压下去，但它却成为辛亥革命的导火线，直接导致辛亥革命的全面爆发。

从中西学堂毕业后，大舅决定留在省城。先是在一家报馆工作，后又辞掉报馆工作，在省政府秘书处谋得一职，至此，过上平静闲适的生活。大舅的事业一帆风顺。在梓城人的眼里，大舅是夏家的骄傲，是延续夏氏家族光荣梦想耸立在云端的一道彩虹。但在大舅的世界观里，自己不过是革命洪流中一颗沉寂的小石子，扔到大江大河里，不但翻不起一丝浪花来，而且立即就会被巨大的洪流淹没。归根结底，大舅只是想随波逐流一番，不愿意被新浪潮卷进深渊，搞得遍体鳞伤甚至是丢了性命。所以，温和善良有着儒雅之气大舅，在穿衣打扮上虽是一副洋派头，骨子里接受的却是传统文化的教诲。于是，大舅不得不屈从于各种压力，欣然地接纳了包办婚姻。

1918年，二十多岁的大舅回到梓城，与一刘姓女子完婚。这门亲事是大舅十二岁那年定下的。夏刘两家是世交。尽管大舅结婚时，夏家的家道已衰落，刘家却如日中天，生意越做越好，但两家人还是笃信命运的安排，诚实守信不反悔，将这门婚事进行到底。刘家人煞费苦心，给女儿购置了丰厚的嫁妆，送亲的队伍绵延了两里长。这天，大舅穿了一身西装去迎亲，也为刘家人撑足了颜面。

听说刘家的女婿在省城做官。

你看，还是一个新派人物哟！

哎呀，人家刘家也是殷实之家，一点不比他夏家差。

刘家女婿可真是一表人才呀，配刘家小姐绰绰有余。

丰厚的嫁妆，长长的送亲队伍，引得围观的人群一阵议论纷纷。

新婚的第三天，大舅便离开了梓城，留下大舅妈淑珍一人独守空房。数月以后，大外婆望着儿媳扁扁的肚子，哀叹道：淑珍，要不，你去省城住一些时日。

大舅妈一副心事重重的样子：妈，文举工作忙，怕是顾不过来，以后再说吧。

大外婆说：这哪里等得起！他一年到头才回来歇几天。趁着你们现在都还年轻，这日子一长，人家会说闲话的。

大舅妈说：妈，我先给文举写封信试试。

大外婆说：那你抓紧写，看他是什么态度。

一个多月后，大舅的回信才姗姗送来。大外婆拿着儿子寄来的信，心急火燎地要淑珍念给她听。其实，大外婆是认得字的，她是想把拆信的权利交由淑珍。因为寄信人是淑珍，但收信人却变成了自己。当大外婆看到信封上写着自己的名字时，便在心里骂开了：亏你还在省城念了新学，不懂得尊重别人的感受，这信封上为什么不写你媳妇的名字，非要写上我的名字呢？人家也是梓城有名望人家的千金小姐，在娘家哪里受过这般冷落。

大舅妈一看信封上的收信人不是自己的名字，迟疑着不肯拆信：妈，文举的信是写给你的，还是你拆吧。

大外婆看着儿媳不悦的表情，爽朗地说：拆，文举是写给咱们一家人的，你可不要介意，这是老规矩。看着婆婆坚定的目光，淑珍轻轻地拆开了丈夫的来信。只见信纸上就寥寥几行：父亲、母亲、淑珍、弟妹们，你们好，近来工作繁忙，回信来迟，切谅！关于淑珍来省城一事，多有不便，日后再作商量。

信中，大舅对大舅妈没有说一句体己话，末了，敷衍了几句闲话，又问了一下姊妹们和七大姑八大姨的近况，便草草收笔。

大外婆从这封草草的回信中读出了几分弦外之音。看着儿媳失望的表情，大外婆也是鞭长莫及：文举吾儿，你这是搞的什么名堂呀！

大舅妈强装着笑脸对大外婆说：妈，看来文举是挺忙的，既然这样我们就不要去打扰他了。嘴上虽这么说，但脸色却是阴沉沉的，成天一副郁郁寡欢的样子，做起事来也是心不在焉的。过了很长一段时间，才缓过气来。大舅妈转念一想，又自己开导自己：文举也挺难的，兴许工作忙，顾不上来，在写给一家人的信中也不好意思单独对自己表达特别的关切。

大外公不多言，成天忙于外面的生意应酬，家务事全由大外婆一人张罗着。儿子文举与媳妇淑珍之间的事，他一般都不过问。出了什么状况，也是听大外婆的唠叨。大外婆又常常避重就轻，没有说大舅回信的内容，而只是说了生孩子的事情，这是大外婆一贯的处世策略。

大外公总是笑笑，说：这生孩子嘛，是两个人的事，文举工作忙，他们还年轻，慢慢来。

大外公曾到过省城，去过大舅的单位，看到儿子忙的都是一些国家大事，自己一个小商人，不太懂得时局的变幻莫测，也不敢妄作建言。当然，大舅要讲，大外公就认真地听着，偶尔也发一两句疑问或感叹，诸如什么叫君主立宪，什么叫三民主义，是三民主义好还是君主立宪好。大舅说，一些人赞成君主立宪一些人主张三民主义，各有各的理由，只有通过实践才能得出结论。而这实践又不是一天两天能见分晓的，得要一定的年限。这毕竟是改朝换代的事情，没那么简单。大外公说：如果要试一下才能判断出个好坏优劣，这不知要折腾到何年何月，还不如不改，维持现状，免得弄得一团糟。

大舅笑了笑，说：不改又不行，旧制度已经不能适应新形势。

大外公说：怎么不适应？我们不是过得好好的。

大舅说：你那是在闭塞落后的小地方，感觉不到有什么变化，在城里就不一样了。不信，你多待一段时间就知道了。

大外公笑了笑，说：算了，我还是喜欢我们梓城。

转眼间，快到春节了，大舅妈满心欢喜地准备着年货，心想，春节到了，文举定会回来的。但左等右等就是不见文举归来。到了腊月三十，仍不见大舅的影子，等回来的却是托人捎回的一堆年货和一封家书。大舅在信里称，节日期间要值班，不能回来看望父母大人，万望父母弟妹们保重身体云云。

当大外婆得知儿子不能回来过年时，当着大外公的面就骂开了：你这不孝的，我养了你二十几年，就用这一堆年货把老娘给打发了，谁稀罕你这些东西。末了，又嘀咕道：新媳妇在家守空房，你也放心得下，你这是安的什么心，想让我们夏家绝后呀！

大外公安慰大外婆道：文举工作忙，这时局又动荡不安的，不回来自然有不回来的理由。

大外婆说：这世人都有老婆孩子父母要照顾要孝敬，衙门里的人也要讲友爱讲亲情的。

大外公说：这自古天下，忠孝都不能两全。

大舅妈性格内向，她不好意思向大外婆诉说自己的难言之隐，把所有的思念和不满的情绪积压在自己的心里。表面上，她还要装出一副若无其事的样子，特别是回娘家时更要装出一副幸福满满欢天喜地的模样给爹娘和姊妹看，但谁都没想到大舅妈一肚子的苦水和委屈从新婚之夜就开始了。大舅妈还记得那个庄严神圣的夜晚，大舅妈羞涩地低着头，只等大舅轻轻地牵起她的手，相拥着走向幸福的彼岸……忐忑之中的大舅妈脑子里全是这样的场景，这是娘家嫂子传授给她的经验之谈。然而，令大舅妈没有想到的是，大舅走进洞房，没有牵她的手，也没有坐下来和她说话，甚至没看她一眼。两人虽然离得如此之近，却又是那么遥远。大舅漠然地对大舅妈说：时候不早了，你该歇息了。说完之后，大舅到隔壁书房待了一宿。那一夜，大舅妈孤枕难眠。

大舅的冷漠令大舅妈始料未及。

第二天早晨醒来时，大舅已经到外面办事去了，傍晚才回到家里。一家人终于在一起吃了一次晚饭。大舅妈坐在大舅的旁边，羞怯地看着大舅，大舅与大外公一边吃着一边闲聊着，丝毫没有在意大舅妈的感受。饭后，大舅又与大外公在书房里待了很久，深夜回到新房，倒头便睡。看着身旁酣然入睡的丈夫，大舅妈辗转反侧，又是一个不眠之夜。第二天亦如此。第三天大舅起得很早，大舅妈以为大舅又出门办事去了，谁知却自个儿回了省城。大舅妈心想，是不是文举遇到了什么急事，或是有重要的公务要处理，来不及向我道别？哪知，这一走就是两年。

大舅走后，大外婆问大舅妈：文举对你还体贴吗？大舅妈只是嗯嗯地点头。大外婆只当大舅妈害羞，不好意思回答，没有放在心上。后来，大外婆发现大舅妈的肚子没有动静，儿子又迟迟不回来，这才起了要大舅妈去省城的念头，但大外婆哪里知道，大舅妈与大舅根本没有圆房，哪来的动静。

一天，婆媳俩坐在堂屋，大外婆又唠叨开了：你还是去省城瞧瞧，带上你弟弟文良一起，文良不是也想去省城看看吗？

大舅妈说：妈，这可使不得。倘若要去，也要先征得文举的同意才妥，这样冒冒失失地闯去，会给他添乱的。

大外婆有些火了：你是他堂堂正正娶进门来的夫人，有啥使不得的？你去住一些时日，把孙子给我带回来！

大舅妈说：妈，爸不是说文举给政府做事，是有许多规矩的，我们都不懂，现在这世道又这么乱，如果这样不声不响地就去了，万一犯了什么禁忌，岂不是难为文举吗？

大舅妈的这一席话，让大外婆一下子噎住了。隔了半晌，大外婆才又叹道：唉，还是我媳妇淑珍知事明理，念了几年书就是不一样，比妈考虑得还要周到。文举，你这是前世修来的福，这么好的媳妇到哪里去找？

又是一年春节，一家人终于盼来了大舅的归期。进得屋来，大舅对母亲弟妹们一番嘘寒问暖，对大舅妈也关照了几句，大舅妈心里一阵暖洋洋的。大舅给每个人都带了礼物，给大舅妈的是一条披肩。

分别两年多，大舅妈和大舅的关系反倒缓和了许多，不像当初那般别扭，有点近似于久别的亲人。大舅不再躲闪大舅妈温柔的目光，而大舅妈看大舅的眼神也不再像刚进门时那般羞怯。大舅妈成熟坚定的目光昭示着，她已是这个家庭的一分子，大舅反倒成了一个客人。晚上，大舅妈偎在大舅的胸前，大舅轻轻地拥着大舅妈，有了一种亲情般的温存。但大舅妈要的是彻头彻尾斗志昂扬的激情，而不是这徒有其表没有实质意义的丝丝柔情。面对大舅妈火辣的目光，大舅一下还不能完全适应大舅妈激情澎湃的身体，尽管这个女人是他明媒正娶的妻子。对大舅来说，身与心不能协调起来，灵与肉就达不到和谐统一。大舅知道自己的身体还有些柔软，要开启大舅妈那扇从未经受风雨浸润的楚门之地，肯定有些吃力。大舅挫败的表现在大舅妈看来，是心不在焉，是在敷衍自己。

终于，大舅妈说出了积压在心中的委屈：文举，我知道你不喜欢我，娶我完全是因为两家有婚约在先。现在，我已经进了你们夏家的门，就是你们夏家的儿媳妇，你总得给我留下一男半女的，好让我在世人面前也撑得起腰来。以后，你爱回来不回来，我也不干涉。说完，大舅妈嘤嘤地哭了起来。

大舅妈哪里知道，男人有多种类型：有快热型的，也有慢热型的。快热型男人的动物本能要多一些，这样的男人多为直性子，甚至有些粗鄙。慢热型男人身上的动物本能要少一些，他们的情绪始发于心灵，油然而生的勃发力量是受命于中枢神经的使然。不是所有的男人一触碰女人的身体，就能在瞬间爆发激情。显然，我大舅就是那种慢热型的男人。

大舅妈的要求一点也不过分，大舅的心软了，搂着嘤嘤啼哭的大舅妈开始积蓄能量。他闭上眼睛，开始调整自己的情绪。他的脑海里立刻浮现出另一个女子的身影。他抛开惯有的逻辑思维，第一次运用移花接木式的蒙太奇手法，将脑海里的那个幻影与大舅妈的身体重叠、交错。大舅当然不知道这叫意淫，但这个方法却很管用。终于，大舅蓄满能量向着大舅妈的身体挺进，一番冲刺下来，大舅一言不发地瘫软在大舅妈的身旁，望着蚊帐上方一对刺绣鸳鸯发呆。大舅写信的时候称呼大舅妈为淑珍，当两个人面对面的时候，大舅称大舅妈为你，从来没有喊过淑珍，这使得两人之间的关系显得有些生分。大舅妈似乎并不在乎这些，她只要大舅奋勇前行一路挥洒过来，使自己开花结果。自从第一次采用蒙太奇手法让两个互不相干的身影交错在一起并获得成功以后，大舅悟出了意境造梦和半梦半醒的人生佳境。大舅知道激越之时只要闭上眼睛，眼前立刻就会浮现出另一番风景，顿时，他的情绪就会不由自主地调动起来。但大舅妈却不知道大舅心中的这个秘密，以为这就是男人的动物本能。因为在整个行事过程中，大舅妈觉得大舅就像一只勇猛的雄性动物，而她自己则像是一只任人宰割的羔羊。虽然大舅一路高歌猛进，但个中的细节却省略了不少。比如男人对女人的温存、女人的矫情以及各种肢体语言的交替运用和相互间默契的熟练程度等。但大舅妈不懂这些，大舅妈只知道女人在男人的面前就应该是一只任由男人宰割的羔羊。大舅的表现令她无比满足，满足于一片干涸荒芜的土地终于迎来了久违的雨露。而最重要的是，这之后，这片肥沃的土地终将迎来丰收的硕果。

但两个人都不曾想到的是，决堤之后，大舅妈的身体变得柔情似水，大舅又像是重新开垦了一片处女地。一旦在这片土地上找到交汇的最佳极点，就一发不可收拾，以至于后来，大舅不再借助于蒙太奇的帮助就可以气贯长虹直冲云霄。接连几天，大舅履行承诺，像一个辛勤耕耘的农夫，早早地与大舅妈上了床，一番播撒和浇灌下来，大舅喘着粗气看着大舅妈的胴体，就如同看见一个膨胀的气体，随时随地都有可能让它鼓胀起来。身体的主观能动力把两个人紧紧地缠绕在一起，仿佛是亲密无间，但当激情散去之后，两个人依然没有什么可说的话。大舅妈似乎并不在乎大舅的寡言，望着大舅娇憨地说：文举，你给我讲讲省城的新鲜事，好让我也见识见识。听说省城有专门供女孩子念书的学堂，那些女孩子都要把头发剪得短短的，还要穿统一的服装，这是为什么呢？我觉得女孩子留长发斯文一些。大舅说：这叫新女性，懂吗？省城有文化的女子都这样。大舅妈接下话茬，又问：那些女孩子是不是跟咱们梓城的女孩子不一样？大舅说：肯定不一样，学了新学的。那新学跟我们在私塾里学的有什么区别？区别大着呢，怎么说呢……唉，说了你也不懂，歇息吧。

有时，大舅会陪着大舅妈小睡一会儿。醒来之后，又开始挑灯夜读。睡意蒙眬之中，大舅妈问：文举，怎么还不睡？大舅说：你先睡吧。

大外婆每天都欢天喜地看着那扇房门轻轻地关上，她在心里默默地祝愿儿子与媳妇能够恩爱永久，也祈福媳妇淑珍能够顺利地怀上夏家的孩子。很快，大舅的假期到了，大舅妈为大舅准备了一些带往省城的家乡风味：香肠、腊肉和一缸腌菜。临别时，大舅对大外婆说：妈，你要保重身体，平常时间让弟妹们多分担一些，还有你，大舅转过头望着大舅妈说：你是大嫂，我又不在家，这个家全靠你来张罗。

大舅妈点了点头，算是应诺了大舅的叮咛。大舅这一去又是五年。当他再度回到梓城时，儿子快四岁了，不但会叫爸爸，还会背诵唐诗。有了儿子，大舅妈与大舅的关系融洽多了。两个人一起逗弄孩子，一起带着孩子走亲访友，拜访族里的长辈们。大舅开口叫淑珍，叫得越来越顺溜，俨然一个温馨的三口之家。

后来才知道离开梓城后的第二年，大舅便在省城娶了二房，这是他五年不回梓城的原因。因为大舅娶二太太的事，是先斩后奏，瞒了许久之后，才写信告诉大外婆的。大外婆知道后捶床大怒：文举要学他二叔。大外婆说这话的意思不是不允许大舅娶二房，而是希望大舅娶家乡的女子。但大外婆终究拗不过大舅，这或许是大舅不愿意面对家人，五年不回家的原因之一。五年之后，回梓城省亲的大舅并没有把二太太带回家来。原以为大舅会拖家带口回梓城省亲，大外婆已私下给大舅妈做过思想工作：淑珍，阵地在你这里，你是正房，她是偏房，一切都得听你的。哪知大舅妈一听，异常开明，她笑着对大外婆说：妈，你不用担心，我知道自己该怎么做。

当大舅依然是一个人回梓城时，大家都不明白这究竟是什么原因：

文举是娶了还是没娶？

我的曾外祖父叫夏肇庸，是同治年间的进士，在京城翰林做编修工作，后遭人陷害降职到山西当县令。当时，梓城老家已有两房太太，他又先斩后奏在外面娶了三太太。因高外祖母不赞成他娶外省的女子做三太太，假期结束与父母告别，临行前，高外祖母还在为他娶三姨太的事生气，于是随口说道：夏肇庸，夏肇庸，我要叫你死在车乡外里。哪知，高外祖母的这一句气话真的应验了，没多久，我的曾外祖父夏肇庸死在了路途中。

如今，大舅又效仿曾外祖父先斩后奏娶了新二嫂，不管大外婆同意不同意，大舅妈高兴不高兴，这事早已是生米煮成熟饭，如今，事情过去了这么多年，所有的怨恨都随着时间的流逝烟消云散，大外婆也默认了这个儿媳妇。既然如此，大舅为什么不把新媳妇带回家来认个门？对此，一家人都很纳闷，最后，还是大外婆开了口：文举，你既然娶了她，她就是我们夏家的人了，为什么不把她带回来认个门？

大舅说：她是新女性，不习惯这样的生活方式，也不喜欢人家叫她二太太。

大外婆一听，火了，反唇相讥道：她明明知道你是有家室的人，那她为什么还要嫁给你？她为什么不去做别人的正房太太，偏偏要做你的小？既然做了人家的小，就应该懂规矩守本分。

哎呀，妈，我不跟你扯这些，你不懂，现在早不是从前了。

大外婆仍然揪住不放：她不喜欢，你就由着她的性子？还没有一个规矩了。

家里人都没有见过这位新媳妇，也不知道她长什么模样，姓甚名谁，所以，大家私下里谈论起来，就称她为新二嫂。这个神秘的新二嫂为什么就不肯露面呢？她跟大舅的关系究竟是怎样的呢？家族里的人都十分好奇。问大舅，大舅只是轻描淡写说一说，要不然就是一笑了之。后来，还是二舅到省城投奔大舅才揭开了新二嫂的神秘面纱，也弄清楚了大舅五年之后才回家省亲以及对大舅妈态度缓和的缘由。

大舅妈倒是一副乐呵呵的样子，新二嫂回来与不回来，她都满不在乎。正如她之前对大舅说过的一句话：你总得给我留下一男半女的，好让我在世人面前也撑得起腰来。以后，你爱回来不回来，我也不管你在外面做啥子。自从有了儿子，大舅妈就像是找到了生活的重心，她在家里的地位也在悄悄发生着变化。帮大外婆分配家务事，帮大外公分担生意上的一些事情，诸如账目之类的一些杂事。自然这些经验是在娘家跟着爹爹学的。诚如大外婆所言，阵地在大舅妈这里。这阵地里头，儿子的功劳不小。自从有了儿子，大舅妈就进入了大少奶奶的角色。因为儿子，大舅开始眷恋梓城，回家省亲的次数也多了起来。大舅对大舅妈不再运用蒙太奇手法，而是奔着一份责任和发自内心的亲情，这两股力量拧成一根绳，厚积薄发再接再厉，后来，大舅妈又为大舅添了一男一女。

二

中学毕业的二舅在梓城老家闲来无事，成天泡在茶馆里，与一帮所谓的读书人空谈理想。见二舅一副无所事事的样子，外婆有些着急，于是找大家伙商量。大外公说：文学的字写得好，文章也写得不错，先让他到省城去见见世面，磨炼一下，兴许就知道生活的艰辛。外婆采纳了大外公的建议，二舅一听说要到省城，更是满心欢喜。经过三天两夜的长途奔波，二舅只身来到省城。

在长发街大舅的家中，二舅见到了这位神秘的新二嫂。

新二嫂一头短发，烫成了波浪形，一圈一圈秩序井然地盘绕在头上，有一种和谐的美感。一件碎花旗袍配上黑色的圆扣皮鞋，很是精神。二舅眼前一亮，终于看见了大舅口中描述的新女性形象，果真气度不凡。比大家闺秀多了一分自信与洒脱，比画报上的时髦女郎又多了几分内秀。于是，二舅把自己对省城的美好印象全都寄托在新二嫂的身上，整个世界也变得鲜亮起来。新二嫂在大舅工作的机关做秘书工作，二舅到机关去玩耍，看到新二嫂忙忙碌碌的样子好不羡慕。

新女性就是要用知识武装头脑，走出家门去工作，自己挣钱养活自己。这是二舅问新二嫂时得到的答案。新二嫂的回答令二舅开了眼界，也让二舅对新女性有了更深层次的理解。梓城没有剪着短发坐在办公室上班的新女性，只有挽着结打扮得整齐利索坐在柜台里收账的老板娘，这样的女性也不多见。而敢抛头露面出来交际的女人只有南华宫唱戏的薛老板。隔三岔五，薛老板在狮子楼有饭局，要不然就是到大富人家去唱堂会，与先生少爷客套一番后，坐下来吃茶、喝酒，遇到不友善的公子哥儿，薛老板还得赔笑，说假话，想方设法把场面应付过去，丝毫不敢得罪对方。一月下来，薛老板难得有几天清闲的日子。有时，薛老板派二当家去抵挡一下，但人家只买她薛老板的账。所以，这四方八面的有来头和没来头的，薛老板都得罪不起，不得不赔上笑脸假模假式地应酬一番。二舅参与过薛家班的红白之事，帮忙写过大字，还教薛老板识文断字。二舅觉得薛老板算半个新女性，但跟新二嫂相比，就逊色了不少。因为薛老板总是要看人眼色行事，有时还有些低三下四的味道。新二嫂就不一样了，新二嫂不给人赔笑脸，工作起来一副严肃认真的样子，即便是对她顶头上司都是如此，有事说事，一本正经的，没有薛老板那些无聊多余的打情骂俏。

新二嫂长得一般，丹凤眼，瓜子脸，若将五官拆分开来，是经不起推敲的，但合在一起又显得妩媚可爱。新二嫂的一举一动在二舅的眼里都是新奇的。二舅觉得静态之中的新二嫂知性优雅，动态之中的新二嫂又有些热辣和轻佻。二舅所说的静态是白天工作中的新二嫂，动态则是晚间的新二嫂，即在交际场上的新二嫂。二舅把白天与晚上的新二嫂加以对照，就觉得有些迷茫了。但不管怎样，新二嫂举手投足之间都有一种别样的味道，一种二舅从未在梓城见到过的女人的万般风情。

晚上下了班，新二嫂挽着大舅的手，两人一起回家。每每看到这个情景，二舅就有些感慨万千。大舅妈的身影在他眼前一闪，立刻就被眼前这幸福欢快的景象覆盖了。二舅以为这才是两个相亲相爱的人儿。男人和女人就是要这样厮守相伴。大舅常常带着新二嫂一道参加饭局和舞会。遇到晚上要外出参加活动，新二嫂总是提前下班，把自己装扮一番：描眉、涂粉、抹口红，圆扣皮鞋换成了白色的高跟皮鞋，朴素的碎花旗袍换成了华丽高贵的丝绸旗袍，俨然一位优雅高贵的阔太太，白天的知性和素雅一扫而光。二舅惊诧于女人的善变。女人一笑都能生出千娇百媚之态，何况新二嫂的手中还有这么多的道具。所以，只要新二嫂提前下班，预示着晚上就有节目。只有一次例外，新二嫂一回到家里就匆匆忙忙地收拾箱子，不一会儿，一辆黑色的轿车停在了外面。新二嫂独自上了这辆黑色的轿车，而大舅并没有一道前往，这令二舅有些纳闷。

有几回，大舅和新二嫂带上二舅。二舅穿上了大舅给他买的西装，有些手足无措。二舅不会跳舞，只好坐在一旁看大舅与新二嫂跳舞。大舅并不邀请新二嫂，而是去邀请别的女士；同样，新二嫂也受到其他男士的邀请。新二嫂与别的男士说说笑笑的，大舅也与别的女士亲热地搂在一起有说有笑的。看着二舅一双迷茫的眼睛，新二嫂过来告诉二舅说：二弟，这场面上的事情，逢场作戏罢了，莫要大惊小怪。

二舅读过一些大舅从省城带回来的报刊书籍，知道这种交谊舞是从西方传过来的。虽然从思想上吸收了这样的新思潮，但真要变为行动时，二舅的迂腐和呆板就显露无遗。

有女士过来请二舅跳舞，二舅羞红着脸说：对不起，对不起，我不会。

看到二舅一脸的窘态，新二嫂赶忙过来解围。她拉起二舅的手走到场子中央，二舅羞红了脸，连连向后退：二嫂，二嫂，我不会跳，你别让我出洋相。

新二嫂说：没关系，二弟，二嫂教你。

二舅连连摇头，说：不行，不行，我笨得很，学不会的。

新二嫂不依不饶，由不得二舅半点托辞。二舅被新二嫂硬拽着，在舞场中央云里雾里地找不着北。新二嫂看着满脸通红的二舅，咯咯咯地笑个不停，还是大舅过来解了围，说：碧云（新二嫂叫谢碧云），你就不要为难他了，带他出来也只是让他见见世面，不一定非得让他学。

间或，新二嫂的行踪又有些神秘，令二舅迷惑不解。二舅忍不住问大舅：哥，这几天，二嫂到哪里去了？

大舅说：她到重庆出差去了。

二舅说：当个秘书还要出差？

大舅轻描淡写地说：这有什么奇怪的，工作需要嘛，现在是非常时期。

看着大舅不以为然的样子，二舅更加迷茫了。大舅与新二嫂感情甚笃，结婚这么多年了，为什么又没有孩子呢？有一天，家里只有兄弟两人，二舅忍不住问了。

哥，你跟二嫂为什么不要一个孩子？

大舅说：不知啥原因，你二嫂老是怀不上。

大舅的家里经常会来一些朝气蓬勃的年轻人，男男女女都有。女的都是清一色的短发，没有一个梳长辫子的。这些女孩子个个都有主见，且满腹的学问。二舅听他们讲苏联的革命斗争，讲国内的形势，讲年轻人应该有理想和抱负，如何争取自由，如何走出家庭投身到革命的洪流中。二舅觉得这些人一天到晚忙忙碌碌的，也挺有意思，说的又都是一些新鲜事儿，且每个人都斗志昂扬的，充满青春的活力。在二舅看来，这是一种全新的生活。在这些人中间，有一个叫罗伦勋的，是这帮青年人的头。罗伦勋听说二舅是高中生，还写得一手漂亮的毛笔字，就叫二舅过去帮忙做一些抄抄写写的事情，当然，也适当给二舅一点报酬。有了这些差事，二舅觉得自己在省城有了用武之地，虽说还不能安身立命，但日子也不再孤单寂寞。

距离大舅机关的不远处，有一所女子学校。闲着无聊时，二舅爱一个人到那里散步。看到里面的女孩子跟新二嫂一样剪着一头短发。所不同的是这些女孩子的短发直直的，她们的衣着也很朴素，是学校统一发的裙装，要么就是一袭阴丹蓝旗袍，脚上全都是清一色的圆扣布鞋。与新二嫂和来大舅家里做客的那些女孩子相比较，这些女孩子显得更加单纯、文静、含蓄、知性，一点不张扬、不造作、也不落伍，给人一种小桥流水般的清新和淡雅，既有时代的朝气，又透着一股浓浓的书卷气，令二舅十分着迷。二舅觉得新二嫂过于新派，让人捉摸不透。二舅不理解大舅为什么会喜欢这样一个神神秘秘的女人。跟罗伦勋同一战壕里的那些女孩子又都风风火火，神经高度紧张，个个都像是女汉子。二舅认为，女人一旦过于火辣，就丧失了如水的温柔。只有这里的女孩子才是人间的精灵。她们集中了女人所有的优点：她们看书的样子，她们走路的姿势，她们的一颦一笑，如春风拂过，令二舅心旌荡漾。二舅在心中暗暗发誓，这辈子一定要娶这样的女学生为妻。但二舅并不知道，他心目中的这些小清新有一天也会像新二嫂和罗伦勋麾下的那些女孩子一样投奔到革命的洪流中去，为自己的人生写下浓墨重彩的一笔。

一个人的性格决定了他此生的命运。生性懦弱、胆小怕事的二舅一心向往山清水秀的小日子，而又不愿意为此付出自己的辛劳。倘若真要为革命的浪漫主义和伟大的爱情勇往直前浴血奋战时又会瞻前顾后裹足不前。恰逢乱世，二舅心中的理想如泡沫一般一次次地被现实浇灭。一次，罗伦勋的印务室被一帮不明身份的人抄了家。当时的二舅正在另一个房间里校稿，听到外面的动静，赶紧躲了起来。那帮人并没有到二舅所在的房间里搜寻，也没有对屋里的人拳打脚踢，只是把油印设备砸烂，把刻好的蜡版毁坏，便扬长而去。二舅自然搞不懂这其中的原因，只是被这噼噼啪啪的阵势吓坏了。回到家里，二舅问大舅：罗伦勋究竟是什么人，为什么有人要砸他的印务室？是不是他印的册子有问题？大舅只是轻描淡写地说了一句：砸了就砸了吧，不要问那么多，知道多了，反而危险。

这之后，二舅有好长一段时间没有看到罗伦勋，罗伦勋也不到大舅家来了。隔了一些时日，二舅再去找罗伦勋时，已是人去楼空。问大舅，大舅说不知道，并嘱咐二舅不要到外面去乱讲。

闲着无聊时，二舅喜欢站在女子中学的铁栅栏外看女孩子们在校园里漫步、相互打闹，间或也有女孩子拿本书在树下阅读。看着这些可爱的女孩子，二舅的心中生出诸多的感慨：生活原本就应该是这样，读书、写字、交谈，干吗非要打打杀杀的。

后来，大舅托人给二舅在书店里找了一份工作。主要是做一些抄录、归类、存列、补录、编制索引等杂事。这家书店除了销售新书以外，还收集了一些古籍线装书，拿回来补缺，有时受人之托，手抄孤本名著。跟书和写字打交道，是二舅最擅长又乐意做的事。二舅十分满意这份工作，觉得自己是这世界上最幸福的人。

二舅每天步行半个多小时去上班。书店在西御街，店面不大，加上老板共五名员工。书店里有一名姓侯的女店员，三十岁左右，中等个子，皮肤白白净净的，长相很普通，鼻梁上架着一副眼镜，爱穿一件碎花布的旗袍。已是两个孩子母亲的侯店员毕业于女子师范学校，结婚生孩子之前在一家镇上教书，生完孩子就再也没有回过学校。侯店员脖长腰细，臀圆，腿粗，上半截身段儿即腰以上的部位像一个含苞欲放的少女，清雅秀丽；腰部以下就是另一番风景。最蛊惑人心的是侯店员有一头齐整顺溜乌黑发亮的短发，像黑色的锦缎一样光滑柔软地披散着。侯店员把头轻轻一甩，或是用手指拨弄一下前额，那细细柔韧的发丝随着轻风立即战栗起来。在光线下，侯店员的黑发又变成了棕黑色，波诡云谲一般，令二舅十分着迷。

侯店员是营业员，时不时要在店内走来走去，顾客翻乱了的书，侯店员要赶紧将它们归至原位。顾客问这问那的，侯店员定要微笑着解释。二舅则在店堂后面的储藏间里抄抄写写。抄累了，二舅也要到店堂里来走走，翻翻新上架的书，顺便与侯店员聊上几句。二舅问：侯小姐，看什么书呀？

侯店员没把二舅打上眼，半天才抬起头来，伸着懒腰打着哈欠，眼睛落定于远处的风景，懒洋洋地回答说：《月光》。

二舅说：我也看了一点儿，没看完。说这叫白话文。我还是喜欢读文言文和宋词。

侯店员说：知道夏先生的学问高，但这是潮流。现在的书都这样写，从前的，不时兴了。

二舅还想发表高论，店里来顾客了，侯店员借故去招呼客人，不再搭理二舅。侯店员觉得来自乡下的二舅又土又迂腐，活像鲁迅笔下的孔乙己。偶尔，二舅穿一回大舅送给他的西装来上班，侯店员觉得穿上西装的二舅更加滑稽可笑，还不如一袭长衫显得自然朴素。

二舅向侯店员讲自己在梓城的生活。见侯店员不知道梓城在哪儿，而且还从来没有听说过这样一个地方，二舅就向侯店员讲梓城的九宫十八庙，讲新码头的故事，讲陈子昂读书台。侯店员是见过世面的，对二舅说的这些一城一池的事情自然不感兴趣。二舅自讨没趣，从架上拿了一本书到后面去看。储藏间与店堂仅一隅之隔，是用货柜隔出来的，中间留有一个通道。看书看累了，二舅就喜欢躲在里间看侯店员一头顺溜的短发。二舅观察侯店员，总爱偷偷地在不经意间将目光投射到侯店员的背影上，轻轻一瞥，便将目光收回，一阵涟漪之后，又掀起波澜。侯店员虽然腿粗臀大，但腰部以上的面积一点不宽厚，从后背、从侧面描摹，倒有几分韵致。尤其是侯店员在旗袍外面套上一件小西装或者毛衣，看上去就更加耐人寻味了。当然，在二舅的眼里这些道具都是一些附加值，最吸引二舅的是一头乌黑的短发，这是激发二舅欲望向上攀升的首要条件。二舅在心里为侯店员打分，参照的对象有新二嫂、女子中学的学生、罗伦勋手下的女汉子。二舅认为，作为新女性的侯店员，生活状态也不错，独立、自由、从容、知性。

本来，看就看吧，就算是被侯店员发现或者逮个正着，也没有什么大不了的，毕竟只是看看而已；况且二舅看侯店员，不带任何色彩，满是欣赏的目光，最多定性为花痴。但偏偏奇迹就发生了，仿佛精神错乱一般，灵魂在瞬间出了窍。

二舅的想象力并不丰富，但独独在这件事情上却能浮想联翩，甚至到了出神入化的境地。想象犹如梦境，它把人的视线界定在一个理想的范围，任由思想展翅飞翔，身体则纹丝不动。与想象不同的是梦游，梦游是要随着思想的律动前行。想象趋于理性，梦游则是心会跟着感觉走。二舅的想象在一个阴雨绵绵的下午，演变成了一场彻头彻尾的梦游。就像一个精神错乱的妄想狂，二舅贫乏的想象力带着他一起勇敢地穿越现实，并落地成俗。

这天，二舅忙完手里的活儿，已是下午四点多。闲下来的二舅又开始饶有兴致地观察侯店员。店里没有顾客，侯店员就坐在柜台前看书。由于是阴雨天，店内光线不足，侯店员开了一盏灯。在灯光的掩映下，侯店员的身影明暗适度凹凸有致楚楚动人，尤其是一头乌黑亮丽的秀发随着光晕的变幻变得五彩斑斓。二舅觉得阅读中的侯店员知性聪慧更加富有女人的魅力，这是二舅不曾料到的。看着看着，二舅的眼前就浮现出女子中学女学生的齐耳短发、新二嫂一头波浪式的短发、罗伦勋麾下女汉子的短发、侯店员的齐肩短发……这些身影重叠交织在一起，像一片片飘浮的云彩，在二舅的眼前晃动着：女学生齐耳的短发和稚嫩的脸庞伴随着一阵清脆的阅读声淹没在一片树林里、新二嫂的波浪式短发随着一阵咯咯咯的笑声消失在黑夜里、罗伦勋麾下女汉子的短发被一阵噼噼啪啪的撞击声和一股巨大的洪流吞没……到最后，只有侯店员乌黑齐肩的短发定格在二舅的视线里。突然，二舅觉得这最后的云彩终将被现实的潮流所湮没，顿时，惊恐万状。一个声音在告诫二舅，必须勇敢地走上前去抓住这片云彩，那是最后的希望。二舅轻轻地走了过去，在侯店员的身后停了下来。他抬起手，试图从侯店员的头顶轻轻地向下滑行，但二舅的手刚一触到侯店员头顶的发丝还没来得及向下滑行，就被一声尖叫给电醒了，紧接着，回到现实中的二舅呆若木鸡，傻愣地站在那里看着一脸愤怒的侯店员发疯似的叫喊：

你在干吗……你有病呀……你这个流氓。

二舅自觉做错了事，羞愧难当，无颜再面对大舅和新二嫂，书店的工作自然去不成了，也不愿留在省城了。

看着二舅成天闷闷不乐摇头叹气的样子，大舅以为，二舅是到了娶妻的年龄，应该回梓城好好寻一门亲事，成家立业，兴许就懂事开窍了。二舅吵着要回梓城，大舅便依了他。

三

梓城由北向南只有一条街，东西横跨不足二百米，并由七道城门把守着。梓城位于涪江中游，它的兴旺与繁荣得益于涪江水系。晚清至民国，随着水上交通枢纽地位的确立，新码头成为水上货运的商品集散地。车路口一带也日渐兴旺起来。老城区开始向东扩建。每天，停靠在新码头的货船有三四百只，有从三台、绵阳顺流而来的，也有自遂宁、潼南、铜梁逆水而上的。货船依据货号种类停泊有序，并按货物分为十大帮，即米帮、纸帮、水果生姜帮、揽载帮、杂货帮、盐帮、油帮、炭帮、锅碗帮、原木帮。从水府宫沙湾起依次而下，保证了物品进出装卸有条不紊。夏家的“协和昌”位于正中街，商号的面积不大，但通前置后，算起来也不小。协和昌经营纸品，以批发为主，总共有十多个品种，主要是草纸和各种文具用纸，也叫作白纸铺。所谓的白纸铺顾名思义就是没有颜色的纸。红纸铺则是剪纸、雕花、请帖等喜事用纸。总的来说，白纸的用途更为广泛一些。比如草纸的需求量是最大的，它可以用来祭奠故去的亲人，吃水烟的人也用它来搓火捻子。文具用纸有画画写字的宣纸、信笺、公文用纸等等。协和昌的纸品是从铜梁的安居镇过来的，主要批发给上游的三台、绵阳江油以及周边的场镇。

从省城返回梓城需要三到四天的时间。二舅一路车马劳顿，终于，在一个阴雨绵绵的傍晚，回到了阔别一年多的家乡。看到熟悉的街巷，二舅沮丧落魄的心情才慢慢恢复过来。不几日，二舅便从省城的失意中走了出来。闲暇时，二舅又开始与一帮茶友在狮子楼海阔天空地神吹。二舅口若悬河，滔滔不绝，讲他在省城的所见所闻。省城的女子剪着短发穿着旗袍风风火火地穿梭于男人的世界里，与男人一道并肩作战。省城的女学生们则个个唇红齿白。她们优雅地看书、散步，有时对着天上的星星发呆……二舅讲述这些时，故意省略了自己落荒而逃的窘相。外婆知道后，对二舅就是一阵数落：你一天到晚东游西荡的，不到店里去帮忙，到处去显摆啥子？到省城见了世面又能怎样，能当饭吃吗？日子要一天一天地过，事情要一件一件地去做，跟你说了多少回，进士第之后，要学会含蓄一点，你瞎吹什么呢？原来指望你在省城谋个差事，像你大哥一样有出息，看来指望不上了。现在回来了，也罢，但你总得干一点正经事。你看，你也不小了，应该懂事了，要不然，将来怎么成家立业？

外婆数落人从来都是有理有节的，从不带脏字，一直要说得你无地自容满面羞愧，让你无法辩解。二舅自然知道外婆的脾气，不敢作答，低着头斯文地吃饭。四舅倒是三下两下地吃完饭放下碗筷，对外婆说：妈，我还要到新码头去看一下货船到了没有，我就先走了。如果到了，还要喊人把货物搬到店里来。说完，便起身离开了饭厅，

外婆说：老四，你等等 ，让你二哥跟你一块去，也让他学学生意上的事。

四舅说：算了，“二先人”还是回屋去研究他的新思想，别到码头上来给我添乱了。

“二先人”是四舅对二舅的戏谑。二舅的弟弟四舅叫夏文炳，只读了几年旧学，十四岁就跟着幺叔即我幺外公出去跑生意。我外公去世得早，家里的生意全由幺外公帮忙打理着。二舅成年了，本应该由长兄的他担当起家庭的重任，但幺外公发现，二舅读书读呆了，根本不是做生意的料。后来，幺外公发现四舅文炳聪明，会精打细算，又能吃苦，是块做生意的料，于是，十四岁的四舅就跟着幺外公一道跑中坝，上成都，下铜梁，挑起了养家糊口的重任。相比弟弟和妹妹六小姐，二舅是姊妹三人中书念得最多的，但二舅却少了一根筋，任何事情都喜欢认死理。

四

二舅就读的国立梓中没有女学生，全是清一色的男生。在梓城这样封闭的小地方，女孩子能念几年私塾就相当不错了。二舅的妹妹六小姐从七岁时开始念私塾，念到二舅从省城归来时，已经是第三个年头了。私塾班里的女孩子年龄大小不一。十几个女孩子由一个老先生教授。二舅在心里把妹妹班上的女生都进行了一番梳理，

所有的女孩子都不能养二舅的眼。在二舅看来，这些女孩子无法跟新二嫂比肩洋气，也不能跟成都女子中学里的女孩子比照灵秀，更不能秒杀侯店员的成熟气质，且梓城的女学生都是长辫子，穿得土气不说，还忸怩害羞，见了生人和异性总是躲躲闪闪的。只有一名叫梅的女孩子，长着一双水汪汪的大眼睛，好奇地看着二舅，不躲不闪。梅比六小姐和杨二小姐要大一些，三个女孩子非常要好，杨二小姐和梅经常来找六小姐玩。

夏二哥，你在省城见过西洋医生吗？吃过西洋医生开的药吗？有一天，梅向二舅问了这样一个问题。

二舅有些好奇：你怎么会对西洋医生感兴趣？

我是听俊泽哥说的。俊泽哥说，现在西医很先进，他想去省城看看，学习学习，却被周伯父一口回绝了。梅的一双眼睛忽闪忽闪的，稚气地看着二舅。

二舅被这双眼睛给迷住了，没想到在梓城还有这么一双漂亮的眼睛，而且距离自己这般近，居然被自己给忽略了。于是，他装出一副老成的样子，若有所思地说：我倒没有找过洋医生，但是，我陪我新二嫂去过。

真的吗？

二舅点了点头。

说洋医生看病不把脉，那他们用什么看病呀？梅好奇地问二舅。

我听新二嫂说，洋医生的两只耳朵里插了两根胶管子，胶管子连接着一个小圆铁柄。洋医生把这个小圆铁柄放到病人的胸口上，说是那玩意叫听诊器，专门用它来诊断病人的病情。

把它放到病人的胸口上，也不看病人的口舌，病就给诊断出来了？咿呀，真是怪事哟！梅摇了摇头，有些不解的样子。

是呀，反正我也说不清楚，人家就是这样看病的嘛。那个叫听诊器的玩意还真是厉害。二嫂说放到她胸口上一听，立马就得出结论说我新二嫂患的是急性肺炎。后来，洋医生开了几粒白色的药片片，新二嫂吃了，没几天，果然病就好了。

真有这么神奇呀！

二舅点了点头，说：是呀！

怪不得俊泽哥想到省城去看看！梅叹息道。

梅纤瘦的身体和充满灵气的大眼睛在二舅的心中荡起了涟漪。二舅将梅与省城女子中学的女学生进行复制，剪辑，并重新粘贴，一番比照下来，二舅觉得梅的温柔灵秀聪慧已经足够了，主要是缺少一种气场。气场一是世面二是穿戴三是头发。头发和穿戴这样的硬件是可以马上改变的，而内在的气场是要慢慢修炼的，但重要的是梅的根基好。

如果把梅的头发剪成短发，会是什么样子呢？二舅在心里捉摸着。

二舅开始向三个女孩子灌输他的新思想：你们这些女娃子都应该到省城去见见世面，那里的女学生都是清一色的短发，谁还像你们这样缠绕着个辫子，又土气又难看。

三个女孩诧异地看着二舅。

你们知道什么叫新女性吗？

三个女孩子好奇地瞪大了眼睛，摇了摇头。

新女性主张男女要平等。换句话说，女性也要自力更生。二舅开始描述省城的女孩子是如何穿衣打扮的。说新二嫂的短发烫成了波浪形状，穿丝绒旗袍，脚蹬高跟皮鞋，看上去十分时尚，不过这是结了婚的女士才这样装扮。在省城，像你们这样的女学生都是剪成直直的短发，这就是新女性的标志。

你们想不想做新女性？

三个女孩子你看我，我看你，不知怎么回答。

你们若想做一个新女性的话，首先得把头发剪了。

啊！三个女孩子面面相觑。

看三个女孩犹豫不决的样子，二舅又继续鼓动她们，说：做了新女性，就可以有充分的自由，自己的事情自己做主。三个女孩看着二舅，反驳道：在家由父母做主，结了婚以后由夫家做主，哪有女人做主的份？二舅说：你们这就不懂了吧，省城的女孩子出来做事，都是自己做主，新二嫂就是这样的人。三个女孩子不相信二舅说的这些，迟疑着不肯点头。二舅又说：你们把头发剪短，做梓城的新女性，看哪个还敢怠慢你们。

梅和六小姐有些心动了。杨二小姐不敢贸然行事，摇了摇头说：我回去给我母亲说一下再做决定。二舅说：杨二，你回去以后，千万不要给你母亲说，你这一说不打紧，你母亲还认为我在鼓动你做坏事，反倒是梅和六小姐都做不成了。你不做新女性没关系，梅和六小姐要做。

二舅又继续开导梅和六小姐，终于，两个女孩子心动了，答应去试试。隔天，三个人来到梓城唯一一家剃头铺——月貌剃头铺。月貌剃头铺在来家巷子，沿着一段狭长的石板路一直走到尽头。店面不大，充其量十来个平方米，店里除了温师傅，还有一个学徒娃儿。

温师傅一听两位小姐是要把长发剪成短发，哪里敢接招。

温师傅说：二少爷，两位小姐，就算你借我一百个胆，我也不敢，我老温可不干这种伤风败俗昧良心的缺德事。这街里街坊熟门熟识的，回头啊，这夏老太太要是找上门来，我怎么向她交代？

不管二舅怎么软磨硬泡，温师傅就是不答应。温师傅从来没有给女人剪过头发，女人是不进剃头铺的。

在温师傅这里碰了壁，三个人又来到城门外的巷子口去找挑担子的剃头匠，找了好几个，都不敢接招。二舅一番游说，终于有了成效。一个年轻的剃头匠愿意一试身手。二舅给剃头匠描述了省城女学生的短发样式，用大舅给的钢笔在纸上胡乱勾画一番，剃头匠似乎是明白了，但在动手之前还是提了一个条件：小姐们，如果没剪好，请不要怪我哟，我这一剪刀下去，概不负责。看着二舅期待的目光，梅和六小姐坚定地点了点头。

经过年轻剃头匠一番大胆的捯饬，梅和六小姐还真有几分女学生的模样了。看着剪了短发的梅，二舅的心怦怦直跳。猛然间，二舅突然意识到梅就是他心中一直爱恋着的那个女学生，梅就是他这辈子要娶的心上人。在二舅看来，梅剪短发就是顺从了他的意志，这表明梅喜欢自己。但二舅却误解了梅剪短发的含义。梅剪短发一是受了二舅新思想的鼓动，觉得好玩，二是跟六小姐的闺蜜关系，两个人常常步调一致，不分彼此。梅对二舅并没有男女之情，相反对二舅的弟弟四舅倒有些倾慕。梅早就听自己的父亲说起过夏家的四公子，一见面，就对这位长相英俊的四公子产生了爱慕之情。有时，四公子多问了两句，梅就以为四公子对自己有意思。但梅也不知道，四公子对她只是出于礼节的问候，而梅更不知道，这位四公子的心思并不在女人身上，他成天想的就是店里的生意和一家人的生计。而最重要的是，梅早已有了婚约。

自然，六小姐和梅的新发型引来梓城人的议论，也遭到了大人的处罚。二舅也免不了招来外婆的一顿责骂：

你这个胆大包天的，一点不让我省心，你鼓动老六去剪就不说了，你还鼓动人家梅家小姐去剪，你好大的胆子哟，这街里街坊的，以后，我哪还有脸去见人家梅家人。

五

二舅早过了婚娶的年龄，外婆托人说媒，说了几起，都以失败告终。家境好一点的人家，别人不愿意，家境差一点的人家，外婆又不乐意。二舅的名声在外，稍微有点身份地位的人家，只要打听一下夏家的这位二公子， 就知道是怎么一回事了。后来，经媒人撮合，终于有一乡绅之女愿意嫁给二舅。外婆觉得这户人家的家境不错，虽然在门第上有些悬殊，但想到自家的孩子不争气，也就罢了。外婆与媒人商议着，正准备择日子去提亲，没想到，又发生了短发风波，外婆只好告诉媒人缓一缓。隔了些时日，再提及此事，二舅知道后，死活不愿意。

外婆：说一说你的理由，老二，为什么不愿意？

二舅：我要娶自己喜欢的女子。

外婆：喜欢的女子？你以为你在省城待了一年，就成新派人物了。婚姻大事，哪个不是父母做主？你大哥文举比你有能耐吧，但在婚姻这件事上，他敢擅自做主吗？还不是要听你大伯的安排。

二舅：我不管，我要娶有文化的女学生。

外婆：原来你是嫌弃人家谢家女子没文化，我这就告诉你，人家也念了两年私塾，能识文断字。

二舅很固执：反正我不喜欢，要娶……我就娶自己喜欢的人。

外婆：娶喜欢的人？你喜欢谁？给我说来听听。

二舅：梅家二小姐。

外婆：就是跟老六一起念私塾的梅二小姐？前几日你还鼓动人家剪短了头发。外婆摇了摇头，难怪……

二舅点了点头。

外婆：不过……我听说梅二早就许给周家大公子了。

二舅：他们现在不是还没结婚吗？妈，你让媒人去打听打听！

外婆：去打听人家干啥？有辱我进士第的身份……再说，人家梅二小姐能看上你？

二舅：为什么不呢？反正我非梅家二小姐不娶。

外婆：你还跟我较上劲了。

二舅的想法在外婆看来有些哭笑不得。半晌，外婆才说：唉！你是老大，你不娶亲，你弟弟文炳怎么办？

二舅说：那就先让文炳娶了算了。

六

梅小姐的父亲梅润生是国立梓中的老师，教国文。梅家是梓城数得着的书香门第。照理说，梅剪短发的事梅家人也不应该大惊小怪，但守旧的梅父还是不能认同梅的短发。梅被父亲关在屋里不准出门。六小姐比梅幸运多了，家里的气氛虽然曾一度紧张了一下，但很快便过去了，这得益于六小姐的四哥文柄。

看着妹妹聪慧的大眼睛在一头波光灵动、乌黑飘逸的直发下忽闪忽闪的，四舅也被六小姐的新形象给震撼住了。

四舅对外婆说，人家中坝学堂早就有女学生剪短发了。妈，现在是民国了，六妹这样剪起来也蛮好看的嘛。要不了几年，这发式就会流行起来。外婆最相信四舅说的话。四舅是家里的顶梁柱。经四舅这么一解释，六小姐就什么事也没有了。

自从二舅喜欢上了梅，就常常向六小姐打听梅的情况。短发风波后，六小姐到梅府去看望梅，看到梅的头上戴了一顶毛线帽子，直夸梅的帽子好看。梅转了一个180度的圈，六小姐这才看到梅的帽子下面还有两条粗黑的辫子，好奇地问道：你这辫子是怎么回事呀，哪里来的？

梅说：是俊泽哥从乡下给我买回来的。听说，是从一个头发齐腰的女人身上剪下来的。

六小姐很惊喜的样子，说：你这看上去还跟真的一样！

这本来就是真的嘛！梅得意洋洋地说。

两根辫子与梅的短发衔接在一起，用夹子稳固着，取下帽子以后，梅的头发乱糟糟的，尤其是后脑勺像一堆乱草，有些怪怪的。不过，戴上帽子以后，就规顺齐整了。六小姐没想到周俊泽这般体贴，对此评头论足一番，两个人又打闹了一阵，才安静下来。

梅抬头看着六小姐齐整的短发，有些羡慕：唉，还是你们家民主，你顶着这一头短发还可以到处乱跑，你看我，出门还必须戴上这样一顶帽子。

六小姐顺势说道：那就嫁到我们家来，做我二嫂吧。

梅的脸刷的一下红了。

六小姐又趁热打铁地说：我二哥说，他喜欢你。你做了我二嫂，我们就可以天天在一起了。

这种事情，得大人做主吧！梅羞红了脸。两个人又都沉默了。

你是不是要嫁给周俊泽？六小姐问梅。

梅点了点头。六小姐有些垂头丧气的样子：你喜欢周俊泽吗？

梅想了想，说：我也说不清楚。

六小姐又问：那你喜欢我二哥吗？

梅又摇了摇头：我也说不好。

六小姐有些急了：那你究竟喜欢谁呀！

梅仍然摇了摇头，有些迷茫的样子：我也说不清楚，现在这样不是挺好的，干吗非要喜欢谁呀！

周家世代行医，在梓城开医馆。周家的“福生堂”位于正中街，与夏家的“协和昌”相隔不到50米，是梓城最大的医馆。周俊泽的父亲和两个叔伯都在堂内坐诊，堂内请了五六个伙计，兼做采药、晾晒、切片、磨粉之类的杂事。周俊泽念了几年私塾之后，就开始在“福生堂”跟着父亲和叔伯们学徒。先从打杂和抓药开始，然后才是坐诊开方子。

周家与梅家的关系甚好，梅小姐与周家大公子周俊泽早订下婚约。两家商定，待梅和俊泽到了成婚的年龄，就为他们完婚。虽说是中医世家子弟，周俊泽的思想并不保守。有一年，一个病人得了严重的痢疾，到他们医馆来治疗，一天，两天，仍不见好转，眼看病人快不行了，周俊泽叫了一辆马车赶到距离梓城五十里外的随州去洋人的教堂寻求帮助。牧师给了一颗盘林西尼，病人吃下后，不到两个小时，就慢慢地缓了过来。这件事使周俊泽认识到西医的先进和中医的局限，曾一度萌发了到省城去学西医的念头，却被父亲阻挠了。

梅剪短发的事情，在周俊泽看来，没有什么不妥，但在周家人的眼里，却是犯了大忌。甚至有过激者主张与梅家退婚，认为梅做了伤风败俗的事情，没资格再做周家的儿媳了。俊泽却不以为然，剪一个头发何罪之有？但为了平息大家的不满，周俊泽跑到乡下，寻到一个辫子齐腰的姑娘，央求人家把辫子剪掉一节儿，并承诺高价购买。姑娘不同意，周俊泽就在门口候着不走。后来，周俊泽又向姑娘的母亲求救，说是自家妹妹遭遇不幸，头发掉了，想买一截头发回去做个假发。希望姑娘能够成全另一个姑娘的女儿梦。姑娘的母亲一看俊泽认真诚恳的样子，劝自家闺女道：闺女呀，咱们就当是积德行善做好事，你把头发剪掉一截儿给这后生，你看他呀，怪可怜的样子。回头，你多吃一些瓜果蔬菜，要不了一年半载，你的头发又像现在这样长了。

姑娘心一软，从屋里拿出一把剪刀，她母亲将搭在前胸上的两条辫子，放到姑娘的后背，只听咔嚓几下，就把一对辫子给剪掉了一大截。姑娘落泪了，母亲安慰道：唉，丫头，没事的，头发剪了还要长的。一旁的俊泽满怀歉意地说：小妹妹，不好意思，让你伤心了。你不知道啊，你这一剪，成全了另一个姑娘。

当俊泽拿着这来之不易的头发敲开梅家大门时，梅家上上下下都被俊泽的行为所感动，梅更是热泪盈眶。短发风波后，梅有好长一段时间不去福生堂找俊泽了，但俊泽一有空，就到梅家去小坐一会儿，与梅伯父、梅伯母说说话，顺便也看看自己心爱的梅。

临了，梅伯父总是要礼节性地问候两句：俊泽，你爸妈身体还好，没为梅的事闹得不开心吧？

俊泽说：没事的，过一段时间就好了。梅伯父、梅伯母，你们放心。

本来，两家人你来我往，经常会走动走动。短发风波后，两家的关系好像有些卡壳，但双方都不愿意主动向前迈上一步，好在俊泽在两边跑来跑去，传达双方的一些信息，且都是挑一些好听的、柔软的暖心话儿，双方家长听了，心里头也是美滋滋的。

七

梅与俊泽订婚的确凿消息，六小姐不知道怎么开口跟二哥讲。六小姐倒是私下给自己的母亲讲了事情的整个经过。末了，六小姐又故意提醒了一句：妈，现在，两家人正为梅剪短发的事情僵持着，要不，让赵媒婆去旁敲侧击地打听一下，探一下周梅两家的口风，看他们有没有取消婚约的意向。

外婆看着六小姐，一副惊讶的表情：咦，想不到咱们家老六的鬼主意还挺多的嘛，什么时候学会使这些损人的阴招？

六小姐说：是让现实给逼的，为了我亲爱的二哥将来的幸福生活。

外婆叹息道：这可万万使不得，我的丫头呀，我们是有身份的人家，绝对不能做这种伤天害理乘人之危的事，要么正大光明去提亲，要么等人家解除婚约以后再去提亲。

六小姐噘着嘴，叹了一声：唉哟！看来，我二哥要打一辈子光棍了。

二舅知道后，心中大为不悦。一向单纯天真的二舅行起事来却又是十分固执，只要是自己认定的事就要坚持走到底，不碰壁誓不罢休。二舅回想起新二嫂曾经讲过的是怎样认识大哥文举的，又是怎样与大哥文举开始浪漫的爱情故事的，后来，大哥文举又是怎样向新二嫂求的婚，最后，两个人终于幸福牵手。二舅一下子茅塞顿开，他想到了一个好主意，决定自己亲自去梅家走一趟。

二舅特地穿了大舅在省城给他买的那身西装去了梅家，出于礼节，梅家人接待了他。二舅对梅伯父一阵寒暄过后，单刀直入地切入主题，勇敢地向梅父表达了自己对梅的爱慕之情。

二舅说：梅伯父，我知道梅跟周大公子有婚约在先，但他们现在还没结婚，没有结婚，这说明梅还有自由选择的权利。我跟梅是自由恋爱，希望梅伯父能同意我跟梅的婚事。

二舅的一番大胆表白，令梅伯父猝不及防，但梅伯父毕竟是文化人，他忍住胸中的怒火，反唇相讥道：在省城待了几天的人就是不一样，一下子就变成新派人物了……不过，这新派人物也要遵守老祖宗定下的规矩。你大哥文举比你新派吧，但文举就比你懂规矩。你鼓动梅剪短发的事，我还没有怪罪你，现在，你又上门来给自己提亲，我活了大半辈子还是头一回见识，你算是开了先河。你既然知道梅跟周俊泽已订婚，还跑来胡搅什么？梅伯父的一席话，像刀子一样扎进了二舅的心里。二舅满面通红，自尊心受到猛烈的打击，虽鼓足了勇气但仍然底气不足地辩解道：梅伯父，现在是民国了，主张男女平等，不兴包办婚姻。我跟梅是自由恋爱，你应该支持我们才是。

呵呵！民国又怎么了，我不信这新思想就是教人去拆散别人的婚姻，教人毁约和背信弃义的。

二舅涨红着脸，说：梅伯父，你误会了。

误会？你刚才不是亲口对我说你要娶小女吗？

梅伯父从藤条椅上站了起来，他看着二舅，正颜厉色地说道：你不要跟我讲这些歪理了，这是在梓城，在我梅府，你这些奇怪的想法是行不通的。你们夏家，人人守本分、懂规矩、有礼数，怎么就出了你这样一个异想天开的荒唐之人。梅早已许配给了周家大公子，这已成定局，你不要再来搅扰梅的生活了。送客。说完，梅伯父拂袖而去。

二舅的样子很难堪。梅伯母过来圆场，给二舅续了茶水，宽慰道：你梅伯父就这脾气，别生气。二公子，你条件好，伯母帮你寻好人家的姑娘。

二舅伤心地叹道：谢谢梅伯母。但是，我只喜欢你们家梅二，别的女子，我统统看不上。

梅伯母一点不生气，依然安慰二舅道：可是，梅的婚事是早已订下来的呀。

二舅悲悲戚戚地说：可是……可是，婚约也是可以取消的呀。

梅伯母说：婚约是悔不得的。说好的事情不能变卦。我们是本分人家，是要讲信用的。过不了多久，我们就要给他们操办婚事了。

二舅闷闷不乐地回到家里，他的莽撞行为遭来外婆劈头盖脸一阵责骂：你这千刀万剐的，你把咱们夏家的颜面丢尽了，把老祖宗的德都丧完了，哪有你这样去提亲说媒的，羞死先人哟！你真是要把我气死了。

外公在六小姐两岁多的时候就去世了，家族里大凡小事皆由大外公和幺外公抛头露面。二舅勇闯梅府敢冒大不韪自个儿给自个儿提亲的事情发生后，家族里这两位在梓城有一定威望和社会影响力的男人坐在一起共商良策。他们认为，出了这样的事，作为家长应该有一个回应的态度，应该主动到梅家去登门致歉。梅家是书香门第，并没有将这件事扩散开来，见大外公和幺外公前来拜会，梅伯父的气也消了。梅伯父客客气气将两人迎进客厅，沏上上好的茶，双方寒暄一番，才切入正题。

大外公说：文学这孩子，一点不懂规矩，他父亲过世得早，我们当叔伯的，也没有尽到责任。那天的事情惹梅老师生气了，还望梅老师多担待。

听大外公这么一说，梅伯父反倒有些不好意思了，于是，又为二舅开脱起来：唉，文学是一个单纯的孩子，心地善良，可能是受了什么人的指使，才这般不懂规矩。那天，我也有些言重了，见谅！见谅！边说边抱拳以示歉意。

幺外公说：梅老师批评教育得对，是我们家老二不懂规矩，希望梅老师不要计较，年轻人不懂事，多有得罪！

梅伯父说：哪里！哪里！二位夏公客气了。夏家是知书达理的人家，是进士第之后，见了夏家的老祖宗，我梅润生也要尊敬三分。

大外公说：那都是一些陈年旧事了，不值得炫耀。归根结底，这件事是我们家老二不懂礼数。作为长辈，我们表示深深的歉意，没有教育好自己的娃儿，惭愧！还望梅老师多多包涵！

梅伯父说：请二位放心，这事就搁在我这里了。

大外公说：那就太感谢梅老师了。

梅伯父说：客气了！二位夏公。

临走时，大外公递上一刀宣纸，说：梅老师喜欢写写画画的，这是小店刚到的雅纸，请梅老师试试笔。

梅伯父哪里肯收下，双方推辞了好一阵，梅伯父拗不过大外公的盛情，终于收下了宣纸。至此，这件事就这样画上一个圆满的句号。做错了事，二舅自知理亏，很长一段时间，把自己关在屋里，不是看书，就是发呆。六小姐在门外敲门，二舅终于开了门，六小姐说：二哥，你去梅家为什么不通知我一声，知道你要去，我是第一个站出来阻拦你的人。

二舅直愣愣地看着六小姐，疑惑地问道：为什么？照你这么说来，我夏文学是没有资格娶她梅二？

六小姐说：不是我不支持你，是你做错事了，二哥。这跟资格扯不上关系。

二舅的嘴上依然强硬：全家人都反对我的自由婚姻，连你也在内。原以为你是跟我站在一起，和我一道并肩作战，现在，你居然也站出来反对我。我想不通的是我追求自己的幸福，有什么过错？

没错，但你的做法不对。

你给我说说，什么样的方式才算是正确的？我给妈说了，让她遣媒人去梅家提亲，她说不行。那我……只好自己去了。

二哥，人家梅有婚约在先，况且梅并不喜欢你，她喜欢的人是周俊泽。

我不信，你骗我，她不喜欢我，她怎么还听从我的建议，把头发剪了？

那是好奇，觉着新鲜觉着好玩。你明白吗？

二舅固执地摇了摇头，说：我不信。

二舅虽然吸收了新思想，向往美好的爱情，但骨子里却仍然是一个传统守旧的人。他喜欢穿长衫，并在长衫外面套上马甲，戴一副黑框眼镜。大舅送给他的西装，二舅很少穿。平日与人交谈时，也喜欢之乎者也的，完全是一副旧文人的做派。

为了让二舅死心，同意娶乡绅之女，六小姐向闺蜜梅求救道：我二哥成天浑浑噩噩的，找不着北，这样下去，会毁了他的。你能不能和俊泽哥一起当面跟我二哥说清楚，也好让他死了这条心。

梅说：我去问问俊泽哥。

梅到“福生堂”找到俊泽，六小姐在门外候着，不一会儿，俊泽出来了，笑眯眯地看着六小姐说，还不进来歇会儿!

不了，俊泽哥。

俊泽知道六小姐的来意后，反倒有些不好意思了，他满怀歉意地说：咱们几个要不到狮子楼茶馆去坐坐，好久没聚在一起了，我做东……也让二哥给我们长长见识，讲讲省城里的新鲜事。

六小姐知道这是俊泽的客套话，连忙说：不了，俊泽哥，就到城墙外面的小树林，你跟梅在那里等一下，我去把我二哥叫出来。

俊泽说：这样妥吗？文慧。这样直截了当地、生生地，怪不好意思!

六小姐说：俊泽哥，长痛不如短痛，反倒是不留任何余地痛痛快快的好，你们俩等着我。

六小姐撒了一个谎，把二舅骗至小树林。二舅见到了分别数月的梅，还有身旁的周俊泽，脸上的表情僵住了。梅和俊泽两个人亲密地紧挨着朝二舅走了过来，二舅的心一下子掉进了冰窟。

梅看着二舅忧郁的神情，不知怎么开口，倒是俊泽先开口了：二哥，好些日子不见你了，近来可好？

二舅木愣愣地冲俊泽点了点头，说：周伯父、周伯母身体一向可好？

俊泽微笑着说：好着呢。二哥，有时间，我们两兄弟一起喝茶吃酒，弟要向你讨教讨教省城见闻，我还没去过省城，好想抽空去一次。

二舅朝着笑眯眯的俊泽和梅，蒙蒙地点了点头，说：好，抽时间一起吃茶。

年后，我跟梅就要完婚了，到时，二哥一定要来参加我们的婚礼。

二舅心灰意冷地说：好啊，好啊！我祝福你们！

六小姐与梅和俊泽道了别，拉起二舅往回走。一路上，二舅板着脸不说话，六小姐打破沉默：二哥，你可不要怪我，我今天是让你来了断的，断了你对梅的念想，把乡绅之女娶回来做我二嫂。

半天，二舅才作答：我没有怪你的意思，了结就了结吧。这件事也应该有一个了结，但那乡绅之女我是断然不会娶的。

八

虽然梅已经向二舅表明了自己并不喜欢他，而且也告知自己即将与周俊泽完婚的消息，二舅也向六小姐坦言，说自己已经放下此事，但这件事终究还是使二舅的心灵遭受重创。断了对梅念想的二舅，并没有从幻梦之中苏醒过来，他拒绝娶乡绅之女，并发誓一定要娶女学生为妻，否则这一辈子就不结婚。家族里的长辈们拿他没办法，于是，大家开始为四舅张罗婚姻大事。

车渡口太和巷的沈家小姐成为我外婆的首选。

沈家是做盐业生意的。沈夏两家祖上曾有较深的交往，后来，沈家的业务逐渐向中坝转移，到了我曾外祖父这一辈，两家的交集出现了断层。后来，到了我外公这一辈，两家人又结下连理之亲。幺外公家的五小姐文娅嫁给了沈家大少爷，做了沈家大太太。有了祖辈的交情和五姨妈的幸福婚姻做比照，沈家小姐嫁给夏家四少爷，好像就成了天经地义的事情 。据说，两家人早有此意，于是，这门亲事很快就定了下来，由不得四舅与沈家大小姐是否相互喜欢。

在一个阳光明媚的春日里，十八岁的沈家大小姐进了夏家的门，成了我的四舅妈。

第二年，十九岁的四舅妈生下她的第一个儿子，即我的大表哥。儿子专门请人帮忙照看着，四舅妈落得一身轻松，整日与卢、肖两家的太太小姐们一起打牌。四舅妈近一米七的个子，丹凤眼，身材挺拔，但不凹凸。旗袍穿在她身上显示不出曲线与韵致，像平原上的浅丘，荡起的仅是一阵微波。

四舅成家立业，挑起了家庭的重担，二舅落得一身轻松，过起了优哉游哉的单身生活。二舅从小练就了一手好书法，喜欢写写画画，这十里八乡的，或亲朋好友，或熟人介绍，红白喜事写对联写符纸，少不了有二舅在场。这些看上去风风光光体面的事情，大多数时候是帮忙，偶尔遇到操办喜事的，封一个红包意思意思。但二舅并不是想得人家的红包，而是展示自身的价值。二舅认为，唯有这样的事情才是他这个文化人干的。什么新码头点货、柜台上接待客人、三顾茅庐厚着脸皮地去收账……这些事情跟文化知识搭不上边界，有时，还让他这个文化人斯文扫地。又比如腊月初就开始忙着写新年的春联了，完全可以在店门口支上一个小摊赚一些零花钱，但二舅绝不会这样干。他觉得书法艺术不能以这种商业形式被人糟践。他希望别人把纸买到家里来请他泼墨挥毫，这才能体现出一个人内心的文化需求。二舅把书法看作是高雅艺术，艺术是没有价格的，即便是像写春联写符纸这样的民俗文化。

睡懒觉也是二舅一贯的生活做派，但只要有人请他写字，他的精神一下子就来了，早起不抱怨，准能按时到达。没有应酬的时候，二舅通常是要睡到临近中午，常常是外婆在门外催二舅起床。

外婆一边敲门一边说：文学，快起床吃饭了，吃了午饭，下午到董家店去把账清了。

二舅在屋里答：下午我要去蔡家沟给人写符纸。

外婆听罢，有些不悦了：你一天到晚自己家里的正事不做，反倒去操心别人的事情。

二舅又答：妈，我明天上午去董家店就是，明天一早你叫醒我，保证把事情办利落。

外婆要二舅去店里帮忙，诸如收收账、写写算算之类的，但二舅很不乐意去店里帮忙。迫于无奈时，偶尔也得去应付一下。二舅在店里总是坐不住，一眨眼的工夫就跑了。四舅拿他没办法，只好任由他的性子。但外婆还是要督促他做一些事情，这样可以修正一下二舅在外人眼里的形象，所以，一遇到收账这样的事情，外婆总是要敦促着二舅去完成，二舅也只好依了外婆。

闲着无聊的时候 ，二舅就爱到川主庙茶馆与一帮所谓的文化人一起喝茶、听戏。二舅一出门，准是很晚才归家。

外婆的床头边放有一根拐杖，并不是拿来助她代步的，而是用来训斥人的。通常是二舅蹑手蹑脚地穿过厅堂，外婆的声音倏地一下从里面蹿了出来，令二舅有些措手不及。

文学，你今天又野到哪去了？

二舅不吱声。

外婆轻声慢语地问道：说你拿了若芸的丝袜……这究竟是怎么回事？

二舅站在原地，仍然不吱声。外婆知道，二舅的沉默就是承认自己拿了丝袜。

外婆开始数落起二舅来：你呀，丢尽了进士第的脸，哪有叔伯偷弟媳妇袜子穿的道理，你这个不省心的，说出去羞死人了。一边数落，一边拿起床头的拐杖敲打着床边。

黑暗中，二舅仍不吱声，任凭外婆口诛笔伐，一一道来。末了，外婆说：回你的房间去，好好给我反省一下，去把灶房里的火给灭了。

灶房上的锅里有一碗冒着热气的饭菜，炉灶的柴火还没有完全熄灭，冒着星星点点的火花。外婆教育子女从不骂脏话，只是一五一十地历数罪状、阐明观点、晓以利害，有时会让你无地自容。外婆的个性很要强，从不服输，关爱起人来，也是带着一种命令式的口吻，这或许是外公去世得太早的缘故。尽管二舅不让她省心，但外婆骨子里还是很爱这个长子，所以，灭火只是一种借口，实则是为二舅留的夜饭。

四舅妈的丝袜是四舅托人从省城带回来的。有关二舅偷四舅妈丝袜的事情，自然是四舅妈把状告到了外婆那里，外婆知道后，虽然对二舅一顿训斥，但到了第二天，外婆又心平气和地问二舅：

老二，你为什么要拿沈若芸的袜子穿？你自己不是有袜子穿吗？

幺婶织的那个袜子走着走着老爱往下滑，到最后缩成一团。那个丝袜有弹性，穿在脚上很贴脚，一点儿都不会往下滑落！

外婆说：我不管你这些，你一个大老爷们穿在脚上也不合适吧，这是女人穿的。

二舅涨红着脸不答话。

二舅是一个很爱面子的人，做错了事得由外婆、大外公和幺外公出面对他进行审讯才能问出个子丑寅卯来。二舅的身高不过一米七出头，与四舅妈一般高。二舅个子瘦小，四舅妈的袜子二舅肯定能穿。尼龙袜子是有弹性的，是当时的时髦货，伸缩性极强且紧贴皮肤，随便你怎么运动都不会走形变样，爱虚荣的二舅敢冒大不韪，闹出这样的笑话，肯定是有原因的。

又过了一段日子，等四舅妈的气消了，外婆对四舅妈说：若芸啊！你把老二穿过的那双袜子给他算了！反正他已穿过了，也旧了，回头，你让老四托人再给你买双新的。

好吧，既然妈都发话了，我有什么舍不得的。四舅妈说。

五十多年后，七十多岁的四舅妈在成都给我讲二舅的这段笑话时，说：我哪里是舍不得一双袜子，我是痛恨他偷拿的行为。

我替二舅辩解道：他不偷拿，向你明目张胆地索要，他一个大男人，怎么好意思开口。四舅妈听后，一时语塞。

九

二舅毛遂自荐大闹梅府为自己提亲的事情过去一年之后，梅与周家公子完婚了。大外公收到周家的请柬，参加了婚礼。至此，二舅终日郁郁寡欢，仍然没能从失意的阴影中走出来，二舅依然恪守自己的婚姻论调：非女学生不娶。外婆有些气恼了：看你这个样子，成天东游西荡游手好闲的，哪一个女学生愿意嫁给你？嫁给你吃什么，穿什么呀？何况，我在一天，文炳管你一天，我不在了，哪个还愿意管你？

一旁的四舅听了，接过话茬，说：妈，你可别这样说，文学是我哥，我不管他谁管他呀！

三年之后，六小姐也结婚了。六小姐嫁给了"协和昌"一名管账的伙计，这个媒是六小姐的幺叔做的。

城郊盘龙寺的赵家院子，有一户王姓人家，清初，从绵州迁徙过来的。后来娶了赵姓女子为妻，自此，一家人便安定下来。后来，院子里又陆续来了姓谢的户主、姓周的户主、姓陈的户主，赵家院子从晚清开始，就不再是纯正的赵姓人家了，多家姓混居一起，和睦相处，一派生机勃勃的景象。王家祖上是教私塾的，有着"眼耳不闻窗外事，一心只读圣贤书"的胸襟，追求的是边耕种边阅读的农耕文明生活方式，貌似于陶渊明的"采菊东篱下"，悠然涪江水。王家人在自家的书房里放上几张桌子，带着一帮大小不等的学生吟诗、写字、画画、算珠算；倦怠了，就到田间地里去走一走，好不惬意。有时，干脆把课堂设在涪江边上，伴着清澈的涪水，望着对面的高山，吟诗欢诵。农忙季节，师生又都各自回家耕种。这种半农半工自给自足的生活状态延续了好几辈人。读书，本是为了追求功名利禄。王家人也曾参加过科考，但不知什么原因，只过了生员这一关便偃旗息鼓。到了王怀仁这一辈，农耕文明的生存方式在悄悄地发生着变化。王怀仁从小就跟着父亲画画写写，不仅练得一手好书法，而且在绘画方面颇有些天赋。年轻的时候王怀仁做过一件惊天动地的大事，曾轰动一时，传遍了十里八乡，但后来，那件事对王怀仁影响至深，动摇了王怀仁教书育人的志向，使他产生了弃文从商的想法。

民国初年，时任县长的正房夫人才周正，眉清目秀，但美中不足的是右唇下边有一道难看的疤痕。据说是幼年顽皮时留下的。县长夫人十分爱美，有自恋倾向，喜欢请人为自己画像。为了避开唇边那道难看的疤痕，画家在创作时着实费了一番心思：有画侧影的，有拿块手绢掩着半边脸的，有直接用东西遮住嘴唇下方的……但作品完成之后，夫人皆不满意，觉得画中的各种障眼法都极其做作，一看就是此地无银三百两。为此，夫人成天闷闷不乐。见此情景，县长秘书派人张贴告示，招募全县的画家齐聚一堂为夫人画像，并承诺画好了有重奖。但告示贴出以后，应召者却寥寥。因为坊间早有传闻，说县长夫人的脾气古怪，县长又是炽耳朵一个全听夫人的，弄不好会招来杀身之祸。

王怀仁不怕，想一试身手，于是，果敢应召。耳闻此前几个画家的遭遇，入府画画前，王怀仁做了一番功课，从旁了解了夫人疤痕的准确部位，并为此设计出一套万全的方案。带着这个理想的方案，王怀仁来到考试现场，几个小时的现场写生下来，王怀仁的作品令夫人十分满意。画像上的夫人朱唇红润，面若桃花，半遮半掩的样子好似少女的情怀。只见身着旗袍的夫人竖着兰花指，身体微侧，嘴唇舒展，嫣然一笑，不但遮住了疤痕，而且仪态从容、大方自然。且舒展开来的嘴角褶皱使疤痕不那么明显了，竖着的兰花指，又恰似一道壁垒，加重了微侧的阴影部分。

王怀仁得到了夫人的赏识。乡亲们都以为王家这回要出人头地了，但事实却难料。

县长夫人自然十分欢喜，把画像挂在了家中。恰逢县长的母亲从乡下老家过来看望儿子。老太太看了画像，却不以为然，画像上的儿媳虽然十分标致，但有一股狐媚的骚气，尤其是那翘着的兰花指故作媚态地将两只顾盼生辉的眼睛调动起来，令男人蠢蠢欲动。如此这般神情，一看就不是正经的良家妇女。再说前几个画家都没能如法，独独这个来自乡村的画师能够让她生出这般仪容来，莫非是那乡村画师使了什么魔法?

县长大人经不起母亲的揣测和推敲，就有些疑神疑鬼了。从此，一幅画像搞得一家人不得安宁。

哪有什么魔法，不过是画家凭着直觉和个人的艺术经验描绘客观事物。在创作过程中，要对所描摹的处于动态中的客观对象的本质属性进行捕捉。人是具有主观能动性的，是有思想有情感的，人的视觉是有选择和取舍的，同一个对象在不同画家的眼里会出现不同的视觉感观效应，因而，画出的人物是有很大差异的。王怀仁作画时，要求夫人按照他的设想摆好姿势后，一边作画一边要求夫人放松心情，心里面一定要想美好的事，最好让自己的思绪回到少女时代，回忆自己曾经经历过的最天真最浪漫的事情。

县长并没有向王怀仁兴师问罪。因为适逢乱世，画像画好没多久，县长又被一名从外面来的新县长给挤走了。据说，新县长四通八达，买通了各个关节，得到了这个官职。县长一下课，就没有心思纠结画像的事了。据说，那幅画像后来被县长夫人给烧毁了。

王怀仁算是逃过了一劫。大难虽不临，但王怀仁从此对读书与做官产生了隔阂和排斥。

虽然王怀仁没有被卷入这场无中生有的风波之中，但通过这样一件事情，好歹也给他的人生上了一课。为什么有那么多比自己画得好的画家都没有前去接召，自己却傻乎乎地去了？王怀仁觉得自己太幼稚了，而这幼稚的根由又是因为久居乡村太封闭太落后造成的。如今早已是民国了，这世道在一天天地变，自己也要顺应时代的潮流才是。

王怀仁一共生养了三男一女，大儿子跟着王怀仁一起打理私塾，二儿子学医，成了一名乡村医生。老三是女儿，琴棋书画，知书达理，但并没有因此寻到一户好人家，相反，婚姻惨遭不幸。看来，唯有读书高的理论要重新改写了。王怀仁从画像事件和女儿不幸的婚姻中吸取了教训，认为人必须走出去见世面开眼界才会有所改变，书读到一定程度就可以了，重在社会实践。于是，王怀仁决定让幺儿王成礼弃文从商。

1935年，十三岁的王成礼被父亲王怀仁送到城里有名的“协和昌”当学徒，从此，王成礼告别了贫瘠的山村，成了一名城里人。王怀仁之所以选择“协和昌”，还是跟文化藕断丝连。王怀仁知道“协和昌”老板的祖辈是晚清的进士，在外省做过官。“协和昌”

是靠着文商结合发达起来的，整个夏氏家族都是靠着读书和文化这根血脉发展壮大的。王怀仁的文化情结不舍，是希望自己的儿子将来做一个有文化有气节的儒商。

王怀仁的这一决定，改变了四儿子王成礼的命运。

王成礼没有辜负父亲王怀仁的期望。在“协和昌”，王成礼不但聪明好学，而且勤奋踏实，深得老板的赏识。三年满徒之后，王成礼成为“协和昌”的账房先生。有点近似于今天的主管。如果老板是董事长的话，王成礼就是总经理或职业经理人。因为老板将生意上的诸多事务都交由王成礼掌管。

更令王怀仁没想到的是，七年之后，儿子王成礼竟然娶了老板的侄女——夏六小姐。

于是，阴差阳错，王成礼成为我父亲，夏六小姐成为我母亲。

其实，王成礼在夏六小姐的心中只是一个抽象的符号。“协和昌”里的十多个伙计成天穿着大同小异的青布长衫在店里忙活着。这些伙计在六小姐的眼里是分不出彼与此好与坏的。要不是王成礼升为主管，六小姐说什么也想不起王成礼究竟是哪一个。六小姐虽然在幺叔的店铺里见过这位主管多次，但强烈的自尊心和门第差距使她对这位来自于近郊乡下的王成礼不屑一顾。因为六小姐的心中正在憧憬着自己美好的爱情。六小姐的美好爱情就是闺蜜杨二小姐的哥哥杨大少爷。杨家是开当铺的，六小姐一直在心里暗恋着杨大少爷，连杨二小姐也浑然不觉。但六小姐知道自己想也是白想，因为杨大少爷已经成了婚，但六小姐就是喜欢杨大少爷那一颦一笑举手投足间的翩翩风度。所以，六小姐希望自己将来找一个像杨家大少爷那样的人，而不是“协和昌”的伙计。当六小姐得知这个消息时，心里免不了产生抵触情绪。

外婆开导六小姐，说：哎呀，我的丫头呀，别伤心了，你幺叔看的人准没错的。

六小姐仍然闷闷不乐：妈，人家是舍不得离开你跟二哥，还有咱们这个家。

外婆又安慰道：人长大了总要离开家的，你早已经到了婚嫁的年龄，再不嫁人，就没有人要了。

六小姐说：你们是不是怕我嫁不出去，就硬要把我嫁给这样一个乡下人？

外婆说：我丫头怎么会有这样的心思呀！相信你幺叔的眼力吧。听你幺叔说，王成礼能写会算，待人又宽厚，家境虽然不怎么样，不过也是有教养的本分人家。你准公公好歹也是私塾先生。

妈，可我一点儿也不喜欢这个人。

两个人只要在一起好好地生活，慢慢就习惯了，慢慢就喜欢了。

六小姐把脸转向二舅，幽幽地叹道：我亲爱的二哥，我就要远嫁盘龙寺了，以后再也见不到家里人了。

母亲这才明白女儿的心思。外婆立即申明：唉，原来我丫头是担心将来住到乡下去。文慧，你也太小瞧你母亲了，你幺叔和我早就商量好了，你们住到来家巷子去，那里早就为你们准备好了两间新房。

来家巷子是夏家人在城里置办的另一处房屋，方便经商和打理生意，外婆住在城郊的祖屋。祖屋是清朝同治年间修建的。祖屋里还住着大外公和幺外公一家。祖屋的旁边有大片大片的农田，由大外婆、幺外婆、外婆三个女人带领着十几个伙计侍弄着。男人们都在城里忙生意去了，但土地是不能丢弃的，这些土地连同居住的祖屋都是祖上留下的家业，要一代一代传承下去。

婚后，六小姐在盘龙寺乡下的公婆家住了一个多月，就吵着嚷着要回城里的家，王成礼依了她。从此，两个人在来家巷子安顿下来。后来，四舅和四舅妈也搬到来家巷子居住。搬出祖屋的四舅妈欢欣鼓舞，这样一来，与牌友卢太太、肖太太离得更近了，几个人就能够更好凑在一起玩了。

六小姐与四舅妈沈若芸相差无几，两人还是读私塾的同学，后来，又续了姑嫂之情，相处起来就更加亲密。六小姐结婚的时候，梅来参加婚礼。梅已是两个孩子的母亲。看着有些发福的梅，二舅感慨万千。

做了母亲的梅，倒是没了姑娘时的羞涩，她大大方方地与二舅说着话，并打趣道：二哥，赶紧给我们找个二嫂吧，你要求不要太高了嘛！

二舅傻傻地问：梅，你过得还好吗？

梅笑吟吟地看着二舅说：你说呢，二哥？

二舅红着脸不再说话了。

后来，外婆又托媒人给二舅说过几次亲，但二舅死活不应。在当时的梓城，根本就没有二舅要娶的剪短发的女学生。于是，二舅的婚姻大事就这样被搁浅了。

十

转眼间，到了1951年，40多岁的二舅仍然孤身一人。而这个时候，国家的政治形势发生了根本的变化。大外公、幺外公和四舅的店铺已公私合营了，连远在省城的大舅与家人也失去了联系。外婆寻思着，二舅日后的生活该怎么办？依照这样的形势，国家提倡民主自由人人平等走自力更生的道路，恐怕以后当弟弟的四舅也无暇顾及二舅了。年迈的外婆有些着急了，又忙着托人给二舅说亲，终于，海棠沟的杨家女子被外婆一眼相中。这一次，外婆没有征求二舅的意见，而是先斩后奏。媒人说了，外婆也去看了，婚事就这样悄悄地定了下来。

婚礼的当天，二舅才知道自己要结婚了。

一早起来，二舅便发现一大家人忙忙碌碌的，生火的生火，淘菜的淘菜，连鲁家饭馆的厨官师刘大胖也来了，二舅觉得今天家里的气氛好热闹，定是有什么好事，但又仔细想了想，觉得没什么可喜可贺的。掐指一算，距离母亲的生日还有一段时日，那会是什么喜事？一打听，大伙儿都说不知道，是老太太吩咐这么做的。二舅有些迷茫了，不知道这喜从何来。后来，二舅看到大舅妈她们几个在布置新房，贴喜字，才预感到事情有些不妙。一问外婆，才知道今天是自己要结婚了。于是，二舅的犟脾气又上来了，吵着嚷着要娶女学生，并声称不是女学生他不揭盖头不拜天地也不入洞房。

那边，迎亲的队伍中，新郎不但比二舅高出半个头，还比二舅年轻了许多。幺外公家的老七文君我们称他幺舅，他代替二舅来到海棠沟把二舅妈迎回了夏家院子。那时候，幺舅还是一个意气风发的少年，成天为自己的前途忧心忡忡。二舅结婚的第二年，幺舅报名参了军。十几年后，三十几岁的幺舅才娶妻生子。

临近中午，一行人终于回到了夏家院子。幺舅脱下新郎官服，把它交到了二舅手上。

二哥，我的任务算是完成了，该你这个主角登场了。

杨家女子，我的二舅妈，时年十九岁，没读过一天书，一个大字也不识。大眼睛，皮肤黑里透红，身板结实，一个青春勃发的农家女子。由于生在山区，日子很苦，能够嫁到城郊吃上白米面是山区姑娘追求的人生境界。出嫁前，二舅妈没见过自己的夫婿，也不知道自己未来的命运将会是怎样的，但残酷的现实容不得二舅妈做出更好的选择。一路劳顿，二舅妈终于来到了夏家院子。进得厅堂，久不见夫婿前来成亲拜堂。这时，只听见厅堂里一片闹哄哄的景象。隐隐约约中，又听到外面传来一片吵吵嚷嚷的声音，红盖头下的二舅妈不知道发生了什么事情，只得老实巴交地等着。

面对这突如其来的婚姻和眼前的陌生女人，二舅没有丝毫的心理准备，他死活不肯去厅堂行成亲仪式。一个小时过去了，两个小时过去了，仍不见动静，婚礼就这样僵持着，在场所有的亲朋好友都感到焦虑无助。

突然间，幺外公家的五小姐文娅即我的五姨妈，就是嫁给沈家大公子的沈大太太，也是我四舅妈的嫂子，她手拿一把锋利的大剪刀，径直走进了厅堂。她来到二舅妈的身旁，小声对二舅妈耳语道：二嫂，我是五妹，你不要怕。我们夏家有个规矩，新媳妇进门要先剪头发，后才拜堂。说着，五姨妈将二舅妈头上的红盖头掀至头顶，并嘱咐二舅妈不要惊慌。二舅妈被这突如其来的举动吓蒙了，听了五姨妈的解释，不免有些好奇，但心里又直犯嘀咕，于是，她小声地问道：怎么剪呀？妹子，要剪成什么样子？五姨妈说：二嫂，你不要紧张，妹妹保管给你剪好就是，你放心，妹妹不会让你出丑的。这是我们夏家老祖宗留下来的规矩。二舅妈在心里想，既是人家的规矩，自己又都嫁进门了，就由不得自己了。二舅妈很配合，任凭五姨妈在自己的后脑勺捯饬。五姨妈比二舅妈高出半个头，这使得操刀剪头的五姨妈游刃有余。她将二舅妈的发结松散开来，抓住一绺头发，用手中的大剪刀，咔嚓一下，就像剪布一样干净利落。紧接着又抓住另外一绺……二舅妈的头发又粗又黑又浓密，五姨妈把它们分成五绺才将所有的头发剪完。几乎就是一刹那的事，二舅妈乌黑的长发变成了短发，松散开来的头发虽然长短不一，不成形状，但好歹也变成了一头短发。而此时，五姨妈已经来不及把这些参差不齐的头发修剪齐整，只能留到明天来完成这幅杰作。五姨妈信守诺言，第二天一大早从太和巷赶到夏家院子为二舅妈修剪头发。

剪了短发的二舅妈安静地站在那里，从后背看上去，头发直直地披散至耳垂下面，有点女学生的样子了，只是二舅妈的腰身略显粗壮，不像女学生那般孤清冷影。

五姨妈的这一大胆举动令大家始料未及，看着二舅妈披散着一头参差不齐的短发，大舅妈忍住没有笑出声来，外婆直夸五丫头聪明能干会办事。五姨妈挨个给大家嘱咐了一遍，大家都统一了口径。这时，外婆才走到祠堂边，向生闷气的二舅发话：

文学，时候也不早了，新媳妇在屋里等了大半天，还不赶紧进屋去把堂拜了。

二舅拧着个头：我不去！我要娶女学生。

外婆说：你进去看看 ，不是女学生还能是啥？

大舅妈接下话：二兄弟，你自己进去看看，那堂屋里站着的就是女学生。

二舅疑惑地看着众人，再看妹妹们的表情，五小姐、六小姐、七小姐在一旁冲二舅点了点头：二哥，不信你进去看一看嘛！新媳妇就是剪着短发的女学生。在场所有的人，都对二舅报以微笑，并肯定地点了点头。

是呀！是呀！新娘子是剪着短发的女学生。

二舅有些不敢相信地看着大伙，大家都七嘴八舌地再次申明了新房里等着拜堂的就是二舅想娶的女学生。二舅被众人推搡着进了堂屋，走近一看，发现红盖头下的新媳妇果然是短发，二舅还是有些不敢相信自己的眼睛，又用手轻轻地摸了一下二舅妈那些长短不一的黑发，这才放心地与二舅妈拜了堂。

新婚的第二天，二舅知道了事情的全部经过。但事已至此，木已成舟，现实与理想的差距太大，二舅知道自己最终娶了一个大字不识的乡下姑娘。从此，二舅的情绪一落千丈，成天一副郁郁寡欢怀才不遇的样子。但二舅没有意识到正是这个大字不识的女人挑起了生活的全部重担，为二舅撑起了一个完整的家。

结婚之后的二舅守着祖屋与外婆一起生活。后来，土地改革，二舅一家和外婆留得一份田地，将多余的土地交出来分与别人。居住在祖屋的二舅成为地地道道的农民。没多久，所有的土地又交归于人民公社。同样，大外公一家和幺外公一家的土地也交予人民公社。自此，夏家院子变成了平安公社建设一队。在城里生活的夏家子孙，有大外公家的文静和文轩一家，幺外公家的文龙和文娅一家，以及四舅一家和六小姐一家，其余的人，皆成为平安公社建设大队的社员。

楚河汉界，城市与乡村仅一隅之隔，但社员与居民的待遇却有着天壤之别，这是后来夏家的子孙们都不曾料到的。

中华人民共和国成立后，六小姐的丈夫王成礼因家庭出身好，能写会算，成为工商联合会副主席。1956年，中医联合诊所成立，王成礼又进入中医联合诊所担任会计工作。这一年，周家的医馆关门，周俊泽和他的堂兄弟们一道被接纳到中医联合诊所工作。梅与六小姐两个闺蜜又经常碰在一起了。后来，中医联合诊所更名为梓城中医院。

十一

三年自然灾害刚刚结束，眼看着日子就要好起来，外婆却突然病故。临终前，外婆有许多遗憾：一是不甘心好好的一个大家庭就这样给拆散了。1951年，二舅结婚是整个大家族的最后一次团聚。那一次，只有远在省城的大舅未能参加。自此，夏氏子孙各奔东西，再也没有机会聚在一起。二是四舅妈与四舅分开了，两人的夫妻关系已名存实亡。1954年，四舅妈只身前往省城工作，据说日子也过得相当清苦，还常常遭到盘查。只有六小姐的婚姻稳扎稳打，一步一个脚印，最令外婆满意。外婆说：六丫头嫁给了成分好、忠厚老实、根正苗红的王成礼，一家人的日子过得平平安安的，这才是人生最大的幸福。

大外公、大外婆、幺外公、幺外婆这几位夏氏家族的老人于20世纪50年代中期和60年代初期相继离世，也就是在外婆去世的前后几年。省城的大舅在1949年便与家人失去了联系。知道大舅离世的消息已是“文化大革命”后期，是四舅妈写信告诉大家的。但大舅死亡的具体时间不详，这自然是后话了。在大舅与家人失去联系的第二年，有一天，二舅在报纸上看到了罗伦勋的名字，当时的罗已经是省委的高层领导干部，二舅这才恍然大悟，原来罗伦勋是中共地下党员。当年，正是国共第一次合作时期，大舅与罗伦勋究竟是普通的朋友关系，还是隐秘的工作关系，这对二舅始终是一个谜。

二舅将心中的疑问告诉了弟弟四舅、妹夫王成礼和堂妹夫沈成章，四个男人把事情的来龙去脉从头到尾梳理了一遍，最终还是没有找出答案。大家建议先写信问问新二嫂。王成礼却认为：还是不写为好，新二嫂也未必知道详情，她一个女人家。再说，当下的形势也不允许，弄不好就要出问题，还是缓一缓再说。

于是，大家采纳了王成礼的建议。

1953年，四舅妈沈若芸只身到省城去投奔新二嫂，当时，新二嫂还住在长发街。新二嫂凭着旧有的老关系将四舅妈介绍到“黄济川痔瘘医院”工作。1956年，医院被收归国有，由此，四舅妈成为“成都市痔瘘医院”的一名药剂师，直至退休。

在省城安定下来的四舅妈，写信回来说了说新二嫂的遭遇。

中华人民共和国成立后，孤身一人的新二嫂在省城参加了工作。不几年，她的历史问题被人挖了出来，天天被工作组叫去训话、写交代。后来，新二嫂干脆辞去成都的工作，回到郫县的乡下老家。新二嫂也曾托人去打听过大舅的下落，但无果。

冥冥之中，大舅的命运似乎也应验了老祖宗留下的那句话：夏肇庸，夏肇庸，我要叫你死在车乡外里。

有时，历史有着惊人的相似之处，如同宿命一般。大舅果真死在了车乡外里。

十二

二舅前半生无所事事、虚无缥缈地活着，到了后半辈子，却要扛起锄头去挣工分，这令二舅很不适应。生产队有会计、保管之类的轻松活。大队干部李二哥曾是夏家以前的长工，二舅就想去为自己争取争取。二舅妈劝阻道：你还是别去为难人家李二哥了。二舅自信自己是建设大队最有文化的人，能写会算，于是，他兴致勃勃地来到大队办公室，讲明了自己的来意。

看到昔日的伙计，二舅尴尬地笑了笑，心里早没了底气：长清老弟，你看是不是可以给二哥考虑一下……那个会计岗位，嘿嘿……实在不行……保管也行。

在夏家当长工时，李长清就打心底里瞧不起整日游手好闲的二舅。农忙季节，连妹妹六小姐和自己的母亲都要到地里来帮忙，夏二公子却操着一双手，意气风发地从田边经过。如今，看着谦卑的二舅，李长清黑着个脸，没有给二舅一点面子：我记得夏二哥以前对账目之类的事情是没一点兴趣的，认为这不是文化人干的事情，现在这太阳打西边出来了，这管账先生也成了香饽饽了？

二舅红着脸尴尬地笑了笑。

李长清接着说：再说，定谁不定谁，是大家一起讨论，又不是我李长清说了算。

二舅露出哀求的目光：你可以提建议嘛，长清老弟，你也知道，你二哥是读书人，这地里的活干不起。

李长清扯着嗓子说：呵呵，读书人咋啦？读书人就不兴下地干活了？现在不是时兴思想改造吗？我看啊，夏二哥就应该去改造一下，好好地把自己彻彻底底地改造一番，把那些腐朽没落的封建思想从你身上全部清除掉。

二舅满面通红，答不上话来。

在场的大队干部小赵见二舅一副可怜巴巴的样子，安慰道：他二叔，你也别怪长清不讲情面，陈家的老二、周家的老五，一个是高小毕业，一个是刚从部队回来，这两个人都是贫下中农，根红苗正的，不安排他们，安排谁呢？

刚解放那会儿，二舅还曾在扫盲班教大伙识字，扫盲班里就有小赵和李长清，他们一口一口地叫着夏老师，叫得二舅的心里甜甜的。二舅搞不明白，转眼间，这两人怎么就变成管人的干部了？

从此，二舅断了吃文化饭的念想。

二舅妈这个大字不识的乡下姑娘，腰圆膀粗，憨厚老实，且吃苦耐劳，是田间地头的一把好手。时势造就人，在二舅妈的带动下，二舅开始下地劳动挣工分，皮肤黑了，手上磨出茧子了，身体也变得壮实了，随着时间的流逝，二舅慢慢地蜕变成了一个真正的劳动人民，再也不看书读报了，也不写书法了。二舅妈则为二舅一气生下了四个儿子。二舅家的四个男孩子，我的表哥们，在读书这方面都不如二舅的意，一个个中学尚没念完，就回家务农了。

二舅嘴上说读书无用，但心里想的却又是另一番风景。二舅的心中始终保留着一方小天地，一种陶渊明似的采菊东篱下、悠然见南山的生活小景，空闲时就翻出来晒一晒，脸上洋溢出未经世故和风雨的纯真与稚气。

四舅妈离开梓城后，四舅一个人带着孩子们过上了艰难的生活。后来，妹夫王成礼帮他在邮政局旁边搭起一个小方桌，代人写书信、电报。四舅终于拗不过命运的安排，乖乖就范。自此，四舅戴着一副老花眼镜，搭把椅子坐在街沿上，像一个温和的老学究和蔼可亲地与人拉家常、扯闲条，扮演着不同的角色：一会儿模仿老父老母的语气与远方的儿子交谈；一会儿又模仿妻子的口吻与远在他乡的丈夫鸿雁传书。四舅从一个商人转化为写信先生，成为半个文化人，这是二舅不曾想到的。但二舅并不认为自己的弟弟四舅就是一个真正的文化人。

“文化大革命”后期，二舅一早从城郊过来收潲水，下午歇息在妹妹六小姐家。六小姐学着母亲的样子，总爱给二舅悄悄地留上一碗饭。二舅一边吃饭一边与妹妹聊些从前的事，比如梅，比如外婆骂人的腔调，比如时髦的新二嫂。聊完之后，二舅总爱发表一番感慨：如果时事不变，一直照以往那样发展下去，现在的生活会是什么样子？新二嫂会不会来梓城生活？梅的生活又会不会发生什么改变？

六小姐听后，叹息道：二哥，你总爱操这些空心，有什么用？

二舅喃喃地低语道：你不懂，六妹。

六小姐家的五丫头王影儿在一旁听着，一对忽闪忽闪的眼睛在两个大人的脸上寻找答案，这让二舅忆起了少女时期的梅。

有一天，二舅神经兮兮地看着六小姐，说：六妹，把你家影儿过继给我吧。

六小姐甚为惊讶：二哥，你疯了吧？

二舅很认真的样子：我没疯，我看到你们家影儿，就想起了当年的梅，这孩子太乖巧太水灵了。

六小姐瞪了二舅一眼，没再理会了。二舅自讨没趣，又自言自语地说道 ：我发现你们家影儿长得有点像我，人家都说外侄女多像舅，我看是这个道理。

六小姐冷冷地回应道：我没有发觉我们家影儿长得像你，自家孩子自家养。二哥，你一天到晚东想西想的，还不如回家帮二嫂多做一点活路。

十三

20世纪80年代，农村包产到户，二舅家分得了两亩地。虽然不是祖上原有的位置，但好歹又成了自家的田地，望着一垄一垄的土地，二舅笑了，笑得那样的憨实。曾几何时，土地在二舅的眼里毫无价值，如今，却成了二舅的命根子。有了自家的土地，二舅更加勤劳了。四个孩子相继成家立业，二舅身上的担子卸了下来。但二舅的心里却有一桩未了的心事：原以为二舅妈会生下一个女儿，自己好好培养培养，谁知二舅妈就是生儿子的命。据说，二舅曾找人算过一卦，说他此生就是生儿子的命。看来，女学生的梦圆不了，但滋生自己梦想的新二嫂近况如何，也是二舅常常牵挂和思念的人。

二舅去了一趟省城，约上四舅妈一道去郫县看望新二嫂。在安靖老家，二舅见到了这位对他一生影响至深的新二嫂。70多岁的新二嫂背驼了，头发也白了，穿着一件落有补丁洗得泛白的蓝布上衣，正坐在院坝里择菜。分别40多年，二舅再也找不回当年那个意气风发新潮时尚的新二嫂了。而新二嫂见到二舅时，俨然认不出来了。她颤巍巍从木凳上站了起来，直愣愣地看着眼前这个又黑又瘦的小老头。二舅一声声二嫂仿佛也不能唤回她尘封已久的记忆。

二嫂，我是文学，文举的兄弟，你还记得我吗？

文学……文学……

我是从梓城来的。

你是……从梓城来的，你真是从梓城来的……文学……夏文学……夏文举的兄弟。

一旁的四舅妈说：二嫂，他是夏文学，我二哥，专门从梓城来看你的。

二舅哽咽着说：是呀！我是夏文举的弟弟夏文学，文举是我大哥！

两个人走近了。新二嫂仔细地端详着面前这个头发花白、佝偻着身体的小老头，嘴边不停地念叨着二舅的名字，她已经无法将那个笨拙、刻板的二舅与眼前这个老态龙钟的二舅重合在一起了，但二舅的名字她却是记得的。新二嫂的眼眶潮湿了，她抓住二舅的双手，就像见到久别的亲人，她不敢相信眼前的这一幕，并一个劲地说着：你真是夏文学，我的二兄弟呀。我是……我就是夏文学，二嫂。顿时，两行热泪顺着新二嫂褶皱的脸颊流淌了下来。

二舅是唯一见证了新二嫂与大舅在一起生活的夏家人。40多年后的重逢，是两个人都不曾想到的。新二嫂比二舅年长几岁，对新二嫂来说，见到二舅如同见到了夏家人一样。终于，她打开了尘封已久的往事。

新二嫂与大舅并没有正式结婚，两人只是同居关系。新二嫂从省立女子中学毕业以后，曾在郫县做过小学教员，后来到省城机关做事时，认识了风华正茂、成熟帅气的大舅。年轻的新二嫂被大舅的博学所吸引，两个人在工作中慢慢走到了一起。

二舅问新二嫂：当时，你知道我大哥在老家已经有太太吗？

新二嫂说：这个嘛，一点儿也不奇怪。当时，在机关工作的好多男人都是老婆在乡下老家照顾父母孩子，自己在城里不是娶一房太太，就是像我们这样做暂时夫妻。你大哥一副老成持重的样子，即使他不告诉我，我一眼就能看出来。我们认识不久，文举就主动给我讲了他在梓城已有了家室。

二舅问新二嫂：那你是真心喜欢我大哥吗？

新二嫂说：我当时的心情也是比较复杂的。虽说当时已经开始主张一夫一妻的新式婚姻了，但大户人家娶一房的却很少。政府官员、知识界、学界表面上是主张新式婚姻，实际上，出来做事的人却又是另外一番光景了，寻佳偶觅知己的现象比比皆是。再说，我一个年轻女子在省城也需要有一个男人罩着，才有安全感。与你大哥相处久了，我们就有了感情。

二舅在省城的那段日子，正是国内形势较为复杂的敏感时期。后来，抗战结束，再后来，内战爆发，省城的气氛就越来越紧张。有几次，我劝文举辞掉工作，回梓城去过安稳踏实的生活，他又不同意。你们猜他怎么说？新二嫂接着回忆道：文举说他祖父以前在京城做官，是梓城人的骄傲，现在我夏文举在省城机关做事，也算是我们夏家人的骄傲，我不能就这样灰溜溜地回去，这样回去算个啥？

后来，时局越来越动荡不安，好多人都在为将来做打算。有一天晚上，我们草草地吃完饭，和衣躺在床上。黑暗中，房间里的气氛很沉闷。

新二嫂说：文举，我们两个干脆一起回郫县的乡下老家，种田去。

大舅说：田有啥好种的？我梓城老家那么多田，你想种，随便给你划一处就是。

新二嫂说：好呀，好呀，我回你们梓城种田去。种田虽说是辛苦了一点，但总比这不太平的日子好。

大舅说：想想倒也是。如果有一天我真的要回到梓城，你愿意跟我一起回去吗？

新二嫂噘起了嘴，说：回去当你的二太太？想得美，我才不干！

大舅说：那我跟淑珍离婚，娶你。

新二嫂说：恐怕你办不到，文举，你妈那一关，你就过不了。

黑暗中，大舅一声叹息。

新二嫂继续讲述道：你大哥虽然在省城读了书，算是一个新派人物，但他骨子里还是相当守旧的。当年，不是我不想回梓城，而是你大哥不愿意带我回去。

二舅说：可能大哥有大哥的考虑，怕你回去以后，不适应家里的气氛。唉！不提这些陈年旧事了。二嫂，这些年，你真是受苦了。

新二嫂说：哎，再苦，也比你大哥好一点。你看你大哥，说没……就没了，音信……全无。一说到大舅，新二嫂老泪纵横，哽咽着说不下去：人……这一辈子……真是变化无常。

岁月沧桑，二舅心目中那个优雅的新二嫂再也找不回来了，但新二嫂憋在心里数十年的冤屈终于在二舅的面前得到了释放。

我总算是熬过来了，文举……他，没能挺过来。现在，这日子也太平了，我打算回梓城去看一看，走走亲戚，去认一认家门。

你是应该回去看一看。二嫂，家里人都是知道你的。只是大嫂淑珍走了好些年了。你应该到梓城去见一见兄弟姊妹们，那是你的家。

文举给我讲过家里的许多事情，我知道家里有哪些人，保不准，我到梓城凭着文举的描述，就能认出每一个人来。新二嫂沉浸在对梓城美好的遐想之中。

那天，四舅妈自始至终当了一回听众。她静静地坐在旁边，听两人讲述那些陈年旧事。

1949年，新二嫂与大舅分开，从此，两人就再也没有见过面。新二嫂一直孤身一人，没有再嫁人。

后来，四舅妈来成都找新二嫂，仅凭着两张照片，就续上了妯娌之情。一张是四舅妈与四舅的结婚照片，另一张是大舅、二舅、三舅、四舅四个意气风发的年轻人的合影。虽然照片上的四舅还很青涩，但新二嫂一眼就认出了四舅。

最终，新二嫂没能如愿地回到梓城与夏家人来一次亲密的接触。就在与二舅相见的第二年，新二嫂正着手准备着她的梓城之行，但还没来得及启程，就因心脏病突发溘然长逝。新二嫂的侄女发来了电报，二舅得知新二嫂去世的消息，万分悲痛，但又因身体欠佳不能前往郫县去送新二嫂最后一程，只有在省城的四舅妈作为夏家的唯一代表参加了新二嫂的葬礼。

四舅妈和新二嫂，夏家的两个儿媳妇，一个是前半生的新女性代表，另一个则是后半生的新女性代表。

十四

这之后，二舅的精神便有些抑郁。二舅曾对六小姐说过，这一生，有两位女性对他的影响很大，一个是新二嫂，另一个则是梅。在梅这件事情上，二舅说，这是他自己一厢情愿，怪不得人家梅。但梅终归是他情窦初开时的精神偶像，是他生命中永远抹不去的一段青春记忆。

六小姐正颜厉色，向她二哥发出最后警告：二哥，人家梅压根儿就没喜欢过你，你老是对人家念念不忘的。我告诉一个小秘密，梅，倒是有点喜欢四哥，你知道吗？

二舅说：我管她喜不喜欢我，我喜欢她就行了。至于你说梅喜欢四弟的事，我早有所觉察，但四弟并不喜欢她。所以，我宁愿装作不知道，何必去把这层纸捅破。早知如此，还不如让梅自己做主，选择四弟算了，也不能便宜了那个周俊泽。

六小姐笑了笑，说：你这想法未免太可笑了吧，梅怎么可能自己做主，这是断然不可能的事，我的婚姻自己做主了吗？你看我，现在生活得不是也挺好吗？梅过得也挺好的，儿女争气，俊泽哥一向对她又好，她嫁给周俊泽是明智的选择。还有你，要不是娶了海棠沟的二嫂，哪有今天的好日子哟！

二舅摆了摆手，说：六妹，你们女人家的弯弯道理多得很，我不跟你两个争了，我争不赢你。

在六小姐的心里，好人与坏人，好日子与坏日子分得清清楚楚明明白白。二舅是精神柏拉图，不沾油盐酱醋茶等俗事，自然就不懂得拥有物质的珍贵。六小姐对二舅说：说话要说吃得的，那些看得见摸不着的东西说了等于白说，还不如不说的好。

生活，已把从前的六小姐磨砺成一个普通的居民老太太，一个地地道道的家庭主妇。

十五

梓城中学是梓城的第一所公办新学堂，二舅念了几年私塾之后，又到这所学堂念了几年新学，学了数学和自然等科目，这是二舅人生中最美好的一段记忆。20世纪80年代初期，二舅就读的梓城中学已成为梓城的第一重点中学，校园内还保留着一些清末民初的老建筑。为此，二舅时常到梓城中学去转悠，看女学生如何穿衣打扮，看她们羞涩的神情，看她们迈着轻盈的步伐在校园里青春焕发的样子。二舅在校园里晃悠的身影被保卫处的人发现后，报告给了赵校长。赵校长站在老旧的教室走廊里打量起二舅，看着看着，便觉得此人有些似曾相识，于是，上前贸然地问道：你是不是姓夏……叫夏文学，住在建设大队？

二舅有些惊讶：你是谁？你怎么认识我呢？

赵校长看着二舅，笑了笑，说：我父亲赵汝毅你认识吧，如果我没有记错的话，你们是同学。小时候，我跟我父亲一道见过你。这些年，父亲还常常提起你，说夏伯伯当年是班上的高才生。

听到别人夸奖自己，二舅显得很激动：你真是赵汝毅的儿子？

赵校长点了点头，说：我是赵汝毅的儿子赵文浩，夏伯伯。

的确，赵校长与他父亲赵汝毅一道见过二舅两回。当然，那都是很多年以前的事了。

赵校长把二舅请进了办公室，给二舅沏了茶，并与二舅闲聊了起来。赵校长向二舅打听他父亲赵汝毅小时候的事情。那个时候，赵校长的父亲刚刚中风，思维模糊，赵校长正犯愁没机会了解父亲儿时的一些事情。因为赵校长的亲戚正在写族谱，赵校长也想多了解一些父亲青少年时期的生活状况，于是，对二舅十分亲热。临走时，赵校长拉着二舅的手说：随时欢迎夏伯伯到学校来参观指导。

二舅有些受宠若惊，感动得连连点头。

六小姐家的五丫头王影儿自然是我。当时的我，正在梓城中学念初中， 这也是二舅到这里来晃悠的另一个原因。不久，全班同学都知道了那个穿着灰色中山装戴着黑框眼镜佝偻着身体在校园里到处游荡的瘦小老头是我二舅。于是，同学们都好奇地问我：你二舅干吗老在咱们学校里东游西荡的，有时，看见他对着一个地方发呆，还时不时地自顾自地说着话儿。

我说：我二舅五十多年前就在这儿念书，这里是他的母校，他是我们的老校友，学哥。他在这里苦读寒窗时，我们都不知道在哪里，连小蝌蚪都不是。

同学们更加好奇了：啊！五十多年前，好遥远的事呀，这一定是很有趣的。那你给我们讲讲你二舅的故事吧！

回家之后，我将此事告诉了母亲，母亲又将此事告诉了四舅和二舅妈以及我的表哥们，大家一致认为，二舅的精神出现问题了，是阿尔茨海默病的前兆。最后，大家又取得一致意见，需要与校方做个交涉，如遇什么情况，希望校方能及时告知家里人。

赵校长倒是一个爽快人：只要夏伯伯高兴，来校园里走走、看看，这算什么事啊！人老了，怀旧嘛，就由他去吧！

1983年，全国开展文明礼貌月活动，我们学校的女生全部剪成了短发，当时称这种发型为日本式三方齐。女孩子们的头发整齐划一，并配有统一的校服，有点近似于二舅心目中的女学生模样了。

这时，二舅已卧病在床，有很长一段时间没来我们学校转悠了。

同学们又都好奇地问我：怎么好长一段时间不见你二舅来了？

为了了却二舅的心愿，我从父亲医院借来了轮椅，推着二舅观看我们学校庆祝“十一”歌唱祖国的歌咏比赛。

礼堂的灯光暗下来，女生们身着白衬衣、蓝裤子，齐声唱起了《让我们荡起双桨》。她们的脸上洋溢着欢快的表情。紧接着，台上女生的装束变成了水蓝色的旗袍式上衣和过膝的小黑裙以及白色的长筒袜和黑色的圆扣布鞋。这时，二舅的瞳孔开始慢慢地扩散：一条小黑裙飞舞起来，紧接着，十几条小黑裙一起飞舞，旋转，它们扇动着黑色的翅膀，时不时地交叉、重叠在一起，最后，又都变成了一个个可爱的蓝精灵，向着天空自由地飞去。

捕获者

两个交头接耳形迹十分可疑的男人

这天，一个穿阴丹蓝上衣的男人和一个穿灰色中山装的男人鬼鬼祟祟地站在一农贸市场的角落里，一边小声地嘀咕着，一边神色慌张地环顾四周，确定没有引起别人的注意，这才一前一后地朝市场外面走去。出了市场大门，两人径直朝城南方向走了不到二百米，迅疾拐进了一条小巷。

若要人不知，除非己莫为。他们的这些异常举动早已被两名十二岁少年何向阳和李胜发现。为了不打草惊蛇，两个小同学静观其变，准备瞄准时机逮个现行并一举将两人抓获。事后，在表彰大会上，何向阳说，他们这些反侦察经验都是得益于电影《闪闪的红星》和《地道战》中的某些场景。

两个交头接耳形迹十分可疑的男人，一个是买方，另一个必然是卖方。但要判断谁是投机分子还真不好说。或许，两人皆是初犯，仅仅是单纯的买方和单纯的卖方。因为在物资短缺的年代，谁都有可能当一回买方或卖方。根据固有的经验来判断，穿得破旧一点的那一个即穿阴丹蓝上衣的定是卖方，穿灰色中山装的定是买方。而问题的关键还在于，卖方是卖自己的还是将买来的东西进行转手倒卖，买方是买来自己备用还是要将买来的东西拿去转手倒卖？这个看似简单的问题绕来绕去就变得有些复杂了，实在让人难以判断。若要追查到底，就必须对买方和卖方实施长线跟踪，才能做出正确的判断。

有集市便有交易，有交易必然就会滋生投机取巧倒买倒卖的不良现象。所以，干脆来个黑猫白猫逮到耗子就是好猫，宁愿错杀一千，也不要漏掉一个。只要遵循这个原则，保准不会出错。

于是，何向阳和李胜悄悄地跟在两个男人的身后。四个人一起走进了那条偏僻的小巷。巷子很深，走到尽头就是一片青绿的菜地。菜地隶属于繁荣公社上游大队，这条巷子是连接城乡之间的微小间距，看来，要打破二元化进程只需穿越这几百米的道路便可。

但要破局，实则不易。

四个人就这样一前一后在这条寂静的小巷里走着。忽快忽慢，走在前面的是两个中年男人，紧跟在后面的是两个十二岁的小小少年。

到了巷子尽头的岔路口，两个男人闪进朝南的一条小路。在进入小路前两人还特意回过头来看了看后面，见整条巷子就两个晃悠着的小孩，肯定没在意。但他们做梦都没想到，恰恰就是这两个小孩让他们交易失败，原形毕露。

这一带的住户有一个尴尬的身份——菜农。它可不是现实意义上的蔬菜专业户，而是20世纪六七十年代对农民的一种身份别称。菜农不种粮食只种蔬菜，他们担负着城镇居民蔬菜配额供应的基本任务。他们吃着国家定额的商品粮，却不能像城里人一样参加工作，因为他们的工作就是种菜，跟农民伯伯的身份一样，他们只是多了25斤供应粮而已。所以，这里的年轻人不能像城镇待业青年那样，一到中学毕业就可以等待社会大招工的机会，然后成为全民所有制工人，自此从大家庭中独立出来，住进工厂的集体宿舍，再也不受父母的管制和弟妹们的束缚，顶多将每月工资的几分之几交予父母手中，以供弟妹们上学。住在城郊的这些菜农，与城市仅一隅之隔。他们眼瞅着城市人自由独立的幸福生活，却过着一家一户半给半足的小农生活。为了尽可能地争取财务自由，他们只好利用房前屋后的小块自留地种上蔬菜，挑到城市里去卖，换取购买油盐酱醋等生活用品的零花钱。因而，比起完全自给自足的农民来说，菜农又自认为高人一等。

这时，两个男人已站在农舍屋后的自留地边上。穿阴丹蓝上衣的男人警觉地朝四周看了又看，确保没什么异常情况，才从裤包里摸出几张花花绿绿皱皱巴巴的纸票递给那个穿灰色中山装的男人。灰色中山装数了数阴丹蓝递过来的花纸票，点了点头，说：对的，对的。说完，欲将花纸票放进上衣口袋里，这时，传来一声整齐划一的怒吼：

不准贩卖票证。

这一声高喊，令两个男人猝不及防。

两个小小少年从屋后倏地蹿了出来，像一道电光，释放出时代的正能量。只见何向阳勇敢地走到两个男人的面前，扬起了手臂上的红袖套，示意他们这样做是违法的。阴丹蓝哪见过这阵势，立刻傻了眼，灰色中山装见势不妙迅速地从一条小道溜走了。眼见自己的花纸票被灰色中山装拿走了，自己又没见到现钱，阴丹蓝不知哪来的勇气，他不管不顾地甩开膀子去追灰色中山装了。

眼见胜利在望，谁知，两个狡猾的投机分子趁其不备，又溜走了。何向阳和李胜哪里肯放过这得来不易的战果，径直朝着阴丹蓝和灰色中山装逃跑的方向追去。

于是，四个人分成了三拨，拼命地向前跑，跑在最前面的是灰色中山装，紧随其后的是阴丹蓝，后面是两个小小少年。追出一段小路就是一片青绿的菜地，视野宽广，一眼望不到尽头，四个人一前一后，像电影场景。由于昨夜下了一场雨，菜地的田埂路有些湿滑，快速地奔跑没能持续多久便出现差池。观众自然看不到湿滑的脚下，只看到大半截身体掩映在一片青绿的视线之中，极具美感。一不留神，跑在队伍中间的阴丹蓝摔倒在地，这给何向阳和李胜逮住阴丹蓝创造了大好时机。情急之中，何向阳向前猛地一扑，抱住了正欲从地上站立起来的阴丹蓝的一条大腿。灰色中山装三十多岁，阴丹蓝大约四十多岁，阴丹蓝自然敌不过比自己年轻许多的灰色中山装。照理说，阴丹蓝走田埂路的经验远远优于灰色中山装，可能是因为心里太急，致使姿势走形重心失衡失足于自己最惯常的田埂路上，这是阴丹蓝自己都不曾料到的结局。而灰色中山装像是有备而来，他似乎很熟悉这一带的地形，对脚下的田埂小道毫无惧色，稳扎稳打，眨眼工夫，朝黄磉浩方向跑了，把后面的两拨人甩得远远的。眼看票和钱都将打水漂，被困在地上的阴丹蓝哪肯坐以待毙。为了摆脱两个少年的纠缠，阴丹蓝顺势朝何向阳猛地一踢，何向阳手一松，身体直往后仰，但很快又稳住了重心，仍然使出全身的力气将阴丹蓝的一条腿环抱在自己的胸前不放。这时，李胜过来抱住了阴丹蓝的另一条腿，何向阳要他松开，赶紧去工商局喊人来。

现在，阻挡阴丹蓝追赶步伐的就只有何向阳了。

为了要回自己的花纸票，阴丹蓝必须放手一搏，才有可能获得胜利。于是他用力往后一蹬，这一脚，恰好踹在了何向阳的胸口上，何向阳再一次失去了重心，抱腿的两只手不由自主地松了。阴丹蓝趁机挣脱掉何向阳的束缚，站立起来正欲向前，不料，身后的何向阳忍住剧烈的疼痛，又顽强地扑上前来紧紧地抱住了阴丹蓝的大腿。这一抱，似乎惹恼了阴丹蓝，他猛一转身，一掌将何向阳推倒在地，并顺势捡起一块烂砖头朝何向阳的头上砸去。立时，殷红的鲜血从何向阳的前额上沁出。

这一番争斗和纠缠耗去了一些时间，对于争分夺秒的阴丹蓝来说，分分秒秒都是极其宝贵的。终于摆脱了何向阳的纠缠，阴丹蓝从地上站了起来，却已不见灰色中山装的踪影，顿时，他急得傻了眼不知该往哪里追，再回头看看倒在地上的何向阳，知道自己闯下大祸了，只好硬着头皮漫无目的拼命地向前狂奔。躺在地上的何向阳看着一路狂奔的阴丹蓝，急中生智地喊出：救命啊！快抓坏人。

临近十二点，正是做午饭的时间，菜地里不见有人，但一听到这凄厉的喊声，菜农们立即从屋里跑了出来。

女人们看到少年额上的鲜血，心疼不已，男人们赶紧去逮阴丹蓝。见一下子涌出这么多人来，阴丹蓝着实害怕了，他一下子瘫软在地上，哭号起来。这时，李胜和两名工商局的工作人员也赶来了，阴丹蓝被当场抓获。

在全县六一儿童节的表彰大会上，相关部门授予敢于同坏人坏事作斗争的小英雄何向阳和李胜“优秀少先队员”的光荣称号。额头上缠着纱布的何向阳上台作了报告，这更增添了小英雄的悲情色彩。在讲到自己身处危险时，何向阳说，他首先想到的是刘文学、潘冬子，是刘文学的英雄事迹鼓舞着自己前行。后来，何向阳的巨幅照片被放在银行口的橱窗里。再后来，何向阳直接升入重点中学。

深入敌后　暗语增援兵　一举捕获投机分子

何向阳比我们高一级。他的事迹深深地撞击着我们幼小的心灵，同学们都争先恐后地行动起来。一到星期天，大家都到市场周边埋伏起来，像敌后武工队的战士一样随时准备着赴汤蹈火出生入死。同学们守株待兔般地蹲着点，想把那些危害社会扰乱国家经济秩序的投机分子瓮中捉鳖一网打尽，但一连过去了好几个星期，我们都一无所获。和我分在一组的是两个男生，一个叫吴春洪，另一个叫杨林。我们三人在一起商量对策，想找到一个切实可行的好方法，或是一个新的突破口。我们认为，这样守株待兔的方法将是徒劳无益的，肯定会无功而返。因为投机分子是狡猾的，他们不会在光天化日之下明目张胆地交易，总爱躲在隐蔽阴暗的角落里。我建议大家把戴在手臂上的红袖套取下来放进口袋里，待时机成熟时才亮出来。

一般情况下，卖方都要在市场内或市场周边寻找买方，如果买方有意向了，两个人就会选择一个较为隐蔽的地方进行交易，所以目标一般都会在市场或市场周边出现，而交易现场肯定是出其不意变幻莫测的。人赃并获抓现行是这项政治运动的核心，最后的抓捕行动肯定要在交易现场进行，这才有说服力。这就要求我们不但要具备较强的洞察力，而且还要沉着机智，不到关键时刻决不能轻易出手，否则会打草惊蛇前功尽弃。我提出一个新的战术方案，即游走式。诚如八路军的游击战术一般。这个方法要求小组成员分散开来，乔装打扮单个行动，对周边环境进行地毯式的搜索。一旦发现有情况，就以咳嗽和暗语作为联络信号。遇到情况紧急时，一对暗语互相呼应，大家就要立马聚拢在一起集体行动。按照这一方案，我们开始分头行动，游走于各个农贸市场，有时甚至是更远一点的地方，将目标和搜索的范围扩大至城郊。但三个人之间的距离又不能太远，最多几米，要相互看到对方。

第一个星期天，我们没有发现任何可疑的情况。第二个星期天，看似有点苗头的一桩交易被一头栽倒在地的中年妇女给搅黄了。中年妇女的癫痫病突然发作，那个疑似投机分子模样的人立即停了下来。他蹲在地上，卡住了妇女的人中，并招呼人群不要挪动妇女的身体，让其平躺着。十多分钟过去了，中年妇女才缓过气来，投机分子又让她坐在街边，叮嘱她多休息一会儿，方才离开。

第三个星期天，我们仍然一无所获。

第四个星期天，奇迹终于发生了。像往常一样，我们分头在市场附近巡视，大约上午11点钟，在一拐角处，我发现一名50来岁背着背篓、身着灰色补丁衣服、农民模样的中年汉子正在与一名城市妇女嘀咕着……看到这一幕，我的心顿时紧缩起来，同时，又在心里暗暗告诫自己：一定要沉着，先不要打草惊蛇。于是，我继续观察着他们的一举一动，焦急地盼望他们能够谈判成功。果然不出所料，两个人在那里磨蹭了半天，估计是在讨价还价，直到达成协议后，才一前一后往西门方向走去。我赶紧大咳一声，向吴春洪和杨林发出增援信号。吴春洪和杨林听到我的咳嗽声赶忙跑过来与我接应，我们三个紧紧跟在中年汉子和城市妇女的身后。

在洞子口街一僻静处，两人停了下来。中年汉子从上衣口袋里掏出几张花纸票递与城市妇女，城市妇女把花纸票拿在手里，向四周扫视了一遍，确定没什么异常情况，才开始数手里的花纸票。数完后，她抬起头来与中年汉子说价，中年汉子点了点头，表示认同花纸票的数量和价格。就在城市妇女正欲将花纸票揣进她的裤兜时，躲在电线杆子后面的我们一看时机已成熟，早已把相关部门发给我们的红袖套从口袋里掏出来戴在了手臂上。

于是，我们三人冲上前去，齐声呵斥道：站住，你们在干什么？不准贩卖票证！

四周一片寂静，我们三人就像是从天而降的天外来客，又似电影场景里描述的那些稚气未脱不畏艰险敢于同坏人坏事作斗争的小英雄，这齐声的合诵是发自肺腑的怒吼，它一半源自信仰，另一半则发端于人性的恶，因其信仰的背后有政治做保障。尽管这声音尚显稚嫩，但仍然不失威力。面对突然降临的三个学生娃娃，两人不知所措，城市妇女慌忙丢掉手中的花纸票，迅疾逃离现场。

看着散落在地的花纸票，中年汉子的目光一下暗淡了下来。

我们从地上捡起了花纸票，得意洋洋地将花纸票高举在中年汉子的面前，理直气壮地向他发出了质问：老大爷，这是什么呀？

中年汉子涨红着脸，像一个做错事的孩子。他无辜地看着我们，半天才从嘴里吐出几个字来：唉，小同学……我……我也是没办法呀。

我们说：没办法也不能干违法的事。走吧，老大爷，还是跟我们到工商局去一下。

中年汉子不情愿，他站在原地不动，仍然是一副无辜的表情。我们三个去拽他，他抱住电线杆子不放。

我们说：你这样赖在这里是不行的，你必须跟我们到工商局去把问题交代清楚。

我不是还没卖出去就被你们……听我们说必须要到工商局去交代问题，中年汉子满面羞愧、可怜巴巴地望着我们。忽然，他一下跪在了地上，向我们求饶道：小同学，我知道错了，你们做做好事，能不能把花纸票还给我。

我们说：这花纸票不能还给你，我们要交给工商局的人。

中年汉子哭丧着脸说：你们做点好事，能不能不交上去，我也是没办法呀，家里穷，卖几尺布票换点钱来称盐打酱油。

我们说：布票是拿来扯布做衣服的，不是拿来搞投机倒把卖钱的。

中年汉子继续向我们哭诉道：我们一家人饭都吃不饱，衣服穿破一点不要紧……再说，我拿我家里的东西出来卖，这也算违法吗？

我们说：你就是违法了，这叫投机倒把扰乱市场，知不知道，老大爷？

小同学，我还是不明白，我投的是什么机呀？中年汉子无比凄凉地望着我们。

我们说：老大爷，你就是违了法。我们也给你解释不清楚，你去给工商局的人说吧。我们是毛主席的红小兵，我们只负责把你送到工商局。

我们成功抓获投机分子的英勇事迹得到了学校的表扬，也赢得了同学们的赞赏。这次事件之后，我和吴春洪、杨林配合得越来越默契。后来，我们又抓获了违法乱纪扰乱国家经济秩序的老太太、中年妇女、中年汉子等。抓到中年妇女时，中年妇女伤心地哭了，她向我们哀求道：

小姑娘，求求你们，做点好事，你放了我吧，我是给我女儿凑学费，她跟你们差不多大呀！

我们对中年妇女的哀求并没有表示出丝毫的同情，仍然意志坚定地说：凑学费也不能做违法的事呀。

父亲的学习班

一个人最早的记忆，是从什么时候开始的呢？

1969年初春的一个早晨，三岁的王影儿有了人生的第一次记忆。这天早晨，一觉醒来的王影儿不见父亲，便突然哭着、吵着要父亲。其实，父亲离家已经有好些日子了。

王影儿是家里最小的孩子，父母宠着她，哥哥姐姐让着她，尤其是父亲总爱惯着她。星期天，父亲去附近的河边钓鱼，王影儿肯定是要坐在父亲那辆永久牌自行车的最前面。父亲向他的朋友周木匠讨要了一个木头座架，用螺钉安置在自行车的最前方，成为有车一族一道耀眼的风景。有了这个座架，王影儿坐在自行车上面妥妥的，小屁股也不会被冰冷、硬邦邦的铁杠硌得生痛。王影儿的家里还有一个红灯牌收音机，父亲早晨起床的第一件事就是打开它听“新闻和报纸摘要”，晚饭后，听“川戏”，且一边听一边跟着哼唱，这几乎成了一个惯例。王影儿觉得红灯牌收音机里放出来的声音使家有了温暖的记忆。自己虽然不太明白那里面在说什么、唱什么，但这些声音总是带着某种韵律，并且充满了和谐的美感。在王影儿的印象里，家里有了这两样值钱的东西似乎令自己在同伴中有了某种底气，因为别的家庭一般都没有自行车。尽管这样，王影儿还是觉得自己家里少了一样宝贝东西，那又是什么呢？

王影儿在小伙伴卫红星的家里看到一个骨碌骨碌转动的神奇东西，就觉得自己家里也应该添置一件这样的东西。于是，向父亲吵着也要一台，父亲听后，笑了笑，说：哎呀，关键是咱们家没有人会使它。王影儿转动着一双滴溜溜的大眼睛，对父亲的话似懂非懂。接着，父亲又耐心地给王影儿解释道：你看啊，你说的这个东西呀，它叫缝纫机，是用来缝制衣服的。你妈不会用、不会踩。你没看人家刘阿姨（卫红星的妈）两只脚在下面踩得滴溜转啊。

听父亲这么一解释，王影儿似乎明白了。她清楚地记得卫红星的母亲刘阿姨两只脚踩在缝纫机下面的一块铁板上，旁边的大轮子飞快地旋转，两只手在上面不停地移动着大针头下面的碎花布，手脚并用，一副很忙碌的样子。王影儿觉得卫红星的母亲好神奇，羡慕卫红星家里有这么一台一踩就能转动起来的缝纫机。

王影儿知道，自己的母亲体弱多病，家务事做得很少。母亲只负责买菜、择菜、洗菜，蒸米饭、掌勺炒菜则是父亲的事。挑水、买煤、洗衣服等活儿全落在了二哥身上。王影儿的二哥在国棉厂做临时工，三班倒，工作十分辛苦，但二哥的精力却很充沛，常常是一边洗衣服一边哼唱着苏联民歌，一副怡然自得乐观面对生活的积极态度。

二哥洗好白色的被里，通常要用米汤浆了之后才拿出去晾晒。被里在阳光的照射下，慢慢变得硬直起来。到了晚上，这硬直的被里被父亲铺在凉板床上，多余的被里部分被父亲分布均匀地吊垂在四方，然后，父亲放上棉胎铺好缎面，开始缝制被子，一床又一床，总共要缝制三床。

王影儿常常到父亲工作的医院去玩。父亲的财务室有两张桌子，但只有父亲一人在那里办公，原来对面坐着出纳，医院建了宽敞的办公室之后就搬走了。通常是父亲在自己的桌子上噼噼啪啪潇洒自如地刨着算盘珠子，王影儿则坐在出纳的位置上，拿一本印有医院字样的红色便笺在上面乱涂乱画。后来，王影儿上学了，就把家庭作业带到这里来做。父女俩一个写作业，一个打算盘，各做各的，互不干扰。有时候，父亲的工作做完了，就会带着王影儿到医院的各科室去走走串串，医院里的医生护士全都认识王影儿。

这当然是后话。

回过头来，再来说说1969年初春的这天早晨发生的事情。

当三岁的王影儿向母亲吵着要父亲时，父亲正在学习班里面壁思过。父亲是医院的会计，虽然不直接与现金打交道，但总是与账目之类的事情扯上关系。学习班就是有问题和没问题的你都得交代。本着有则改之、无则加勉的原则，凡是到了学习班的人，都要进行一番自我批评和自我检讨。王影儿的父亲之所以到学习班学习，一是因为会计职务的敏感性，二是因为有单位同事检举揭发了王影儿的父亲有贪占公家便宜之嫌。

这就要从王影儿家吃面条说起。

王影儿的父亲做得一手好菜，尤其是面条做得特别好吃，令院子里的邻居们羡慕不已。王影儿的母亲说，面条做得好吃不好吃，关键在于作料，而作料之魂自然是辣椒。如何将酱油、醋、辣椒、味精、盐等调味品均衡调配到一碗面里是一个精细的过程。王影儿家的作料是母亲家族传下来的一道烹饪秘方，自然，技术指导是母亲，执行人则是父亲。这道家传的作料就是将辣椒和豆豉一起调制。其步骤就是先用适度的热油将豆豉煎炒到一定程度，然后放到臼窝里捣成泥状，之后，将捣成泥状的豆豉与辣椒一道用适度的油温进行煎制方可。工序流程虽然不复杂，但制作起来一点也不轻松。主要是适度二字，难以掌控。王影儿父亲十三岁时就到王影儿母亲家当学徒，到了二十岁时，娶了王影儿的母亲，可谓是喜当家。自此，耳濡目染，所有的生活习惯都归顺于王影儿母亲一家。

王影儿一家通常是晚上吃面条。一吃面条，调料的香味必然会感染院子里的大人小孩，令邻居们的胃液直往上蹿。王影儿有一个姐姐，从小喜欢吃面条，吃完面条之后还要喝一大碗面汤。姐姐大王影儿五六岁，喜欢显摆。通常是端一碗面在大院共有的空间里，一边吃一边与人拉话。王影儿的姐姐吃面还有一个很古怪的习惯，她喜欢将面条一圈一圈地缠绕于筷子上，直至面条把筷子绑得结结实实之后，才肯往嘴里送。仿佛只有这样，才能如释重负一般。有一天，王影儿的姐姐照常端一碗面站在院子中央，她一边把面条往筷子上缠绕，一边在嘴里念叨着：这面太油了，老汉把油放多了。

姐姐好不容易把一碗面吃完了，照例，她还要喝一碗面汤。王影儿的姐姐一边喝面汤一面用小嘴轻轻地吹开漂浮在汤面上的油圈圈，一边吹，一边说：哎呀，太油了，这油怎么吹都吹不开呀，老汉硬是把油放多了。其实，面条里放的油并不多，而是姐姐的肝在作怪。姐姐当然不知道自己的肝出了状况，父母也不知道姐姐是因为肝炎作祟而犯的油腻。事隔不久，王影儿的姐姐被查出患了急性肝炎。

殊不知，不经意间的这一句话，成为父亲上学习班的把柄。

院子里有一个邻居叫马润祥，是父亲单位里的同事，在后勤科工作。曾经，马润祥的老婆向王影儿的母亲讨教如何做油辣子：六孃，你们家那个豆豉油辣子是啷个做的吗？

王影儿的母亲轻描淡写不咸不淡地说：唉，这个很简单，就是把豆豉用油炒一下和着辣椒面一起用油酥。马润祥的老婆又问具体步骤，王影儿的母亲如实说了。回到家里，马润祥的老婆依样画葫芦地照着做，做出来的效果自然不如王影儿家的好。第一次是油温高了，豆豉炸干了，第二次又是油温不够，豆豉没炒熟吃起来就有一股苦腥子。马润祥的老婆就有意见了，当着邻居的面嘀嘀咕咕的，说六孃这人不好交际，故意整她的“壳子”。六孃就是王影儿的母亲，是依照娘家家族排行而来，邻居们都这样称呼她。

王影儿的母亲听了，有些不悦：难不成还要我手把手地教她？是她自己没有灵气，不会按情（就是操作过程根据实际情况进行比例调配和火候把握），还怪别人没说到位。院子里的其他人也是照着王影儿的母亲所交代的步骤，做出来的豆豉油辣子与王影儿家相比，虽然不能完全如法，但总有个七八成。邻居们认为这是正常的差异化，怪不得人家没有说到位。食材、火候、油温、时间这些都是烹饪过程中十分讲究的前提条件。就如同麻婆豆腐，你再怎么在家里如法炮制，比起饭馆里的师傅们烧出来的正宗味道还是要差一些，要不然，人家饭馆的厨师怎么吃这碗专业饭。

马润祥一共有五个孩子，老婆是全职太太，一家七口人的生活全靠马润祥一个人的工资，自然就有些拮据。马润祥倒是一个老实人，但马润祥老婆就不那么老实，不但小肚鸡肠，还喜欢贪占便宜，甚至有顺手牵羊小拿小摸的习惯，院里的人都不太喜欢她，但大家又碍于情面，表面上都得敷衍过去。

“三反”“五反”运动来临时，提倡在批评与自我批评的原则上，进行互相检举互相揭发，每个人都逃避不了贪占公家便宜的罪名。王影儿姐姐的那句“这油怎么吹都吹不开，老汉硬是把油放多了”成为马润祥开脱自己的证词。王影儿的姐姐当时说这句话时，马润祥的老婆也听到了，马润祥并没有把一个七八岁小女孩说的话当一回事，但马润祥的老婆却牢牢地记住了。她怂恿马润祥如实交代给组织，马润祥不愿意，说：这屁大一点事算什么呀，况且还是出自于一个小女孩之口。老婆说：娃儿才讲真话。马润祥不从，老婆软硬兼施，要马润祥就犯，最毒的一手就是不让马润祥跟她过二人世界。三十七八岁的马润祥正当年，哪里经得起这般折腾，于是，向组织交代了王影儿姐姐吃面时的情形，并将王影儿姐姐说的那句“太油了，吹都吹不开”的关键证词进行了着重勾勒和描述。

末了，马润祥还说：一个月一家人才配几两油啊，中午炒菜时，我们都不敢往锅里多放一滴油，凭啥他王会计家每天晚上吃一碗面，就要放那么多的油？这油是从哪里来的，大家可以想一想。后面这句话是马润祥老婆幕后导演的功劳。马润祥老婆说：前面描述的是事实和证据，后面是对事实发出的感叹。感叹就是对所描述的现象进行总结和评论，也是一种情绪的渲染，能引起大家的共鸣，起到承前启后和触景生情的作用。

果然，马润祥的这一句感叹收到了奇效，并激起大家的联想。因为当时的王会计还兼管着医院食堂的司务长职务。王会计一早起来就要到食品厂定点的门市部为医院食堂买肉。买完肉之后，又要到蔬菜公司去买菜。食堂里的小胡师傅骑着一个三轮车跟在王会计的屁股后面，买完之后，差不多就是上午九点多钟了，王会计这才走进他的财务室开始一天的工作。

于是，王影儿的父亲去了学习班，马润祥得以顺利地过关。

父亲的学习班在县城的大礼堂。三岁的王影儿跟着二哥一起到了学习班。临走时，母亲顺便捎上父亲的换洗衣服叫二哥带上。二哥比王影儿大十三岁，十六岁的二哥牵着三岁的王影儿从容地走进大礼堂。王影儿还清楚地记得当时的情形，记得走的是哪条路，一路上，二哥都说了哪些话。到了父亲的学习班，天还没有完全亮开，估计还不到七点。正好遇上学习班的全体学员下早操。王影儿和二哥就站在黄桷树下，看着不远处密密麻麻一群人在做广播体操。二哥用手指着黑压压的人群对王影儿说：你看，咱爸在那。王影儿顺着二哥所指的方向，睁着一双圆溜溜的眼睛在人群中寻找父亲的身影，无果。看着身旁的二哥，她有些奇怪地问道：爸在哪儿呢，我怎么没看见呢？

二哥没有搭理王影儿，而是扔下王影儿，径直走到人群里去寻找父亲。

二哥穿过一排又一排的队列去寻找父亲。三岁的王影儿不见二哥的踪影，并没有哭着找二哥，她似乎忘记了二哥的存在，她看着黑压压的人群整齐划一、一伸一缩地做着扩胸运动。她自顾自地朝前走着，走近做操的人群，看到了台上的领队和领队旁边的大喇叭。王影儿被这个大喇叭深深地吸引住了，她已经判断出声音就是从这个地方传出来的。王影儿以为只有家里的收音机能放出声音，没想到这支大喇叭也能放出声音，而且还这般高亢。看着这支会唱歌的大喇叭王影儿兴奋起来。她果敢地朝着喇叭走去。台上的领操人正在专心领操，没有注意到一个小女孩的到来。王影儿的注意力全部集中到那支大喇叭上。因为经过目测和考证，王影儿已经确定声音是从大喇叭里面传出来的。在那个巨大的喇叭面前，小孩的逆反心理和破坏力迫使王影儿伸手去敲打这个能够发出声音的奇怪家伙。见没什么反应，里面的声音并没有因为自己的敲打而停下来，依旧铿锵有力，王影儿又继续敲打。她本能的愿望是想通过自己努力的敲打使里面的声音暂时停息下来，待停息之后，又将它重新敲响，如此反复，就像摆弄家里那台收音机的开关一样。看来，这一招不灵。王影儿又饶有兴致地去寻找新的途径。终于，她看到了喇叭周围布满了纵横交错的花线，像是找到了玩娱的重心，于是她俯下身抓住那些纵横交错的花线胡乱地拉拽，立时，大喇叭没了声音。王影儿的神经开始兴奋起来，心想，只要自己再用力拽它一下，里面的声音肯定就会自动地响起来。这一响一停的，全由自己来掌控，好不惬意。正当王影儿沉浸在自己已经发现了大喇叭与花线之间生死攸关的奥妙时，这边，没有了广播里的喊操，做操的人群条件反射地停了下来。这时，台上那个领操人才发现了站在喇叭旁边的王影儿。他走过去，关掉开关，将王影儿扯松的插头重新插上。

这是谁家的孩子？领操人大着嗓门喊了一声。台下的人都齐刷刷地将目光对准了王影儿，王影儿骨碌碌地转动着眼珠子，不知道发生了什么事。

谁家的孩子，这一句话，王影儿倒是听懂了。

最先反应过来的当然是二哥。二哥跑上台抱起王影儿的一刹那，人群中的父亲才发现台上的小女孩竟然是自己的女儿。父亲涨红着脸从队伍里走了出来，径直走向二哥，在二哥臂弯里的王影儿看见父亲，想挣脱二哥的束缚，手舞足蹈地喊了起来：爸……爸……

父亲的表情很尴尬，对着二哥一顿训斥：你们俩跑到这里来干啥？你还把你妹带来！说着，父亲和二哥离开做操的人群，走到那棵黄桷树下。

广播体操的音乐再次响起，学员们继续做早操。父亲的怒气平息下来，从二哥的手中接过王影儿，问二哥：谁让你们来的？

二哥说：是妈叫我们来的，给你拿换洗衣服。

父亲说：把你妹带来干吗？她还小。

二哥说：她今天早晨醒来就一直闹着要找你，妈说，那就把她带上吧。

父亲沉吟了半晌，说：你妈的咳嗽好些了没有？

王影儿的母亲体弱多病，经常感冒。二哥觉得这是她抽烟和吃辣椒造成的。母亲的母亲抽水烟，六岁的母亲就跟着自己的母亲学会了抽水烟。后来，市面上很难买到水烟，母亲就改成了抽香烟。母亲说：香烟没有水烟润湿，易燥，容易引起咳嗽。但王影儿记事以来，就没见母亲抽过水烟。

母亲特别爱吃川北凉粉，凉粉里的辣椒呛到她的喉咙致使她不停地咳嗽，咳得母亲浑身燥热喘不过气来，但母亲仍然坚持要把一碗凉粉吃完，吃得双颊绯红连额头上也沁出了汗珠。尽管这样，母亲还是不愿意把辣椒和香烟戒掉。母亲做油辣子跟别人不一样，工序多，要求高，全是手工操作，增加了父亲的工作量。母亲说：一碗凉粉好不好吃主要在于调料，而调料之魂则是油辣椒，油辣椒在川菜中起着举足轻重的作用。但母亲却不知道，正是她的家传油辣子导致父亲去了学习班。

二哥不敢看父亲的眼睛，低着头看着地面，说：不抽烟的时候不咳，抽烟的时候还是咳，早上起来咳得更厉害一些。二哥穿了一双白球鞋，与他身上的蓝色衣服不相称。二哥的白球鞋是他利用星期天帮人扛水泥包赚来的。一分钱一包，足足扛了三个星期天。二哥上班的时候不穿白球鞋，只有休息时才穿它。

父亲的语气温和了许多，他拍了拍二哥的脑袋，说：没别的事了，带你妹回去吧。

二哥抬起头来，把挎在左肩的小布包给了父亲。父亲接过二哥的小布包将王影儿放下，再一次拍了拍二哥的脑袋，说：回去吧，听你妈的话。

二哥点了点头，牵着王影儿的手，往大门方向走。王影儿突然反应过来，意识到自己又将与父亲分开。王影儿甩开二哥的手奔向父亲，父亲蹲下身来，接住了王影儿。

影儿，跟你二哥回去，爸这一段时间在这里上班，过几天就回家了。

王影儿说：爸不要这里上班，爸回去打算盘，影儿要坐自行车。

父亲摸了摸王影儿的头，说：好，好，爸过几天就回去打算盘喽。

王影儿看着父亲认真的样子，有些半信半疑。父亲又抱起王影儿，示意二哥过来抱走王影儿。父亲高高地把王影儿举向二哥，二哥从父亲手中抱起王影儿快步朝大门方向走去。王影儿的头靠在二哥的肩上，两只手搭在二哥的臂膀上，怅然若失地看着晨风中的父亲：稀疏凌乱的头发，清瘦的身体裹在一件洗得有些发白的藏青色的中山装里，父亲的身影就像是春寒料峭中一片摇曳着的枯瘦叶子，距离越远，这样的感受就越深刻。三岁的王影儿哪里知道，父亲是消瘦了，中山装显得有些肥大。父亲的身影，在三岁的王影儿的视线里越来越模糊。

晨风中，父亲瘦削的身影深深地烙进了王影儿幼小的心灵。

后来，长大成人的王影儿向父亲讲起这段经历时，父亲已经忘记了这件事，二哥倒还记得。但二哥不相信王影儿会记得这么清楚，说王影儿是从其他渠道打听到这么多细节的。比如母亲、弟弟和妹妹。因为回家后，二哥将事情的全部经过告诉了大家，但王影儿说出来的许多细节，是二哥都不曾留意到的。比如，二哥是哪只手牵的她，走到鲁家门口还遇到了一个坑，差点摔了一跤，以及父亲那天穿的是什么衣服、什么鞋子，说得二哥有些发愣。

王影儿的第二次记忆是三岁半。

王影儿有个舅舅，在家排行老四，王影儿叫他四舅。四舅在邮政局门口搭了一张桌子，代人写书信为生。四舅每天收摊后都要到王影儿家里来转悠，与王影儿的父亲吹上两句。四舅一个人独自生活，四舅妈在省城工作。中华人民共和国成立前，四舅曾是一个精打细算的商人。1951年公私合营时，四舅的店铺归集体所有，四舅不愿意接受政府的安排就成了无业游民。后来，在王影儿父亲的鼓励下，四舅放下面子到邮政局门口支起这个书信摊。结果，一月下来挣得比上班还多。渐渐地，四舅的心理越来越平衡，心情也随之舒畅起来。

日子虽然过得很平实，但四舅对现实的抱怨却远远没有结束。王影儿打小就从四舅的嘴里知道母亲家族里的一些陈年旧事。但抱怨归抱怨，生活还将继续。不管怎样，四舅的到来，对王影儿来说，是欢天喜地的节日。不知从什么时候开始，四舅每天都要给王影儿三分钱的硬币。王影儿拿上这三分钱，立马就到门口的国营糖果店买糖吃。一般说来，三分钱能买四至五颗水果糖。卖糖给王影儿的那些店员都认识王影儿。

糖吃腻了的时候，王影儿就到对面的干杂店找任大爷。任大爷五十多岁的光景，脸上全是星星点点的寿斑，戴一顶棉帽子，一条洗得发白的劳动布围裙永远不离身。通常在下午三四点钟，干杂店没什么生意时，任大爷就将棉帽子压得低低的，遮住眼睛，两只手操在袖筒里，坐在门口的马架椅子上打瞌睡。王影儿轻脚轻手地走过去，将一个贰分和一个壹分的硬币递到任大爷面前，说：任大爷，我要买柿饼。

任大爷从迷迷糊糊的睡梦里惊醒，定睛一看，是王影儿，这才慢吞吞地从马架椅上站起来，从簸箕里挑选出两个较小的柿子，偶尔，也会是一大一小，放到王影儿的小手上，说：影儿，拿好了！回去跟大人说任大爷给的是两个哟。

干杂店的柿饼随意堆放在一个簸箕里，每一个柿饼的身上都沾满了雪白的面粉。面粉的作用就是让柿饼之间不粘连在一起。一般来说，柿饼是以斤两计价，碰上小孩来买，也估摸着以个论价。王影儿并不怎么喜欢吃柿饼，主要是对簸箕下面的白面粉很迷恋。因为每咬一口柿饼，嘴巴周围和鼻子上都会沾满白面粉。每当这个时候，王影儿就会伸出舌头去舔沾在嘴边的那些白面粉，每舔一次，就觉得自己是世界上最幸福的人。王影儿特别希望任大爷又继续坐在马架椅子上打瞌睡，这样一来，王影儿咬一口柿饼，借助唾液的力量，就可以偷偷地将咬过的地方放回簸箕里去重新沾上白面粉，于是乎，整个柿饼又将是雪白一团，就好似还没有吃过一样。

有时，王影儿去买柿饼，遇上一簸箕的饼柿都卖得差不多了，就会发现许多白面粉沉淀在簸箕下面，立刻产生出想把这些白面粉装回家的欲望，然后，躺在家里的那把马架椅子上，用指尖蘸上水将嘴唇浸湿，然后，将两片薄薄的小嘴唇轻轻往上面一杵，这些白面粉就会自动地粘在嘴唇四周，之后，王影儿就会仰望着蔚蓝的天空，慢慢地用舌头一圈一圈地舔舐着。

照理说，三分钱只能买到一个柿饼，两个自然是任大爷的特殊礼遇。任大爷虽说是土产果品公司的职工，但在这之前却是王影儿四舅店铺里的一员伙计。任大爷知道自己工作的这个车路口门市部原来是属于王影儿四舅的，公私合营就合到了商业局旗下的土产果品公司。王影儿的四舅就住在后面。先前是通前置后，前店后家，公私合营以后，后面的七八间住房除留给四舅一家三间外，其余的由房管局租给了另外两家住户。为了与前面的土产果品公司门市部分道而行，于是，便在中间砌上砖头，将土产果品公司的门市部与后面的三家住户隔断开来，包括四舅在内的另两家住户改由另一条小巷出入。

不想吃柿饼和水果糖了，王影儿就要走到街口去买蚕虫和打屁虫之类的零食。蚕虫是缫丝厂抽丝过后的蚕蛹，打屁虫则是生长在河滩上的一种会飞的虫子。这两种虫子都可以用油煎炒，吃起来很香。这些零食都是零星小贩在家里做好，装在搪瓷盆子摆在街口，盆子里放一勺子，以勺子定价定量，直接舀到顾客的手上。

三分零花钱，对王影儿来说，是成长中的美好记忆。

通常，四舅走进王影儿家还没坐定，一只小手就会伸到四舅的跟前。四舅赶忙从中山装下面的大口袋里掏出一个贰分和壹分来，递给王影儿，一边掏一边在嘴里直念叨着：走，走，走，你这个催账的小鬼。

有天下午，四舅的书信摊儿收得早，王影儿照旧是得到一大一小的两枚硬币。离买零食的时间尚早，王影儿将手中的贰分硬币拿在手里玩耍，一不小心，将硬币卡在了气管上，顿时，王影儿面色铁青、呼吸微弱，这可吓坏了母亲和四舅。母亲抱起王影儿一路小跑到了父亲的医院。

王影儿被放在外科室的手术台上，医生正准备用钳子去夹卡在气管上的那枚硬币时，王影儿猛地咳嗽起来，硬币已被王影儿吞进了肚里。其实，母亲抱着王影儿一路奔跑，由于受外力作用的影响，硬币已经慢慢地从食管里滑进了王影儿的胃肠里。医生说，只要进入了胃肠，自然就能排泄出来。

第二天，王影儿捡起这枚从自己身体里排泄出来的两分硬币，将它洗净后，没有拿去买零食，而是按照母亲的意思将这枚硬币珍藏了起来。

枪毙王远林

一

王远林是一家国营企业的工人，与我们同住一个大院，他常常骑着一辆永久牌自行车上下班，令邻居们羡慕不已。自行车是那个年代的奢侈品，更何况还是名牌。王远林剪一学生头，少言寡语的，喜欢独来独往。下班之后，他总爱猫在家里，是一个地道的宅男。

王远林有一个三口之家。妻子在一家集体企业上班。他们的儿子由王远林的岳母帮忙带着。到周末，两人才一起回乡下看望儿子。岳母的家在县城北郊的太空村，与王远林在县城的家相距不远，估计步行一个半小时左右，骑自行车的话只需二十来分钟。没有孩子的吵闹，家里不但很安静，也少了诸多烦琐的家务事，两口子过着惬意的二人世界，感情笃深。邻居们从来没有听到他们拌过嘴。夫妻俩不爱与邻居交往，也不愿意端着一碗饭站在院子的空坝里一边吃一边与大家闲聊。两口子几乎被大院里的人遗忘。直到有一天，王远林的双手被铐着，由几个穿着白色警服的公安人员押着出现在大院时，大伙儿这才想起小两口。

顿时，院子里像炸开了锅。邻居们纷纷跑到王家的门口看热闹，直看得大伙的眼睛发绿。民警从王家的夹墙里搜出了收录机、留声机、古式挂钟、上海手表、女式旗袍、蝴蝶牌缝纫机、海鸥照相机、铜壶等数十件物品。

民警说：王远林是盗窃犯。这些东西都是他偷来的赃物。

天呐……盗窃犯……赃物……这究竟是怎么回事？院子里的人都愕然了，邻居们怎么也不敢相信这是真的。一阵万恶的诅咒之后，大家又七嘴八舌地议论开来：

啧啧啧，那全是一些值钱的东西。是从哪里偷来的呢？王远林怎么会是小偷呢？不可能……他怎么成了小偷呢？我们一直跟他住在一起，居然一点儿都没察觉，这真是奇了怪了……哎呀！那坏人脸上又没有刻字……就是嘛，平常两口子对人都蛮客气的……唉，这就叫知人知面不知心……你们说的都有道理，但我还是不敢相信王远林竟然是一个小偷……手铐都给他铐起了，还搜出来这么多东西，还有啥子不相信的。

民警押着王远林和一车赃物一走，大院里的人又都莫名地紧张起来。常言道，这小偷又叫贼娃子，属于坏人的范畴，只要沾到坏人二字，就表明这人什么样的坏事都干得出来，这就不得不让人浮想联翩了。于是，大伙儿又赶紧回家清理各自值钱的东西：缸里的米、柜子里的挂面、值钱的衣服、布票粮票糖票煤票等等，翻来覆去地找呀找，连灶台上的锅碗、学生的钢笔和书本都不放过。一家人关起门来清点盘存，回忆了一遍又一遍。哪天谁用糖票买了二两白糖，哪天又是谁去巷子口打了半斤煤油，哪天又是谁谁谁用了一两粮票在街口的凉粉店买了一个糖饼子……掰着指头算呀算呀，数一数手里剩下的这些粮票糖票布票，最后，来一个信息汇总，各家粗略统计下来，基本吻合，其结果就是没有一家人丢了东西。看来，这王远林还是有节操的。要么就是有兔子不吃窝边草的心理压力，或者压根儿就没有把邻居家的这些物件儿打上眼。

第二天，我们前进居委会的人都知道了王远林是一个小偷。

更奇怪的事情发生在王远林的老婆周二姐身上。民警做笔录时，她一问三不知。她居然不知道自己的老公王远林偷了这么多贵重的东西，甚至她根本不知道家里还有这么一个夹墙。起初，民警以为她为了保全自己，故意装傻隐瞒事实，后来，通过审讯和调查才得以证实她并没有撒谎。比如某年某月某日，某失主报案说东西丢了，某派出所做了详细登记，而这件物品正好在这些赃物里。根据推断，当王远林把这些“战利品”运回家时，他老婆正在单位上夜班。后来，民警又经过多方查证，证实了他老婆说的都是事实。再者，作为一个嫁到王家的媳妇，像夹墙这样隐蔽的地方，只要王远林不告诉她，她又不刻意去观察，也很难发现。看来，王远林偷盗之事，的确隐瞒了他老婆周二姐。

是不愿意告诉她，还是不想让她担心呢？

王远林的回答让办案民警感到意外：我做我自己的事情，干吗非要让她知道呢？

办案民警纳闷了：你们是一家人，同住一间房，同睡一张床，你做的这些事情，能瞒得过她吗？

王远林义正词严地说道：为什么不能呢？我一人做事一人当，干吗非要把她牵扯进来？我是我，她是她。我姓王，她姓周。

王远林的回答让办案民警既疑惑，又感到事态的严重，这一家人还真是奇怪得很，丈夫是窃贼，妻子居然被蒙在了鼓里。而且王远林说话的口气很硬，老婆在他的眼里根本不值一提，这是为了掩耳盗铃还是要独自承担替老婆着想？对此，民警们迷惑不解。

而令办案民警不解的是王远林的作案动机和犯罪目的。从失主报失的记录上看，有些物件，已经丢失了两到三年，也就是说王远林把这些偷来的东西搁置在夹墙里已经好几年了。那么，既然偷了这么多的东西，为什么又不拿出去销赃变现，这又是一种什么样的盗窃行为呢？这令办案民警有些费解，而王远林的回答却令办案民警更加匪夷所思。

王远林说：我偷东西的目的并不是为了销赃，而是拿来欣赏的。

欣赏，怎么欣赏？这又不是什么艺术品。显然，办案民警不相信王远林说的这些鬼话。

面对民警的质疑，王远林的回答却很干脆：自己喜欢的东西，天天看着心里就舒坦。

这是什么逻辑？办案民警哭笑不得。你一个盗窃犯还懂得欣赏，还知道如何审美？这不是避重就轻，藐视法律吗？

王远林依然坚持自己的欣赏论调，还喋喋不休地高谈阔论了一番。说每个人都有自己的癖好，有些个人癖好是难以让人理解的。正因如此，才要把这样的癖好掩藏起来。因为在常人看来，这些癖好与众不同不符合逻辑，与社会格格不入，但就个人来说又充满了无比的乐趣。所以，一旦爱上某样东西，就会为它茶饭不思、魂不守舍，为了得到它就会不顾一切。最后王远林说，没有经历过的人是体会不到的。

这么说来，你把偷窃也当成个人的癖好了？你有没有想过，你这是在犯罪。

我是拿来欣赏，而不是变卖，我总不能跑到别人家里去欣赏，只好把它拿回家来，才能慢慢地欣赏、慢慢地玩味。什么叫玩味，你们应该懂的。

听了王远林的这一番强盗逻辑，办案民警又好气又好笑。气的是王远林执迷不悟没有一丁点儿认罪的意思，甚至还理直气壮地把自己的偷盗行为说成了“拿”。更加好笑的是王远林在交代自己的犯罪事实时，脸上洋溢出一副天真无邪的表情，没有一丝一毫的做作，就像是游离于尘世之外活在世外桃源里的局外人，仿佛在一夜之间，回到了刀耕火种的原始社会或是一脚迈进了理想的共产主义社会。办案民警从来没有遇到过像王远林这样智商高情商低又具有多重人格的犯罪嫌疑人。

审了三次，每次都是这样的对白和台词，办案民警有些无奈了。另一组民警从外围对王远林的家庭情况和社会关系展开了调查。

在王远林家里，除了一辆用来上班的永久牌自行车以外，就没有任何值钱的东西了。而这辆自行车的确是王远林自己买的。不但有五金店的发票，还有五金店聂经理的证词。

既然有钱买自行车，干吗还要去偷呢？将偷来的自行车闲置在家里，这又算什么事呢？而能够买得起一辆自行车，不但需要一笔钱，还要搞到相应的配额供应票，这是一件很不容易的事情。五金店一年只有五辆自行车可卖，县城里不过一万多常住人口，谁瞧谁都有些面熟，况且还是买得起自行车的主。五金店的聂经理四十多岁，戴一副眼镜，瘦瘦小小的。面对民警的询问，如实道出了实情。聂经理说，五辆车只卖了三辆，现在还剩下两辆没有人买。一般有两种情况：一是搞到配额票的人，钱还没有攒够；二是有钱的人，却没有搞到配额票，只好望车兴叹。所以，卖出的三辆车是什么样的人买走的，以及卖出去的大概时间，他都还有印象。

买第一辆自行车的是一个女的，二十来岁，在县委机关上班。买第二辆的是一个男的，四十多岁，是县供销社的采购员。买第三辆的就是王远林。五辆自行车三辆永久两辆凤凰，现在剩下一辆凤凰和一辆永久。在县委机关工作买走女式凤凰车的是一位干练果断长相平平的年轻姑娘。讲到这里，聂经理停顿了一下，端起柜台上的搪瓷茶盅喝了一大口，又继续说道：姑娘拿着配额票和钱，仅十多分钟的时间就将车提走了。供销社采购员是一个微胖的中年人，梳着偏分头，三七开，单眼皮，圆脸，一笑眼睛就成了一条缝，说是给儿子买的。他来了三趟，比县委机关那位姑娘还早几天。这位仁兄把车看了又看，最后提车的时候是跟儿子一道来的。比县委机关那位姑娘晚了一周多。这第二辆车卖了不到十天，店里来了一个三十岁左右高高瘦瘦的年轻男人，剪了一个学生头样式，显著的标志就是前额被一大片刘海遮住，刘海下面一双眼睛忽闪忽闪的，一副斯斯文文有点害羞的样子。乍一看二十来岁的模样，近了再一端详，面容成熟了不少。不错，聂经理描述的王远林的外貌特征很准确，说明王远林确实给他留下了深刻的印象。

聂经理说：这个年轻人是上午看车，下午来提的车。其实上午看车的时候，聂经理就知道他兜里的钱票已备齐，可能是想有个回旋余地，估计又到南华宫对面的二轻商场去做了一番比较，最终，决定在我们五金店买。这样一位看上去知书达理，斯斯文文，有点类似于文艺青年的范儿，竟然是一名盗窃嫌疑犯，聂经理听了民警的介绍后，紧锁眉头，表示出很难理解的样子。

办案民警再次审讯王远林。王远林仍然坚持先前的说法，偷东西乃他一人所为，其目的不是为了销赃，而是拿回家去欣赏。为了表明自己是因为喜欢这些东西才去偷盗的，王远林又神神秘秘地向办案民警透露道：你们不知道吧，这些东西都是很贵重的，你看那挂钟，有上百年的历史了，如果拿出去卖的话，只能当破铜烂铁收了，能值几个钱？把它们搁置在我的夹墙里，我把它们当宝贝一样供奉起来，不是很好吗？

王远林的一席话，倒是点醒了办案民警。在王远林的赃物里有许多旧东西，诚如王远林所说，这些东西如果遇到识货的人它就是个宝，反之就只能当废品卖。县城没有正规的文物店，王远林只有到省城去找买家，是不是因为这个原因才导致赃物滞留？但从王远林所交代的犯罪事实来分析，赃物里的许多东西如留声机、旗袍、挂钟等都是他两年前偷来的，这些东西又没有丢失人的报案记录，而自行车、收录机则是半年多前的事情，有失主的报案记录。经王远林这样一提醒，办案民警才恍然大悟，于是将赃物分成两大类，一类是有文物价值的旧物件，另一类则是当下最时髦的新物件。

去一趟省城也不是什么难事，四五个小时的班车，大半天就到了，而王远林偏不去省城销赃，这个理由就显得有些牵强了。

王远林究竟是文物贩子，还是有收藏自恋癖？或者，真像他所说的纯属个人爱好和自我玩赏？

如果是文物贩子，肯定就有同伙。或许，从夹墙里搜出来的这些东西还来不及销赃，要不就是没有找好买家，暂时搁置在夹墙里。对，挖出同伙，成为民警办案的另一个突破口，但审了半个多月，仍旧没能审出王远林的同伙。办案民警还是不敢相信，王远林一个人单枪匹马取得如此辉煌的“战果”，难道有超强的偷盗本领？

王远林仍然一口咬定，凡事都是他一人所为，跟任何人无关。

另一组民警从王远林单位反馈回来的信息是，王远林上班从不迟到早退，无旷工事假和病假记录。领导和同事们对他的评价是：工作认真负责，性格温和，与同事之间的关系还算可以。在单位里，虽说没有特别要好的同事，但也没有特别不要好的同事。大伙一说起王远林，都觉得不错，只是性格有点内向罢了。总之一句话，王远林还算是一个好同志。

根据王远林的作息时间，白天上班，只有晚上才有作案的时间。他偷窃的这些物品都是贵重物品，且价值不菲，非一般家庭能够添置得起。从各个派出所反馈回来的报案记录显示，报案人大都是在一大清早起来报的案，说明家中的物品均是在夜间被盗的。只有一些不常用的小物件和怀旧物品，没有准确的丢失时间，因为报案记录不详，还有一些东西，一直没有失主报案的记录。

办案民警通过多方走访和调查，将收集回来的证据进行逐一分析和排查，并对王远林的作案时间做了比对和核实，最终，也没能找出王远林的同伙。后来，相关部门对赃物里的那些旧物件做了鉴定和分析，认为那些所谓的宝贝皆不能算作文物，顶多是有些年份罢了。就说挂钟虽然是民国的，铜壶是晚清的，但都是市面上普通的东西，值不了几个钱，反倒是收录机、照相机、自行车这些大物件值钱。

法律以事实为依据，不交代犯罪动机并不等于没有犯罪，这么多赃物摆在面前，足以证明王远林的犯罪事实成立，尽管他画蛇添足地把“偷”诡辩为“拿”。对此，检察机关对王远林提起了公诉。王远林东窗事发于春天，秋天，便有了结果。

二

公判大会一般在广场召开。犯罪分子两臂交叉地捆绑着，站在广场的台子下方。死刑犯站中间，与死刑犯站在一起接受审判的其他犯人，分别站左右两边。犯人胸前的纸牌上写有名字和罪行，死刑犯的后背被插上一块写有名字的木牌，名字被画上一道红色的叉，以示该犯人为死刑。公判大会开得很简短，不会超过一个小时，比其他任何大会都干脆利落。

枪毙王远林那天，我们院子的人都跑到现场去看热闹。王远林是大家熟悉的邻居，大家都想看看王远林被五花大绑的怂样。自从王远林被公安机关逮捕后，王远林的老婆周二姐就搬到城郊娘家去住了。闲暇时，大家凑在一起把王远林祖宗八辈的事都翻了出来，细嚼慢咽，仔细推敲和分析，彼此争论了好长一段时间，还是没有理出一个头绪来。时间长了，没有挖出什么新料来，院子里的人慢慢地将王远林的事淡忘，再谈起时，也没有先前的兴致。这个公判大会开得可谓及时，把大家的情绪又都调动了起来。大家对王远林和他的犯罪动机又产生了浓厚的兴趣。一大早，院子里的人都赶往广场开会去了，只剩下几个行动不便的老人。

我们几个小女生与季老二一起赶到广场时，公判大会已经开了十几分钟。季老二朝前面挤，终于看到了站在犯人中间的王远林以及插在他后背上的那块木牌子，季老二回来告诉我们，说王远林是死刑。其实，去广场开会之前，大家都没有想到王远林会判死刑。听大人们议论说，盗窃罪重者不过是十几二十年，顶多判个死缓。因为王远林在行窃的过程中，自始至终没有伤害过他人，也就是老百姓所说的没有“拉命债”。因为，一命抵一命是大家根深蒂固的传统法制观念。但这一次，王远林却遇上了严打。听季老二这么一说，我们的心情都有些复杂，因为王远林毕竟是我们身边一个熟悉的人，以这样的方式告别人世，的确不是一件光彩的事。要说恨和诅咒的话，院子里没有人恨过王远林，因为王远林没有做对不起大家的事情，尽管王远林很少与大家交流沟通，但留给大家的印象还是不错的。

开公判大会时，大家一般都是站着，所以，队伍松松紧紧有伸缩性，小孩子往前面挤一挤，大人们都会礼让的。听季老二这么一说，我们几个小女生也挤到了人群的最前面，终于看到了王远林站在一排犯人的中间，头发被剃掉成了光头，后背上插了一块木牌子。我们都知道，插上木牌子就意味着被判了死刑。所不同的是，我们看到了被判死刑的王远林一副无所畏惧的表情，好像这即将到来的死亡与他毫无关系。和王远林站在一起被插上木牌子的另两名犯人则面色铁青，已然是魂不附体了。

我们看王远林的时候，他两眼直视着前方，没有发现我们在看他。我们在想，如果他发现我们在看他，不知道还能不能认出我们来？不过，广场上一下子涌来这么多人，王远林的目光聚焦何处，实在难以判断，他是否也在寻找自己熟悉的面孔？此时此刻，他又在想些什么呢？

枪决的地点通常选在郊外，但不知什么原因，这一回却例外，将行刑现场选在广场的西南角。加上王远林，这次公判大会后，被执行死刑的犯人一共有三个。一听到要在广场西南角执行枪决，我们几个女生就想去现场看看。但一想到正义的枪声响起，犯人的人头落地，紧接着就是脑花四溅、四肢抽动，现场定会是一片不堪入目的景象。不过两三分钟的光景，犯人罪恶的一生便戛然而止。这个情节是季老二给我们描述的。季老二是一个十五六岁的男孩子，好像没有他不敢干的事。他妹妹季老三跟我们一般大，平常上学玩耍都在一起。季老二在现场目睹过无数次枪决犯人的场景，回来之后，他活灵活现地给我们描述了枪决犯人的整个过程。

我们对季老二说：我们想去看枪毙王远林。

季老二劝我们不要去，并吓唬我们说：你们最好不要去，现场一片狼藉，惨不忍睹，看了过后，几天都吃不下饭。如果被坏人在临死前瞪上一眼，晚上还会做噩梦。

我们睁大眼睛，有些不敢相信地问：啊，这是真的吗？

季老二说：犯人最不喜欢像猴一样地被人看热闹。

我们问：那你被犯人瞪过吗？

季老二说：当然被瞪过，但我不怕。他瞪我的时候，我就狠狠地回敬他一眼。

我们被季老二一板一眼的描述给唬住了，但我们还是抑不住心中的好奇：那我们站远一点看就是了。

季老二说：远一点还不如不看，啥都看不清楚，全是人影子在面前晃来晃去的。

我们说：我们只想看一看大致的情形，近了太恐怖。

每次枪毙犯人季老二都要站在警戒线边上去看，把现场看得清清楚楚、明明白白，不漏掉任何一个细节，看完之后，必然要绘声绘色地给我们讲述一遍，遇到关键之处，还要搜肠刮肚地寻找形容词来描述一番，以示他胆大勇敢。比如行刑警察什么时间上膛，如何扣动扳机，怎样把枪口顶着犯人的后脑勺，周围看热闹的人如何屏息敛气在几米开外等待那千钧一发的时刻。这个时候，胆小的人就会捂住耳朵闭上眼睛，但好奇心又驱使他们忍不住地要往刑场中央挤，全然一副事不关己幸灾乐祸无所畏惧的样子。胆大的人簇拥着想越过警戒线，看一颗子弹是如何穿过犯人的脑门直至犯人瘫软倒地。

季老二还悄悄地告诉我们，说行刑警察也很紧张。他说他看见警察的头上直冒冷汗，拿枪的手在不停地颤抖。我们说：鬼才相信你说的是真的。我们认为季老二肯定在撒谎，警察叔叔怎么会害怕坏人呢?

季老二说：哎呀，谁骗你们呀！我也弄不清楚这到底是怎么回事，反正我说不好，形容不出来，但我看到的事实就是这样的，我真的没有骗你们。

王远林，犯盗窃罪，因涉及的金额巨大，判处死刑，立即执行，并剥夺政治权利终身。这是我们亲耳听到的对王远林的死亡宣判。

三

王远林和十几名犯人一道被押上了解放牌汽车。三个死刑犯站在正前方，陪杀场的犯人在两侧。每名死刑犯皆由两名荷枪实弹的武警战士押着，两个战士分左右两侧站立，并用手臂压住犯人的双肩，以防止发生意外。解放牌汽车从广场北侧出发，经过朝阳门、银行口、红专路、德胜街等主要街道，最后返回广场。汽车开得很慢，马路两边看热闹的群众能将犯人的面目看得清清楚楚。人群一边看一边七嘴八舌地议论开来。一般说来，人们不会去关注犯人判了多少年徒刑或者为什么要判死刑，只会挖空心思千方百计地去打听犯人背后的故事，八卦一下犯人的老婆孩子兄弟姐妹的状况。诸如他们住哪条街，家里人怎样看待这件事。如果犯人是因强奸罪被判死刑的，大家最想知道的是他家人对此事的态度尤其是老婆的反应以及被强奸对象的情况云云。于是，围绕着犯人背后展开的故事，一传十，十传百，十里八乡的就会来一个人肉搜索，几天之内就能将犯人及犯人伤害的对象的情况弄个一清二楚。当然，在讲传的过程中，少不了要添油加醋，或遗漏或追加。所以，每每遇到开公判大会，小城人也要放松一回，商店关门，工厂停工，学校停课，男女老少都涌到广场上来，像过节一般。

汽车行至红专路，突然，王远林的老婆周二姐出现在人群中。周二姐一袭黑衣，神情忧郁，一路小跑地跟在汽车后面。她的这身装扮立刻把现场看热闹的人群给镇住了。她声情并茂地呼喊着王远林的名字，喊一声王远林的名字，周二姐就开始与王远林进行阴阳两界的最后嘱托：

四哥，你放心地走吧，我会照顾好咱们的儿子。

汽车上的王远林昂着头目光游离在别处，当他听到周二姐声嘶力竭的呼喊时，王远林并没有为之动容，只是一度动了动嘴皮子，也不知说了些啥。时隔不久，陪杀场的犯人传出来，说王远林当时听到周二姐喊他名字时，先是微微一颤，紧接着就骂了一句：

龟儿子瓜婆娘，哭啥子嘛，有啥子好哭的嘛，丢人现眼。

王远林说这话时身体和头摆动了一下，押解的武警战士被这突如其来的举动惊扰，于是用力按压住王远林的双肩。路边看热闹的人群不知内情，将此情景描绘成王远林想负隅顽抗，还放大地说王远林的情绪很暴躁，使押解他的武警战士都惊出了一身冷汗。

其实，那个时候，王远林的目光空洞表情木然如行尸走肉般，他的灵魂早已出窍。对死亡的恐惧乃是一种本能的表现，但在王远林的潜意识里，自始至终没能意识到自己的行为是在犯罪。诚如他所描述的，他把那些赃物像菩萨一样地供奉起来。夹墙犹如一座圣洁的小庙，他怀揣敬畏之心，去瞻仰它们的尊容，灵魂仿佛得到了片刻的安宁。正是这些偏激的思想和强盗美学逻辑促成了他诡异的犯罪行为。与王远林同车的另两名死刑犯的状况则完全不一样，他们目光呆滞、面如死灰、身体缩成一团，早已吓得魂飞魄散。

为了能够感受枪毙现场紧张肃杀的气氛，目睹王远林人头落地的一刹那，我们选择了距离行刑现场不远的人工湖对岸。行刑现场在广场西南角。这个地方原本是开运动会的跳远场地。开运动会时，整个广场都变得生机勃勃。西南角变成一个大沙坑，成为跳远比赛场地。距离大沙坑五米开外的灯光球场是一个标准的篮球比赛场，东南角是排球比赛场地，主席台下方摆放乒乓桌，跳高和铅球的比赛则在东北角和西北角，广场中间自然是最炫目最耀眼的田径跑道，临时用画线机车一滚就像模像样了。暑假期间，广场又放露天电影。广场旁边有一条小径，连接着人工湖。这天，人工湖的拱桥上已经挤满了人，这是一个制高点，距离行刑现场不过一百米的距离，不远处的湖心岛上也站了不少的人。我们站在对岸的小道上，虽然看不清人的五官轮廓和面目表情，但因其位置正对行刑现场，可以一览无余地将一切尽收眼底。因为连接人工湖的小径及小径周围几百米内都被标示为警戒线，我们的前方就没有任何阻挡物。放眼望去，广场上人头攒动，里面的人并不是都要挤向行刑现场。挤现场看热闹的大都是一些青壮年男人。更多的人则站在了外围，他们借助这样的氛围八卦一番或是打听一些小道消息，以此作为茶余饭后的谈资。

四

三名犯人被押到行刑现场。前两名犯人验明正身，行刑警察一枪命毙。王远林是最后一个被押进刑场执行枪决的人。

然而，奇怪的事情就发生枪毙王远林的时候。

按照程序，三名行刑警察，两人分左右两侧按住王远林的双肩，后面执行枪决的警察将上膛的枪口顶住王远林的后脑勺，对准脑门从容地扣动扳机，王远林罪恶的生命就此结束。但偏偏就在这个时候，王远林大胆地扭过头来，狠狠地瞪了一眼要枪决他的那名行刑警察。年轻的行刑警察没料到这个犯人会如此嚣张，一慌神，手指不由自主地扣响了扳机，子弹擦着王远林的脑袋飞向了不远处的树桩，吓得警戒线边上几个警察出了一身冷汗。

惶恐、紧张、新奇、焦躁……这些复杂的情绪支配着这个年轻的行刑警察，他的双腿情不自禁地抖动起来。此刻，他的心情一点不比王远林轻松。

王远林面向我们，当时我们只能模糊地看到王远林的身体树影般向后面晃动了一下，紧接着，就听到了一声枪响。王远林的面前是一片空旷地，这片空旷地正是运动会的跳远沙坑，距离这一片空旷之地的三米开外有几棵柏树，柏树边上是一条小径，横亘的人工湖顺着这条小径蜿蜒向西，从东门口一直通向迎春路。

看来，年轻的行刑警察是头一次遭遇这样的尴尬，既窘迫又有些不服气。他面色潮红，翻滚的思绪不断地撞击着他的内心世界，自我开始了内心的抗争：刚才自己的两名同事不就是一枪命中犯人吗？轮到自己时，为什么就失手了呢？另一个声音又在辩解：前两个犯人一到刑场一身瘫软，像一堆不能动弹的烂泥，哪还有负隅顽抗的精气神。他们的心理防线已彻底垮掉，身体自然成了一具行尸走肉的空壳。这个犯人却不同，他的目光里充满了仇恨和对现实的愤懑，他为什么要回过头来看我一眼呢？他这一看，首先扰乱了我的阵脚……问题可能就出在这里，他趁我不备，就抢先瞪了我一眼。他抢在了我的前面，这就是一种心理战术……嘿，你这狡猾的家伙，还敢跟我玩心理战术……我怎么就忽略了这重要的一环！他瞪我的时候，我应该狠狠地回瞪他一眼，充分展示我的正能量。是呀，应该这样才对，我应该做好这样的心理准备，时刻保持着高度的警惕性，要展示出人民警察的威严来。但话又说回来，这又不是我的错，我也是在执行命令。谁叫你去犯法的嘛？你还是认命吧！二十年后，又是一条好汉。争取下辈子做一个遵纪守法的好公民。转念又一想，我这又是怎么了？还在为犯罪分子开脱，我岂能被这样一个气焰嚣张的犯罪分子击垮？对，我不能退缩，周围还有那么多人民群众在看着我，期待我打出精准的一枪，漂亮地结果这家伙的性命。好了，不能再想东想西的了。把腰板挺直，勇敢地直视前方，要快要准，自己是正能量，岂能被这邪恶的势力所威慑？

于是，年轻的行刑警察调整好心态，严阵以待，准备第二次出击。

一切准备就绪。年轻的行刑警察调整好自己站立的姿势，挺胸收腹，屏息敛气，右眼眯成了一条缝，左眼怒目圆睁地直视前方，果断地扣响了扳机。谁也没料到，又是一个子弹飞。这回倒是打中了犯人王远林，但不知什么原因，并没有击中其要门。后来听季老二说，行刑警察扣响扳机的一刹那，王远林的头轻轻地抖动了一下，于是，打出来的子弹偏离了方向，打掉了王远林的一只耳朵。尽管血流如注，但王远林并没有因此而倒下，而是坚强地回过头来再次看了一眼年轻的行刑警察。顿时，年轻的行刑警察一阵慌乱，按捺不住心中的愤怒，紧接着又补了两枪，这回是真的击中了犯人王远林的命门，随即王远林倒在地上，但王远林并没有立即死去。王远林在地上蠕动着，苟延残喘般翻动着身体。这个时候，年轻的行刑警察已经被王远林负隅顽抗的精神搅乱了阵脚，看到地面上抖动的身体，慌乱之中，行刑警察又连补了好几枪，于是，犯人王远林就像似被锄头挖断的蚯蚓身首分离致使身体不由自主地又扭动了几下。年轻的行刑警察被地上扭动着的罪恶生命给激怒了，甚至有些气急败坏了，于是，他连连扣动扳机，枪声在县城的上空回荡着……直至犯人王远林残喘的生命不再动弹，年轻的行刑警察这才松了一口气。心想，这一下，这该死的家伙总该完蛋了吧。但命运却偏偏与年轻的行刑警察作对，犯人王远林的身体又抽搐了几下，年轻的行刑警察立刻警觉起来，于慌乱之中，又补了一枪。

面对如此密集的枪声，站在外围看热闹的群众，铆足了劲地想往里面钻。本来大家觉得枪声一响，犯人王远林会像所有的人民公敌一样迅即倒在地上，身体轻轻地抖动几下，一场热闹就此结束。殊不知，发生了这样的意外。立时，人群哄闹了起来，纷纷为年轻的行刑警察捏一把汗。大家屏住呼吸，等待那神圣时刻的到来，结果可想而知，当第二枪成为子弹飞时，人群开始骚动起来。男人们拼了命地朝距离刑场最近的地方挤去，为的是能够看到下一声枪响时，犯人王远林是不是还能幸运地“逃”过一劫。

残酷、刺激、痛快淋漓、幸灾乐祸，这些复杂的情绪在人群中蔓延开来，随着时间的推移，犯人王远林顽强的抵抗和年轻的行刑警察的疏漏使刑场上空弥漫着一种不祥之兆。本是正义与邪恶的较量，却居然转化成一场残酷的心理较量。立时，现场群众的注意力和情感又开始倒向王远林这一边，更有好事者在第三声枪响时，开始了数数的游戏。

面对这样的情形，年轻的行刑警察的心理防线仿佛被犯人王远林牵制着，而警察的尊严又不能让他做出半点让步，他必须要稳住自己焦躁的情绪，以至于后来变得有些恼羞成怒了。他机械地扣动着扳机，视犯人王远林为敌对交战的一方，但凡对方的身体动弹一下，都有可能对自己造成某种威胁似的，所以，以连连开枪射击的方式来对抗犯人对自己内心的伤害，同时，也迫使自己尽快镇定下来。后来的事实表明，犯人王远林早在补第三枪时就已经死亡，但犯人王远林的心脏并没有马上停止跳动，断气之前的症痛，致使四肢抽搐、身体扭动，这是肌肉痉挛造成的正常现象，当人的身体遭到猛烈撞击时，人之将死时，疼痛必将引起四肢的抽动。

五

王远林终究还是被正法了。他罪恶的生命如一摊烂泥被丢弃在广场西南角的沙坑中，与秋日凄凉的寒风孤单相伴。且说周二姐本想追着丈夫的汽车奔赴刑场，来一场举世无双的爱之诀别，然后，等看热闹的人群散去之后，把丈夫的尸体收回来。但周二姐却没能目睹丈夫被枪决的过程。后来，当听到别人描述整个过程时，她的心中充满了莫名的悲痛。

为什么就不能一枪命中，让四哥遭受如此折磨？

四哥是王远林的小名，王远林上面有两个姐姐，本在家中排行老三。之所以叫四哥是因为王远林在王家那些堂兄弟中排行老四。周二姐说完几句嘱托之后，又开始喊王远林的名字，如此反复，追过了几条街道，周二姐早已是泪雨滂沱了。人群被周二姐哭刑场追汽车的架势震住了。先前幸灾乐祸看热闹的人群看到周二姐一副悲悲戚戚的样子，全都沉默了。大家都好奇地看着这个黑衣女子。有人认出了周二姐，人群并没有因为她是那个即将被执行死刑的盗窃犯的妻子而加害于她。

汽车行至德胜街时，周二姐跑不动了。她神情恍惚两腿发软一头栽倒在地。周二姐有低血糖，这一哭一闹的，加上没吃早饭，病就犯上了。幸好有弟弟跟在后面。弟弟上前一把扶起姐姐，并一个劲地劝姐姐回家：你伤心一阵也没有用，人又哭不回来了，哪个叫他去犯法嘛。周二姐摇了摇头，说：我不回去，我要去现场。弟弟拽着周二姐往相反方向，周二姐硬要去追解放牌汽车，姐弟俩在原地拽来拽去耽误了不少时间，解放牌汽车就走远了。这时，满脸泪痕的周二姐便有些头昏眼花分不清东南西北了，她靠在弟弟的肩膀上问：这是在哪儿？她弟弟说：这是德胜路。周二姐说，德胜路就是要到广场了。弟弟连连点头：是要到了，是要到了。这时，弟媳小赵推着辆自行车赶了过来，两人把周二姐架到后座上驮回了家。周二姐便昏昏沉沉地睡了。一觉醒来，一看，已是下午四点，老公王远林已经离开这个世界有四个多钟头了。周二姐责备弟弟没有把她驮到广场上去。事已至此，前半段已落幕，这后半段必须得续上。她坚持要和弟弟一道去广场替丈夫收尸。

弟弟说：你一个女人家，抛什么头，露什么面，这是我们男人家的事情。再说，收尸也要等到天黑以后再去。

周二姐说：我就要去，我现在就要去。我收我男人的尸，怕啥呢！

弟弟说：你以为这是光荣的事？他把你害成这样，你还护着他。

周二姐说：他就偷了一点东西，又没有“拉命债”。

弟弟说：好好的日子不过，去偷什么东西？真是丢人现眼。

周二姐说：不管哪个说，他是我老公，是峰儿他爸。

弟弟说：看你以后哪个跟峰儿说他爸。

周二姐说：以后再说以后的事情，峰儿现在还小。

弟弟没能说服姐姐，也拗不过固执的姐姐，不到五点，姐弟俩就直奔广场，到了西南角，却发现只有两具尸体，王远林的尸体早已不见了踪影。

看到姐弟俩在沙坑附近找来找去，有人把这事报告给了民警。

谁会对一个犯人的尸体感兴趣呢？这可纳了闷了，是不是王远林的同伙收了他的尸体呢？警察在想。

枪毙王远林的时间是在上午十一点多钟，行刑警察执行完了之后，人群一哄而散。顶多是不懂事的小孩子打这儿经过，故意站在那儿看上几眼，表明自己胆大。如果要收尸，肯定是趁中午大家都回家吃午饭，这个时间段，广场上的人很稀少。

于是，民警展开了调查，对广场周边的住户逐一问询。问到的都是一些孩子。因为居住在广场附近的人家，只有孩子们爱在广场上打打闹闹的，直到各自的爸妈站在广场边上喊自己娃儿回家吃饭，孩子们才纷纷散去。

面对警察叔叔的询问，孩子们吞吞吐吐，无法说清楚事情的经过。一个稍大一点的孩子回忆说，曾经看见几个中年妇女在尸体面前晃悠了半天。另一个孩子回忆说，看见一个捡破烂的老人在那里站了老半天。但究竟收没收走尸体，谁也不敢百分百地肯定。面对犯人的尸体，胆大的孩子从容地站在距离尸体较近的地方瞧上一眼，胆小一点的孩子根本不敢靠近。孩子们打赌说，看谁的胆子大，敢不敢从这些尸体旁经过，或者干脆从尸体的身上跨过去，那就更加了不得。有孩子打尸体边上经过，但却昂着个头，始终没敢朝地上看一眼。所以，谁也不会去在意这些细节，只是把看尸体作为一个由头和一种玩乐的方式来试探谁的胆子最大。孩子们也知道，被警察正法的犯人尸体肯定与普通的尸体有着本质的区别，比如面对溺水者的尸体，孩子们没有一丝一毫的畏惧感，而是凑到尸体跟前看个一清二楚，并对此评头论足一番，直到亲人赶来扑在尸体上号啕大哭时，人群才慢慢退去。而犯人是被正法的，代表的是邪恶，生前的种种恶行令孩子们浮想联翩。

第二种可能就是胆大的拾荒者。但这个假设好像又站不住脚。一个被枪决的犯人，身上根本没有什么值钱的东西，拾荒者不会去翻弄他们的口袋，更不会去搜刮一个死刑犯的衣服。

收尸，对旁人而言，是一件晦气的事，谁会偷偷地运走一个死刑犯的尸体呢？这令民警们困惑不解。种种迹象表明，王远林背后肯定隐藏着一个巨大的盗窃团伙，他的尸体肯定是被同伙给弄走了。听民警这么一分析，周二姐也不敢追问尸体的下落了。但民警们着实忙乎了好一阵子，始终没能找出王远林背后的盗窃团伙，连一点蛛丝马迹都没有发现。没有一丁点儿线索自然就没法顺藤摸瓜地查下去，王远林的尸体就这样莫名其妙地丢失了，成为一个永久的谜。

六

后来，坊间又出现了两种说法，一说那天行刑警察开了二十三枪，二说开了二十六枪。警方更正申明：一共开了三枪。那天的现场的确有些混乱，第一枪没打中，人群一下就哄闹起来，犯人敢扭头过去瞪行刑警察实属罕见，这成为坊间谣传的由头。另外，梓城人对周二姐披麻戴孝追汽车的行为津津乐道，对王远林奇怪的盗窃行为和犯罪动机以及古怪的审美趣味产生了浓烈的兴致，他们相互打听、收集、编纂、分析、整理，并由此得出一个结论：

这娃儿的脑壳肯定有包。

当然，最热闹的要数我们大院，毕竟王远林跟我们是邻居，自然对他了解得要多一些。院子里的人凑在一起自然要把王家祖上八辈的事情翻出来叨叨，竭力回忆与王远林相处的每一个细枝末节，试图勾画出一个盗窃犯的人生历程。尤其是年长一点的人成了香饽饽，好事者都向这些年长者打听王远林祖上的事。一个县城就那么点大，常住人口不超过两万，几条街巷不到半个时辰就走完，大伙仿佛都是熟脸熟识的，所以，倘若在菜市场一遇见，我们车路口街的人甚至是前进居委会的人都会被其他街道其他居委会的人，比如红星居委红专路居委东升居委工农兵居委的人热情洋溢地拉着闲扯一阵，自然都是王家祖上那些陈年旧事以及王远林生前的一些古怪行为。

有了这些谣传做铺垫，随着时间的推移，谣传就演变成了一个苍凉凄美令人扼腕叹息的悲情故事。再后来，王远林的故事又有了新的扩展。

王远林的曾祖父是清末举人，做过知县，后弃官从商，建立起殷实的家业。到了王远林祖父这一辈，家业扩大至省城。当家业传到王远林父亲手上时，适逢战乱。王家在省城的生意开始萧条。中华人民共和国成立后，王远林大伯一家去了省城，而王远林一家则留在老家梓城。

王远林居住的三间房子是王家的祖屋，也就是说我们大院里的这些邻居住的都是王家祖上的房子。公私合营时，王家留了三间自己住，其余交由房管局作为公房出租。为此，历次运动，王远林的父亲都成为专政的对象。“文化大革命”和“破四旧”时，红卫兵在他们家里搜出了许多祖上留下来的古董。有一天，另一拨红卫兵又闯进了他们家，到处搜寻，折腾了一个多小时，毫无战果，便有些垂头丧气。一行人正准备撤退时，突然，一个眼尖的女红卫兵指着一面有些异样的墙，说：嘿，你们看，我觉得这面放衣柜的墙壁很奇怪，说不定这里面有什么玄机，走，我们过去看看。

这位女红卫兵是这拨人的头。大伙儿在屋子里搜寻时，她四处查看。她盯着那面墙壁凝神费思地琢磨了半天，感觉这面墙壁有些不一般，但一时半会又判断不出问题究竟出在哪儿。如果大家伙搜出来几样东西，注意力一下子发生了转移，或许立马就会忽略这堵墙的存在价值。偏偏大伙儿无功而返，空手回去就有失落感，再造访第二家时，信心就会大减。经她一提醒，一行人又折身回来，移开衣柜，顿时，夹墙被暴露了出来。众人对着夹墙惊呼，不曾想到这里面居然还有这么多的宝贝儿，女红卫兵指着墙里的东西正颜厉色地说道：这全都是封资修的东西，搬走，拿出去烧了它。女红卫兵指挥大家往外搬，一边搬一边得意洋洋地说：今天我们战果累累，不愧是毛主席的红卫兵。

夹墙内有王远林父亲收藏的字画、几件瓷器、一件做工考究的女式旗袍和几件小样。旗袍是王远林母亲穿过的。中华人民共和国成立后，由于不合时宜，母亲没敢再穿。这件旗袍原本放在衣柜里，但父亲觉得它在一堆黑、灰、蓝的衣服中间太扎眼了，为了安全起见，这件旗袍被父亲果断地挪至到夹墙。

父亲爱怜地抚摸着这件旗袍，轻轻地哀叹道：你还是进博物馆去吧，那里更安全一些，也好给我留一个念想。父亲说这话的时候，王远林的母亲已经去世多年。

父亲称夹墙为博物馆，且饱含深情。因为那里有老式挂钟、怀表、手摇唱机、一些古籍书籍，都是祖传之物，这些东西是父亲偷偷藏起来的。父亲说：藏一天是一天。因为这些东西保留着家族的最后荣耀。

自从有了“夹墙博物馆”，王远林常常和父亲一道，在夜深人静的时候移开衣柜钻进夹墙。每每这时，父亲总是要拿着一块梅红色的丝绒布挨个地轻轻擦拭，每擦拭一样物件，就要对王远林讲述一遍它的来历。久而久之，王远林被父亲睹物思人的情绪所感染，夹墙博物馆就成了父子俩的精神寄托。

自此，夹墙博物馆如白日梦的症候一般，缠绕着王家父子。当这个梦被无情的现实击碎时，灾难，席卷而来。

红卫兵搬空了夹墙博物馆内所有的东西，也掏空了父亲最后的心灵寄托。这之后，父亲便一病不起，没多久，王远林的父亲便去世了。父亲这一走，王远林就成了孤零零的一个人。王远林守着祖上的这三间祖屋，白天上班，晚上回家，面对空空如也的夹墙，睹物思人，王远林的心随着父亲的辞世也被这面夹墙带走了。为此，他失眠了，变得烦躁不安。不知不觉中，王远林得了一种奇怪的夹墙病。半夜老是醒来，醒来后，总要到空空的夹墙里待上一阵，方才能平复焦躁的情绪。

随着时间的推移，王远林的病情越来越严重，甚至比他父亲还要严重。父亲只是处在一种极度的抑郁之中，想看看那些代表王家祖业辉煌的旧物件，看到了心便安，看不到了，灵魂便附体到那些物件上，追随而去。王远林则不同，王远林的灵魂并没有像父亲那样附体到所思的对应物上，他仍然能从念想之中抽身回到现实中来。诚如大多数人在做完白日梦以后，不会去把那些稀奇古怪的梦游内容与日常生活发生关联，但王远林却从这些奇怪的白日梦里得到某种启示。

“我必须要把这些抄走的东西找回来。”有一天，王远林忽然产生了这样的念头。说这话时，父亲已故去多年，王远林已长大成人，夹墙已经空置了十多年。但红卫兵抄走的那些东西，王远林却记忆犹新。

于是，王远林开始了自己的“寻找”计划。

七

如何才能将自己的想法付诸于行动呢？时隔这么多年，那些物件是否安好，还能否将它们找回来？

当年，闯入王远林家的红卫兵有十多个，王远林对他们的印象模糊，唯独记住了那个发号施令的女红卫兵的脸，而且知道她叫安卫红。如果没记错的话，她应该是住在红专路和基房街一带。他曾经在那一带看见过她。安卫红就是导致夹墙博物馆空空如也的罪魁祸首。要把那些东西找回来，首先要找到这个安卫红，才能顺藤摸瓜地找到其他人。几经查找，王远林终于找到了安卫红的家。安卫红住在基房街。王远林跟踪了安卫红并弄清楚了她的作息时间，还打听到安卫红竟然是单身。

趁安卫红上夜班之际，王远林偷偷地潜入到她的家中。正当他准备翻找时，突然听见外面有钥匙转动锁孔的声音。王远林赶紧从卧室撤退到院坝的墙角边上，静观其变。黑暗中的王远林感觉有两个人穿过堂屋径直到了卧室，随后卧室里的灯亮了。透过外面的窗户只见一男一女在里间说着话。紧接着，两个人又一前一后地来到天井边洗漱，不到十分钟的光景，两人又回到了卧室。借着昏暗的灯光，王远林看清了那女的就是安卫红。男的不认识。岁月的年轮并没有在安卫红的脸上留下多少痕迹。他对这张脸的记忆太深刻了，都十多年了，一张稚气的少女脸庞变成了一张成熟女人的脸，轮廓和线条依然分明，只是略显稳重，两颊似乎更加饱满圆润了，头发蓄长了，不是从前的短发，而是在后面束一马尾，显得更加妩媚了。

明明是上夜班，怎么又突然回来了？王远林心里咯噔了一下。

两人迅疾地脱下衣服，然后关了灯。紧接着，从屋里传出身体翻动和木床嘎吱作响的声音。趁着两人激越之际，王远林悄悄地溜了出去，他决定放弃这次行动。不料，仓促之中碰倒了院里的什么东西，只听哐当一声响，惊扰了屋内的两人，男人拉开床边的灯绳线，想起身出来看一看，安卫红却说：别管它，可能是耗子。

第二次潜入室内，屋里安静得出奇。王远林翻箱倒柜什么也没有找到，但他还是不死心，于是，又第三次潜入，一遍一遍地翻寻，查找，不放过任何一个角落，连院坝边厨房里的碗柜都不落下。因为在抄走的家什里面有一把铜壶。王远林知道，字画书籍瓷器这些东西可能已被损毁砸烂，但铜壶是不容易弄坏的，只要不刻意去损毁它，应该会保留下来。王远林还记得当时的情景，夹墙内的所有东西都被红卫兵搬到了大院门口，最后用一辆板车拉走的。是交公还是私分了，在王远林的心里始终是一个疑团。当然，要弄清楚这些东西的来龙去脉和最终归属，应该从安卫红身上去寻找突破口。她应该是知道的。功夫总算没白费，终于，王远林在一只木箱子里找到了母亲穿过的那件旗袍。这意外的收获令王远林惊喜万分。他以为此生再也见不到这件旗袍了。或许它被人当作封资修烧掉了，或许被分拆成几块以作他用，没想到的是它竟然保存完好。他按捺不住心中的喜悦之情，从箱底拿出这件褶皱的旗袍，看到这件历久弥新光彩夺目的旗袍，王远林如释重负般地长舒了一口气，仿佛看见母亲穿着它步态优雅地正朝着自己轻轻地走来。其实，王远林从来就没有看见母亲穿过这件旗袍，只见过母亲与父亲的合影。照片上的母亲穿着这件做工精致的旗袍，一副大家闺秀的典雅风范。一旁的父亲身着当时最为流行的西服，英俊潇洒。父亲说，这张照片是他们结婚一年后照的。当时父亲还为穿长袍和西服纠结了一阵子，照相师傅说，还是请先生穿西服。因为西服与旗袍中西合璧更显时尚。后来，这张照片被父亲用火一把烧了。父亲一边烧一边说：还是把它烧掉吧，记在心里就行了。一旁的母亲点了点头。那个时候，王远林才七八岁。

正当王远林拿着这件旗袍百感交集时，忽然，房门开了，安卫红出现在他的面前，顿时，两个人的目光交织在一起。安卫红怔怔地看着王远林手中的旗袍，立刻明白了眼前这个男人造访寒舍的目的。思绪一下将她拉回到十几年前的那个下午：她带领着十多个红卫兵雄赳赳气昂昂地跨进胜利巷8号大院，一进屋便开始翻箱倒柜。一个十多岁的男孩和一个五十多岁的中年男人站在厅堂的角落边，静静地目睹了这一切。男人的目光暗淡，男孩的样子看上去很冷静，但眉宇间却透着一丝微不可察的凌厉。当眼神中闪过一丝冷冽时，那略显稚嫩的脸庞上，忽然涌上一抹决绝的神情，细细察看，那眼睛里分明燃烧着一股怒火，鬓角还有一条貌似小蛇的青筋在轻轻地涌动。

屋里除了衣柜、八仙桌、床等几件考究的家具特别显眼以外，其他就没什么值钱的东西。梓城就这么大，有名有姓的人家就这十几户，该抄的都抄了，胜利巷8号自然也不例外，它早已上了红卫兵的黑名单。另一拨人已经走在了他们前头，但要巩固无产阶级专政的胜利成果，有必要再认真仔细地搜查一遍。于是，安卫红带领大家伙来到胜利巷。

安卫红本来叫安红，后来改成了安卫红。

沉默了半晌，还是安卫红开了口：你就是住在胜利巷8号大院姓王的那一家？安卫红漫不经心的、很镇静的样子，没有丝毫的慌乱。

王远林若有所思地点了点头，神色淡然地看着安卫红，心想，这女人的记忆力真好。

你这双忧郁的眼睛，我一直没忘记。你已经光顾我家两次了，今天是第三次，没错吧？

王远林仍然漠然地点了点头，仿佛这是在自己的家，而安卫红才是闯进来的陌生人。他没有意识到这是私闯民宅。

我还在纳闷，小偷光顾我家两次，什么东西都没丢，今天看到你拿着这件旗袍时，我什么都明白了。

王远林也没想到，这女人是如此沉着，到底是当年的造反派头头。

这东西反正也不是我的，现在，就物归原主吧。

看到率性的安卫红对过去的事如此这般轻描淡写，王远林反倒有些不知所措了，他没想到自己的第一次行动，竟以这样的方式收场。

安卫红还记得当年处理这些缴获的战利品时，他们是经过一番讨论之后才做出的抉择。书呀、画呀就当作封资修的东西全部烧掉了，以表明自己的忠心和革命立场。剩下的这些实物毁了着实可惜，于是，大家商量着将其平分。由于安卫红是头，自然要发扬一下风格，等所有的人都选完了，最后剩下的就是这件锦缎丝绸旗袍。旗袍派不上用场，没有人愿意挑它，但好歹也是一样东西，扔了又可惜，于是这件旗袍就被安卫红一直压在了箱底，甚至将它遗忘了。王远林的第一次造访，安卫红以为纯属一般性的入室盗窃。也就是在那天晚上，自己在屋里分明听见屋外有响动，起初真以为是老鼠碰翻了东西，后来，王远林翻墙纵身一跳的闷响声安卫红听得清清楚楚，男人却没有听见。第二天早上醒来，发现没有丢失东西，便罢。但安卫红却长了一个心眼，明明可以打开大门大摇大摆地走出去，为何还要翻墙而逃？是不是怕弄响了门闩和杠子暴露了自己？还不如翻越低矮的院墙来得利落，这样神不知鬼不觉不易被人发现。那么，这一次毫无收获，这个小偷肯定还会光顾。果然不出所料，王远林的第二次造访，露出了一些蛛丝马迹。女人的直觉告诉安卫红，屋里一定有人来过，因为衣柜和箱子有翻动过的痕迹，尽管看上去十分整洁。而这两次造访又都是趁自己上夜班之际，说明小偷知道自己的作息时间，说不定还认识自己。于是，安卫红有意无意地在中途回来一趟，反正工厂离家很近。安卫红的判断没错，她终于等来了王远林的第三次造访，但令安卫红没想到的是，来者竟然是为了这件压在箱底的旗袍。王远林看这件旗袍时带着浓厚的感情色彩，安卫红却没有这样的感受，自然就不能理解王远林捧着这件旗袍时喜极而泣的样子，但安卫红明白这件旗袍本来就不属于自己，理应还给人家。

旗袍物归原主，安卫红以为此事便已了断。但隔了几日，王远林又找到安卫红，这一次是光明正大地造访。王远林希望安卫红能帮助他找回那些被抄走的东西。

一听到王远林这个奇怪的想法，安卫红面有愠色地说：天呐，你疯了吧，脑子是不是进水了？怎么没完没了的，都是一些陈年旧账了，怎么还放不下呢？

姐，我只是想找回我们家丢失的那些东西。我爸临死前对那些东西念念不忘，我得把它们找回来。姐，我求求你了，你只要告诉我当年参与人的住址和单位就行了。

怎么，你还真要一家一家地去把它偷回来？安卫红显然有些生气了。

是找，不是偷，我得更正一下，姐。王远林说。

呵呵，你还挺理直气壮的。那你的意思就是说是我们偷了你们家的东西，你现在的意思就是要我们统统还给你，是不是？安卫红昂起了头，一副恼羞成怒的样子。

姐，我不是这个意思，你别误会，当年你们也是遵照上面的指示嘛，我也不怪你们。

安卫红狠狠地瞪了一眼王远林，不再理睬他。

接连几天，王远林在厂门口候着。安卫红下班，王远林便尾随其后，一直跟到安卫红的家。王远林不说话，就这样不声不响地跟着，终于有一天，安卫红实在受不了。

那些东西对你真的就那么重要吗？安卫红怒气冲冲地对着王远林吼道。

很重要，真的很重要，姐……那都是祖上留下的传家宝，我求你了，姐。王远林一副可怜巴巴的样子对着安卫红说。

安卫红的语气一下子软了下来，她叹了口气，说道：都十多年了，即便能找回来，也不成样子了，你拿回去又有什么用？再说，那一拨人早散了，我们也有十多年没联系了。

姐，我求求你，你只要把他们的名字和单位告诉我就行了。王远林的眼睛湿润了。

看着王远林哀求的目光，安卫红的心一下乱了。思绪又把她带到那个阳光明媚的下午，她还记得胜利巷8号大院里发生的那一幕：十几个红卫兵雄赳赳气昂昂地冲进王远林的家，一阵翻箱倒柜之后，无果。趁着大伙儿忙乱之际，一面有些异样的墙引起了她的注意，她发现了这个隐蔽的小秘密，于是命令大伙儿抬开衣柜。大伙儿从夹墙里翻出了铜壶、留声机、挂钟、字画、瓷器，真是战果累累呀！她自己则站在屋子中央，威武地指挥着这一切。虽然事隔十几年了，当时的细节都有些模糊了，唯有老人哀怨的神情和男孩憎恶的目光至今还让她记忆犹新。老人走了，男孩也长大了。如今，这个站在自己面前的男人已没有年少时的憎恶，而是一副可怜巴巴的样子，安卫红的内心十分复杂，她被这个满目忧郁有着孩童般执拗性格的男人征服了。

终于，安卫红妥协了。

她向王远林提供了当年参与者的一些信息，同时，也郑重地向王远林发出最后的警告：这件事日后产生的后果与她无关，请记住，我们并不认识，这是我们最后一次见面，请以后不要再来打扰我了。

王远林感激涕零地点了点头，说：姐，你放心，我说话算话，决不再来找你。

打这之后，王远林信守承诺，再也没有去找过安卫红。安卫红好像也把王远林遗忘了。若干年后，当得知王远林因盗窃罪被判处死刑时，安卫红唏嘘不已：哎呀，我真不该帮他呀，我这是在助纣为虐呀，是我害了这小子。

八

按照安卫红提供的线索，每采取一次行动，王远林都要经过周密的布置，待一切妥当之后，才肯下手。依照名单上的地址，王远林挨个寻了个遍，结果只找到了铜壶和挂钟。由于这两样东西具有实用性，得到它的人一拿回家立马便派上用场。果然，挂钟挂在一间破旧的客厅里，说是客厅又兼作饭厅和卧室。一张油漆斑驳腿脚松动的四方桌和几把破旧的椅子摆放在屋子中央，靠墙处还放置了一张小床。挂钟已经停止摆动，拥有它的主人也懒得拿去修，权当装点墙面。王远林对着那面墙说：唉！挂钟挂钟呀，你呆在这样一个环境，且能安好？铜壶则在一个公共厨房的炉灶上恣意伸展放浪形骸。它的全身被煤烟熏得漆黑一团。这把铜壶的特别之处就是壶把上的花纹图案，王远林一眼就认出了它来。

面对这样的战果，王远林有些失望。但在几个月的找寻过程中，王远林尝到了偷盗的乐趣，原来当一名小偷竟然是很容易的事情。铜壶就在筒子楼公用厨房的灶台上，稍微隐蔽一下就可以顺手牵羊，大摇大摆地得手。智取挂钟也不难，趁主人在后面的公共厨房做饭的工夫，或是瞅着某一个时间段，主人上街买菜或在后面的天井里洗衣服，因为房门总是虚掩着，很少有上锁的时候。即使是上了锁的门，用工具轻轻一撬就开了，再不然，就翻窗翻墙而入，因为墙壁低矮窗户破旧，形同虚设。

渐渐地，寻找变成了偷窃。

通过几年的努力，王远林终于将夹墙装满，但里面的东西只有几样是原件，有几样与抄走的物件相像，其余大部分则是新物件。望着这些“战果”，王远林开心地笑了。他的夹墙病一天天地好了起来，但盗窃成瘾，如蛇蝎一样地纠缠着他：偷偷地潜入别人家里，神不知鬼不觉地将别人的东西占为己有，得来全不费工夫，这是一件多么刺激的事情呀！这之后，王远林发现自己只要一看到新奇的东西就想将它据为己有。一旦变成了自己的东西，只要每天能看上几眼，用手触摸触摸，表明这个东西还在这里，仍然属于自己，就心满意足了。

终于，在一次夜间作案中，王远林失手了。主人是一个年轻力壮的男人，因临时有事提前从外面回来，一开房门，发现家中的情况有些异常。正纳闷着，突见一高瘦的黑影闪过，男人紧追过去，黑影翻窗而逃。慌乱之中，黑影的一只鞋掉在了窗台下边。男人保留好现场，即刻报案。辖区派出所接案后，对现场进行了勘查，后将此案移交刑侦科。民警从黑影遗失的这只鞋中发现了一些蛛丝马迹。这是一只做工精致的胶底布鞋，鞋里印有“正邦”字样，而且还是一双刚买不久的新鞋。根据目击男人的描述，黑影身高一米七五左右，身材瘦长，动作敏捷，看上去很年轻的样子。当时，市面上已经开始流行穿皮鞋和回力鞋了，城市里穿布鞋的年轻人很少，多是中老年人。在农村，这样的布鞋又多是自家纳的千层底。

“正邦”是梓城上百年的老字号，公私合营时改为“梓城鞋帽厂”，由于经营不善，鞋帽厂常年处于亏损状态。厂子效益不好，职工便自谋出路。正邦的后人胡师傅本是鞋帽厂的职工，从祖辈开始就制鞋修鞋，徒有一身手艺无处施展，于是，便利用自家门店自立门户，把老祖宗留下来的手艺发扬光大。

在大兴街花布巷子的“正邦”鞋店，民警见到了这位胡师傅。胡师傅四十多岁，是正邦的第四代传人。胡师傅白净的脸上架着一副眼镜，斯斯文文的样子，乍一看哪能跟修鞋这样的行当扯得上边，但见其一双手，又是老茧又是开裂的，再看他娴熟地割底、磨光、上胶、穿线……你又不得不暗暗地为他精湛的技艺折服。

正邦鞋店的生意不错，不过修鞋的比买鞋的多。胡师傅拿着黑影穿过的这只鞋在手上掂了又掂，露出一副凝重的表情。随后，他又去柜台下边的抽屉翻找出一摞杂乱的单子，拿在手里一张一张地翻看。瞅着胡师傅一脸沉思的样子，民警担心胡师傅还能不能记起买这双鞋的顾客来。突然，胡师傅盯着一张单子琢磨起来，终于，记忆的天窗被打开。

胡师傅回忆说，43码的大码鞋很少，店里的男士布鞋多是38码至40码的。这双鞋是顾客到店里来定做的，前几天才刚刚取走。胡师傅说，定做这双鞋的是一个年轻人，长得白净，个子高，估计有一米七五左右。他本想买成品，但成品鞋没有他穿的码，于是就决定定做一双。胡师傅说，年轻人很爽快，达成协议后，立马交了定金。交了定金，自然就形成了买卖合约，双方肯定要履行一个一式两份的文字手续。正邦鞋店的手续就是在两张白纸中间夹上蓝色的复写纸，写上顾客所需的尺码定金多少取件时间等，最后顾客签上名字。七天之后，大脚青年来店里取走了鞋。胡师傅在这摞单子里找到了那张43码的订单，顾客签名处只写了一个字，歪歪扭扭的，像书法家的草书一般。由于空气潮湿，复印单的签名处浸润出一大片蓝来，文字开了花，如大写意般地恣意伸展，但无论怎样地云开雾来，这两横一竖的王字都是能辨认出来的。

根据胡师傅的描述，民警的脑海中勾勒出嫌疑人的轮廓：穿43码鞋、白净、高个、姓王的男青年。然而，单凭一张作废的订货单，到哪里去找一个身高一米七五穿43码鞋的王姓青年？时间仿佛凝固了。

民警要胡师傅再回忆一下大脚青年有些什么特征，比如说话有没有乡区口音，再比如拿上鞋子出了店门之后，是朝哪个方向走的。这句话一下子点亮了胡师傅。

哦，我想起来了。胡师傅说，大脚青年刚走出店门，就碰上一熟人，两人寒暄了几句便分道而行。大脚青年往东门桥方向，那个熟人朝大兴路方向走。讲到这里，胡师傅又停了下来。眼瞅着接上的线索又要断了。按照胡师傅所说的方向，民警做出了推断：过了东门桥就是德盛路，再往下走就是车路口火烧坝，那一带人口密集，要找一个姓王的大脚青年犹如大海捞针。

胡师傅陷入沉思。线索断了，案情再度进入僵局。两位民警失望地摇了摇头，准备打道回府重新寻找新的线索。但就在这个时候，胡师傅紧蹙的眉头又舒展开来，他若有所思地说道：跟那个大脚青年寒暄的人……好像……就住在……我们后面这条街上。

听胡师傅这么一说，两位民警又为之一振，但见胡师傅一脸沉思状，两位民警不敢贸然打断他的思路，他们站在店堂内，默默地候着。

大约过了十分钟，胡师傅才从沉思中回到现实：哦，对了，应该是姓秦……秦……秦开什么……好像叫秦开菊，对，就是叫秦开菊。

秦开菊，三十八岁，与王远林老婆周二姐是同事，住在大兴路汇通巷25号，与胡师傅隔着两条巷子。面对民警的问询，秦开菊如实说出了王远林的名字。

九

为了不打草惊蛇，民警对王远林进行悄悄的跟踪和证据收集。搜查了他的家，不但找到了另一只布鞋，还勘查到藏在夹墙内的赃物。正当王远林再次作案时，民警果断地将他抓获。

当这些偷来的赃物被民警从夹墙里一件一件搜出来时，王远林不惊不诧。民警一直有诸多疑问：比如是怎样潜入别人家里进行作案的，又是怎样将这些东西搬回家的，王远林始终沉默不语，不做正面回答。

行刑的前一天，民警问王远林：你最后还想见什么人？

王远林冷冷地回答：我没有什么想见的人。

民警说：难道你不想见一见你的老婆和孩子吗？

王远林说：不见，我什么人也不想见。我只想最后再看一眼我夹墙里的那些宝贝，你们能办到吗？

望着王远林孤冷的表情，民警们无奈地摇了摇头：这可不行！你那些东西都是赃物，早交上去了。

王远林的目光一下暗淡了下去。

十

若干年后，周二姐改嫁他人。

清明时节，周二姐手捧一束白玫瑰，独自一人往城郊的荒山上走去。这时，迎面走来一黑衣女人，两人的目光交错，少顷，朝着各自相反的方向走去。这时候，天空下起了小雨，只见杂草丛生的坟冢前，一束百合花正静静地绽放着她的姿容。周二姐把白玫瑰放在百合花的旁边，稍事停留后，撑开了手中的黑雨伞，独自一人慢慢地朝山下走去。

城关医院

一

外科室的窗户正好对着街面，站在屋檐的台阶上，小孩子们踮起脚就能将里面的状况看得一清二楚。白色的木制货柜有些泛黄，且沾满了灰尘。货架上零乱地堆放着各式各样大小不一的玻璃瓶子，里面装着黄色和白色的药粉，或紫色和红色的消毒药水。远处望去，这些玻璃瓶子像一堆被人遗弃的破烂玩意，肯定无人问津。但在拥有它的主人眼里，这些杂乱无序的玻璃瓶子全都是一些宝贝儿。此刻，它的主人——外科医生游梦先右手拿着一把不锈钢夹子，左手揭开一个玻璃瓶的盖子，并随意将瓶盖的凸起部位朝下摆放在桌子上，这似乎并不符合卫生消毒的规程。游梦先从里面夹出一块浸润透黄的白色纱布，朝着患者的腿上放去。患者的小腿被安放在一个木头支架上，支架上布满了星星点点的乌黑血渍。患者的小腿上已有一个坑洞，被好肉烂肉包裹着，几乎要贯穿整个腿肚子。若不是被骨架支撑着，索性就能看到另一侧的皮肉。外科医生游梦先没有丝毫的畏惧，他将手中的白色纱布从容地往患者空洞的骨肉里塞去。患者忍受着剧烈的疼痛，豆大的汗珠从额上渗了下来。这是一位五十多岁的壮年汉子，黝黑的皮肤、粗壮的胳膊、轮廓分明的五官透着庄稼人的憨实和朴素。撩起的裤脚卷在膝盖上面，浸湿的部分呈现深蓝一片；那只好腿的裤脚卷在脚踝的上方，露出脏兮兮的草绿色胶鞋。游梦先左手夹住纱布，将纠集在一起的纱布悬置空中，右手拿着钳子轻轻地往壮年汉子的伤口里塞。右手每塞一节纱布，夹纱布的左手就放松一点，像变戏法似的，直至将全部纱布一圈一圈地塞进壮年汉子的腿肚里。在这个近似残忍的治疗过程中，壮年汉子坐在横条的木头长椅上，头靠着斑驳的墙壁，坚强地看着自己腐烂化脓空洞的小腿被一节又一节的纱布占据、填满。

他身旁的女人却一惊一乍，焦虑地问游梦先：

游医生，这个伤口今天看上去怎么比上一次烂得还要大一些，还红一些肿一些，这究竟是哪个回事哟？上次来看的时候，你不是说等到这一次来换药的时候，就会松一大截吗？

是不是沾了生水？这大热天的，你看，你男人这个伤口又感染了。

没有啊，十几天了，连脚都没洗过。

那就是用了力。

应该没有吧，他啥子事情都没有干。

要不就是没放在通风处，捂着了。

捂着了也要感染啊？

当然呀……肯定是这个原因。一不小心，用力过猛，撕裂了伤口。你看，这大热天的，伤口是很容易感染的。

女人问游梦先时，男人在一旁使劲地拽着女人的衣襟，意思是要女人少说两句，可女人就是不听。

游梦先看到这一情景，笑了笑，说：这下可好了，你现在这个伤口已经贯穿了，没有烂肉在里面绞着好肉，这次把创面彻底清洗干净了，再上一点药，这样一来，自然就好得快了。

女人张大了嘴巴，还想问，身旁的男人向她使了一个眼色，女人一下子沉默了。

这时，纱布已经全部填平了男人腿上的坑洞。白色的纱布与洞口周围红肿透亮的皮肉交织在一起，看上去有一种生不如死的惨烈。紧接着，游梦先走到那个白色货柜前，在那堆凌乱无序的玻璃瓶中，迅速地找到了一个装有黄色药粉的玻璃小瓶，从里面取出一些黄色的药粉往患者大坑边沿的纱布上一边涂抹，一边用小夹子调整大坑里的纱布以保持均匀与平衡。当夹子不小心碰着大坑边沿的皮肉时，钻心的疼痛使男人受伤的脚从木支架上不由自主地弹跳起来。肿胀得发亮的脚趾正好碰在了游梦先敞开的肚腩上。男人涨红着脸，有些不好意思。的确，男人的这只脚有好长一段时间没洗了，肿胀的皮肉不但泛着青紫，而且还结了一层厚厚的污垢，罩住了整个指甲盖，使得长长的指甲盖上一片漆黑。当黄色的粉末敷满坑洞周边红肿的皮肉和裸露在外的纱布时，游梦先才如释重负一般，这似乎有点大功告成的意味了，最后一个环节就是包扎伤口。

游梦先熟练地从一个铝盒里夹出一块大于创面的敷料盖住伤口，然后将胶布撕成大拇指宽的条形状，每撕下一条，游梦先就要将胶布贴在自己胸前的衣襟上，一共撕了三条。长长的胶布条吊挂在游梦先汗湿的衣服上，随着他身体的摆动，白大褂上的胶布条迎风飞舞。正值盛夏，游梦先的短袖白大褂上衣没系扣子，敞着胸，露出凸起的肚腩，卡其色的西式短裤扎得松松垮垮，矮肥的身材看上去显得有些粗短。一双棕色的塑料凉鞋故意不把后跟蹬进去，将开裂脱皮纵横交错怎么也洗不干净的脚后跟暴露出来。

待这一切准备就绪之后，游梦先弯腰从胸前的衣服上扯下胶布条包扎伤口。胶布条分两面从敷料上方向下方缠绕，最后落定在小腿的左下侧，三条胶布间隙均匀，稳稳地缚住了整个伤口，使整个小腿看起来充满韵致和温馨。游梦先观察了一下患者的创伤面积，又从抽屉里拿出一小卷绷带往男人的小腿上缠绕，一边绕一边说：你的伤口创面太大了，不缠绷带的话，稍微一用力胶布就绷开了，伤口一旦与外界接触很容易引起次生感染。

末了，游梦先说：你现在的伤口已经开始发炎了，我还是给你开一点消炎药吧。顺便说一下，这个绷带是要另行收费的，但下次来换药的时候，这个绷带还可以继续使用，不用再换新的了。

男人点了点头，紧张的情绪终于松弛下来。女人出去缴费，男人坐在木条椅上等候着。游梦先又开始给另一个患者换药。这个患者只是食指上有一个小伤口，几分钟就处理完了。不一会儿，女人缴完费又回来了。

女人弓着腰从长条椅下拿出男人的胶鞋往男人肿胀的脚趾上套，套好以后，才将男人僵硬的脚轻轻地从支架上抬起来，然后把支架从男人的腿下挪开，这才慢慢地将男人的脚放到地面上。

在女人的搀扶下，男人拖着僵直的腿离开了外科室。

在游梦先的主观意识里，小外科医生就像处理刚才这位病人一样，无论是刀伤还是生疮化脓，治疗的方略大体一致。如果是刀伤：先消毒、后打麻药，然后缝合伤口便是。如果是生疮红肿发炎化脓或被铁钉扎破了：那就得先清洗创面、割掉烂肉、撒上药粉，然后包扎伤口。如此一来，游梦先切掉患者的烂肉就像屠宰场的屠户或是砧板上的厨子，只要看准了部位，就果敢地采取行动。游梦先胆大心却不细，经常出一些小差错，诸如一不留神消毒不严，导致患者伤口感染发炎；或是伤口处理不当，致使创面越来越大；或者是缝合伤口时大而化之不细心给患者留下难看的疤痕等等。诚如本文开头出现的那位患者，原本是一个小伤口，由于治疗过程中消毒不严或是第一次治疗时没有将创面彻底清洗干净，这才引起了二度感染。当然，患者不遵医嘱，也是导致病情加重的缘由之一。因为医生无法控制患者离开医院之后的一切行为。游梦先的这些小差错往往又都是因为粗心大意造成的。但那个年代，医生在患者的心目中就是上帝。游梦先出的这些小差错，根本不算什么，患者顶多就是问一问抱怨几句了事，如果看出了兆头，患者就不再找游梦先而是换到别的医院去就诊，肯定不会扯皮闹事揪着医生不放。但更多的患者却不明其理，仍然找到游医生，游梦先一番说词，患者一下就想明白了。

中华人民共和国成立前，游梦先跟师学艺，类似于跌打损伤之类的草药摊子。中华人民共和国成立后，游梦先回乡务农。后来毛主席指示：把医疗卫生工作的重点放到农村去。于是，游梦先被公社选派到县里的培训班学习三个月，成了一名赤脚医生。在当赤脚医生期间，游梦先犯了一个常规性的概念错误，闹出一个大笑话，令同行们对赤脚医生的医技嗤之以鼻。那是七月的一个酷暑天，互助公社一大队的曹二婶在辣椒地里突然晕倒了，顿时，脸色煞白，不省人事。社员们立即请来赤脚医生游梦先。游梦先用传统方法进行治疗，掐人中，无果。旁边有人提醒他：曹二婶有低血糖病史，恐怕是老毛病犯了。游梦先在脑子里努力搜寻对症下药的良方，好像记得培训班老师讲过，静脉注射葡萄糖可以缓解低血糖的症状。游梦先在培训班学过打针输液，也懂得一些常见病的西药配方。于是，他将半袋葡萄糖粉末放在一个搪瓷缸子里用开水冲泡，后用冷水冰镇后，拿出药箱里五十毫升的大注射器，给曹二婶做静脉注射。当针头扎进曹二婶的肌肉注射不到五毫升时，曹二婶的呼吸就开始变得急促起来，局部的肌肉出现了水肿，游梦先一看这情形，感觉不妙，赶紧拔下针头，终止了注射，避免了一次医疗事故。这个故事被传播开来，在卫生系统成了一个大笑话，并成为戏谑赤脚医生不懂医学常识的噱头。后来，镇卫生院缺一名小外科医生，游梦先跟着师傅摆摊时，有一些治疗外伤的经验，游梦先被派到县人民医院去进修了半年，幸运地成为镇卫生院的小外科医生。

医院里唯一一名西医医生叫何绍其。在得知游梦先的这些小差错后，给了他诸多建议：如遇红肿发炎的伤口，最好还是给患者开几片消炎药，这样更加稳妥一些；如果伤口创面较大已经引起发烧了，最好还是打一支破伤风针剂更保险一些。游梦先采纳了何绍其的建议。

二

城关医院占据的这个房子是镇上大地主刘若澜的宅子。昔日的大厅改成了如今的门诊部。门厅东边的一处角落隔成了挂号室，西面临街的厢房成了游梦先的外科治疗室，大厅里安放了四张长条桌，分别设为中医内科一、二、三、四。何绍其的西医内科则安置在大厅旁边的东厢房里，里面还套有一个小间，这个小间以前是主人的卧室，现在则成了城关医院的门诊治疗室。游梦先的外科室恰好临街，木制的窗户采用实心原木条固定在窗槽里，看上去很结实。大厅的左侧有一个小天井，以前是主人的厨房，后来改成了医院的开水房。开水房的旁边有一条小径直达后院。后院以前是下人的住所，现在住着刘若澜的子女们。后院有一棵“何家坝”的牵牛山树，每到十月霜打过后，刘家子女就要将满树的柚子摘下来分给医院里的人品尝。刘若澜早在1951年就被镇压了。但自我记事以来，生活好似已经风平浪静。只是偶有重要大会时，刘若澜的小老婆即三姨太罗淑娟就要弓着个腰低眉顺眼地站在台上，接受大家的批评教育。年轻时的罗淑娟长得眉清目秀，小巧玲珑的身段儿透着一股子机灵劲。估计正常身高一米五五左右。我看到罗淑娟时，她已是六十多岁的老妇人了。佝偻着身体，黑色的丝网帕子绕着她的头缠一圈，末了，从后脑勺露出一个温婉的结，拾掇得既得体又干净。罗淑娟的三寸金莲使得她走起路来总是一摇一晃的，仿佛脑供血不足使整个身体都有些站立不稳。佝偻的身体不到一米五，眉宇间常常透着怯懦和惊慌，身子骨就显得更加孱弱了。大老婆、二老婆早在20世纪60年代就去世了。罗淑娟生的儿子又去了木里森工局工作，罗淑娟就与大老婆的两个子女生活在一起。罗淑娟虽然只大他们六七岁，但却显得老相多了。他们叫她伯娘，很自然，虽然不亲切但也很友善。罗淑娟没事的时候总爱站在城关医院的大门口向外张望，一站就是大半天，有时站到子女们喊她回家吃饭：伯娘，回来吃饭了。罗淑娟从沉思中回过神来，然后，一摇一晃地从城关医院的门诊大厅穿过，经过窄窄的通道，向后院走去。

城关医院仅有六名医生和一名护士：小外科游梦先，中医内科杨雨廷、郑伦福、江守业、赵湘云，以及西医内科何绍其和治疗室的护士刘素珍。病人最多且口碑又好的当属何绍其，其次是江守业。何绍其个子瘦小爱穿西装，白净的脸上戴一副金边眼镜，浑身上下透着一股儒雅之气，走在小镇的街道上有一种与众不同的气场。给人瞧病时，目光交错举手投足之间流露出有别于其他医生的神韵，那神情既不是温暖人心的关怀，也不是桀骜不驯的孤傲冷漠，而是一种客观严谨、认真揣摩病情的科学态度。他并不在意病人此刻的心情，也不去关注病人憔悴焦躁的面容，而是将一种表象的温情藏于内心深处，并把这样的关爱转化成一份任重道远的责任。

小镇上很多人都不知道何绍其是谁，大家当着何绍其的面叫何老师，私下议论时又称何眼镜。这是因为何绍其的眼镜不同于普通人的眼镜，不是那种棕色的宽边老式眼镜，呈现出一副老气横秋顽固不化的老学究做派，令人望而生畏。何绍其的眼镜不但做工精致，而且很洋气，金黄色的边框包裹着白色镜片，架在脸上显示出与众不同的气质。何眼镜是国民党的军医，学的是西医内科。何眼镜没有跟随部队上过前线，一直在后方医院。解放军进城以后，何眼镜本来可以留在解放军部队继续当军医，但何眼镜想家了，想念父母了，他想回家陪伴和照顾多病的母亲，于是，就毅然辞去军医工作回到了自己土生土长的小镇。本来县人民医院邀请他去坐诊，但被何眼镜婉言谢绝：我在哪里行医都一样，都是为人民服务嘛。于是，何眼镜留在了镇卫生院。

何眼镜给病人瞧病时，自然不会把脉。这引起了大家的好奇。

何眼镜用胸前的听诊器在病人的心肺之间来回移动。一开始，病人对这个冰凉奇怪的铁饼饼有些难以释怀，何眼镜也不做任何解释。有时，何眼镜一边移动听诊器，一边叫病人吸气。病人不懂什么叫吸气，何眼镜就示范给病人看，于是，病人就觉得何眼镜的铁饼饼里面肯定有啥名堂，不然，为啥何眼镜拿着这个铁饼饼在自己胸口上倒腾一番，吃几片白色的药片儿病就好了。后来，竟有人对呼气和吸气产生了迷恋。何眼镜说，一天能用鼻子呼气和吸气几次，不但能够增加肺活量，而且能提高人体的免疫力。于是，小镇人照着何眼镜的方法行动起来，大多数人坚持几天以后就偃旗息鼓，只有极个别的人坚持下来，果然收到了奇效。若干年以后，有一个坚持此法的老烟民还特意去何眼镜家感谢他，说他当年感冒咳嗽去找何眼镜看病时，何眼镜让他早上起来多吸吸新鲜空气，一天多做几次深呼吸，这样对保护肺有一定好处。如今，几十年的老烟民，肺和支气管竟然没什么大问题，靠的就是何眼镜当年说的这一句金玉良言。那个时候，何眼镜已经八十多岁了，已经不记得自己说过的话。听了病人的阐述，何眼镜感慨万千，没想到自己无意间说出的这句话竟然让患者受益终身。

小镇人长期接受中医的治疗方式并习惯于医生的嘘寒问暖，诸如生病时需要禁忌的饮食和切记的生活习惯等等，这样，方才觉得医生对自己认真负责关怀备至。何眼镜表情严肃少言寡语，看病问诊时，一般不涉及病情以外的题外话。刚开始时，许多病人很不习惯，觉得这个医生有些冷漠。因为病人脆弱的神经需要医生的安慰，哪怕是几句无聊的体己话。但何眼镜不习惯说这些无关痛痒的话，也不愿意聆听病人絮絮叨叨的表述，遇到病人绕了一大圈还没涉及病情时，何眼镜就急了，立马打断那些毫无用处的废话，直奔病情的主题——症状。病人有些不乐意了，脸上露出不悦的表情，何眼镜装作没看见，继续按照自己的思路问询病人，病人没辙只好由着何眼镜的性子。西医强调对症下药，没有忌讳这一说法，所以，当病人问道，我要不要忌什么东西，何老师？何眼镜漫不经心地说：忌什么，不忌，只要你吃得下，你就吃，放心地吃。患者一副吃惊的表情，何眼镜又正颜厉色地说一遍：不用忌，什么都可以吃。吃饭就是补充能量，能量充足了，你才有力量与疾病作斗争。

忌与不忌，仁者见仁，智者见智。但禁忌已经成为我们生活的习惯和一种集体无意识精神，这也是不争的事实。

实践是检验真理的唯一标准 。吃了何眼镜开的药片儿，症状缓解了一大半，于是乎，先前所有的不愉快烟消云散。渐渐地，一传十，十传百，大家又都习惯了何眼镜看病问诊的方式，久而久之，这镇上以及附近十里八乡的大人娃儿感冒发烧头痛脑热的都爱去找何眼镜。因为何眼镜几分钱的药费加上八分钱的挂号费，最多不超过两角钱就解决了问题。着实严重了，何眼镜才会让他的妻子刘护士给患者打一针柴胡之类的退烧药。

由此，何眼镜严谨的科学态度和精益求精的医术赢得了病人良好的口碑，征服了小镇人，以至于后来他的各种表情和走路的姿势成为镇上男人效仿的榜样。大家当面一口一口地叫何老师，私下议论时，又变成了何眼镜。久而久之，何眼镜在小镇人的口中演绎成了一种爱称。如果遇到哪家的小孩不听话，大人就会吓唬孩子说：再哭，再哭就把你抱到何眼镜那里去打一针。于是，孩子立马就不哭了。

自然，城关医院只有何眼镜才会开针药，而打针的人是何眼镜的老婆刘护士。

刘护士是北方人，当年与何眼镜一起在部队工作。两个人是在部队医院里认识的。中华人民共和国成立后，刘护士放弃大城市优裕的生活条件，跟随何眼镜来到小镇医院，从此，职业家庭两不误。刘护士白白净净、胖乎乎的，一脸亲和相，为何眼镜一口气生了五个孩子。如果刘护士不是生孩子发了福，也算得上一个十足的美人。

镇医院只有何眼镜和刘护士是学西医的，连院长都是跟师学的中医。以前，小镇人一遇上头疼脑热的，一般都是到草药摊子上去抓一点草药煎着吃。如果问题严重了，才将病人抬到县城里去找有名望的医生。镇医院成立之初，何眼镜一天到晚没几个病人，而这几个病人都是冲着那个奇怪冰冷的铁饼饼去的。后来患者一试身手，见其疗效，口碑自然就传了出来 。同样，刘护士的治疗室里也挤满了人，挤进去看热闹的多，打针的少，大家都想看看刘护士是如何打针、如何输液的，被治疗的人会不会疼痛，针管里的药水水又是怎样进入到身体里面的，这一切，在小镇人的眼里，都是很新奇的事。

后来，接受过治疗的患者是这样描述刘护士打针的详情：先是感觉屁股被什么东西蜇了一下，紧接着，就觉得有一条虫子在臀部四周慢慢地攀爬，再后来，又像是被什么东西蜇了一下，之后，刘护士就说，打完了。众人一阵哄笑，说，那我们回去找一条虫子放到屁股上来蜇一下。

三

六十多岁的江守业，下巴的一撮胡子有些稀疏的白。中华人民共和国成立前，江守业跟随父亲一道开诊所，专治妇女病。诸如红崩白带、保胎安神、不孕不育、乳腺增生、子宫肌瘤等等。

江老头清瘦，眉宇间透着一股仙气，夏天爱穿一件白色的棉绸对门襟褂子，下面是一条藏青色的棉绸裤子，跟内科的杨雨廷一样，脚上永远都是一双黑色的剪刀口布鞋，一副气定神闲的样子。江老头给人瞧病时，把脉是一大特色。从脉象上，江老头就能判断患者是否怀孕、有无妇科疾病、肾脏功能有没有问题，等等。看病的妇女一般分为两大人群，一类是年轻的女性，不是来找江老头调理月经，就是来找他安胎的；另一类则是中年妇女，来找江老头治疗妇科杂症，比如宫颈糜烂、乳腺增生、子宫肌瘤，等等。来镇上看病的大都是周边村社的农村妇女。农村妇女有一个惯例，一般的疼痛姑且忍受着，不到万不得已的时候是不会来看医生的。通常来找江老头时，不说是病入膏肓了，至少说有些严重了。江老头从十几岁开始就跟着父亲在这镇上给人瞧病。那个时候，小江老师用手触摸妇女乳房时，红着脸，不敢看病人的脸，妇女们则是一副若无其事的样子，拉着小江老师的手在乳房周围寻找那些疼痛的小硬块，一边摸一边描述病情。小江老师不接话，不断地移动着自己的手指，来回穿梭于那些硬物之间，待确定其大小面积之后方才停息下来。

后来，小江娶了老婆。晚间，夫妻俩行房事，小江摸着老婆健硕浑圆的乳房时，百感交集，心里想：哎，我摸了那么多的乳房，只有这一对乳房绵软有力富有弹性，充满了青春朝气和勃勃生机。老婆看小江一脸的沉思状，玩笑似的问道：你天天摸那么多女人的乳房，是不是对我这个已没兴趣了？小江诙谐地说道：哎呀，摸人家嘛，是手动心不动，摸你嘛，是心动、手动、情动，最后还要变为行动。老婆扑哧一声笑了，说：你这死鬼，还真会说话。随着岁月的流逝，小江变成了老江，老婆的乳房也开始松弛下垂萎缩变得干瘪没了生气。晚间再做功课时，老江摸老婆的乳房，就有些心不在焉。摸着摸着便不由自主地运用上职业的手法，即拇指和食指用力一捏， 痛得老婆尖叫了起来：唉哟，你弄疼我了，老江，你在想啥子？老江这才如梦初醒，两只摸索的手停在了半空。再后来，老江变成了江老头，分不清爱情之手与职业之手的区别了，从此，江老头就不再去摸老婆的乳房了。

其实，江老头是隔着衣服摸索患者的乳房包块。几十年的从医经历，使江老头从内衣的品质和体香上就能判断出女人的生活品质和生存现状。镇上的妇女大都是锄禾日当午，汗滴禾下土，内衣是补丁结补丁，小一个眼大一个洞，讲究一点的缝补浆洗得干干净净；不讲究的，一身的异味。解开衣襟的一刹那，各种气味扑面而来，江老头的脸正好对着患者的胸口，自然是躲不过去的。农村中年妇女一般都不戴胸罩，里面一件打了补丁的背心权当是内衣。当江老头的手指隔着这层内衣在患者的乳房周围不停地移动时，患者的乳头贴着江老头的掌心上下左右地晃动，这种感觉令患者很是服帖，甚至有些陶醉，连江老头自己都没弄明白这到底是怎么回事。后来，无意间听到了两患者的对白，方才明白其中的缘由。

甲说：唉！江医生的手艺就是好，我才吃了一服药，敷了三次，黄豆大的硬块已经明显变小变软了，所以一定要让江医生摸一下，不摸他不知道你的硬块有多大，药的分量就不好掌握。我们隔壁的小红不好意思让江医生摸，江医生就估摸着给她开药，结果病情加重了。

乙说：就是，江医生用手摸我乳房的时候，我觉得他的手法很特别，让人有一种舒服的感觉，他摸过之后，我的疼痛好像就减轻了不少。

甲说：就是，人家是医生嘛！有经验，反正没有哪个男人那样摸过我，我屋里头那死鬼兴趣一来了，就胡乱在身上乱捏，弄得我很痛。

乙说：我也觉得有些奇怪，江医生的手一放到乳房上，我的脸就红了，心怦怦直跳。江医生还在一旁安慰我说别紧张，其实，我哪是紧张，是心慌。

江老头猛地一惊：天下竟然还有这样的事情？自己明明就是按照

职业手法去操作的，没有掺杂一丝一毫的杂念。医生怎么可能去占病人的便宜，况且面对的是身心极为脆弱的病人。按住患者疼痛的部位探究其病灶询问疼痛的程度，才能确定其增生的大小，以便弄清楚这些小硬块是否有变异的迹象。如果判断出乳房的硬块发生变异，江老头就会直截了当地告诉患者，在我这里吃中药没有任何效果，你必须到县医院去照个片，确定一下病情，必要时可能要动手术。

偶尔，也有从城里闻讯而来的漂亮女人。这些女人大大方方地脱掉外套，一股清香扑面而来，露出里面的碎花衬衫，或针织秋衣，天气热的时候，齐肩的白色背心上顶着两个若隐若现的乳头，胸罩是那种白色的纯棉，薄薄的一层，红色的乳头在江老头的掌心里不断地欢跳着。女患者一副若无其事的样子，依然温柔地看着江老头，认真地聆听江老头对自己病情的判断和分析。那时候，市面上的胸罩还没有令女人意气风发高耸云端的海绵垫子，能够穿戴这样的布胸罩已经是走在时尚的前沿了。漂亮女人在表述自己的病情时，不像农村妇女那般条理不清，她们的叙述带着温柔的吟唱，给人一种小鸟依人般的怜爱。农村妇女惯以加重说话的语气，喜欢用重复的状语；漂亮女人则喜欢用第一人称我和一些文雅的形容词来描述症状。

年轻时，江老头曾经鄙视过那些穿着破烂衣服身体里散发出异味的患者，认为这是对医生的不尊重，是不礼貌的行为。他的这一举动，被父亲发现后，遭到了狠狠的训斥。父亲说，你不要瞧不起这些乡下女人，她们的生活很艰苦。病人无论富贵贫贱，在医生的眼里都应该是平等的，这是医生最起码的职业操守。随着年龄的增长，江老头娶妻生子，阅尽人间沧桑，体会到女人的不易。后来，江老头习惯了农家妇女的唠叨、不干净的内衣、表述不清的病况，在对待患者的态度上，江老头一视同仁，脸上没有了年轻时的孤傲和冷漠，而是一副平和的态度。

中医治疗乳腺增生一般采用内服外敷并沿用至今。许多妇女都选择了这种保守的治疗方法，且效果不错。江老头治疗乳腺增生在小镇是出了名的。从父亲的父亲算起，到江老头这里已是第三代了。江家治疗乳腺增生的方法很简单：自家到山上去采集草药，晾晒后，研磨制成粉末，或熬制成膏状。秘诀主要在这外敷药上。打记事以来，江老头就是这样跟着父亲一步步地走过来的。当年，政府邀请江老头参加联合诊所时，三顾茅庐做了很久的思想工作，江老头才勉强同意。初到镇医院上班时，江老头给自己留了一手，就是不愿意将治疗乳腺增生的敷料方子提供给医院，而是在家里制作好了以后直接卖给病人。当医院知道这个情况后，院长亲自到家里做江老头的思想工作。

江老师，你现在已经不是过去的江湖郎中了，而是白衣使者，要树立为人民服务的思想，要发扬救死扶伤的人道主义精神。

江老头说：我响应党和毛主席的号召，每天看这么多病人，我是在为人民服务，是在发扬人道主义精神。

院长说：江老师，你为人民服务的思想还不彻底。把你的敷料药方贡献出来嘛，由医院药房来研磨制作，以医院的名义出售给患者。

江老头说：我一家老小要吃饭，我一个人的工资养活不了一家人，就靠这个外敷药赚一点钱贴补家用。

院长把这个情况报告给了县卫生局，后来经局里研究决定，将江老头的妻子和儿子都招进了镇医院。妻子成为城关医院一名职工，负责烧开水打扫卫生。儿子跟江老头学医，成为镇医院的一名正式医生。江老头把治疗乳腺增生的处方贡献出来，成为镇医院的一大特色专科。

四

中医内科的杨雨廷门庭稀落，一天十多号病人维持着。以前，人们不找何眼镜看病时，遇上头痛脑热的，肯定挂杨雨廷的号向杨老师讨教中药方子，何眼镜的西医内科一打开局面杨雨廷的病人就少了许多。因为西医又快又便捷。一直以来，祖传世家的杨雨廷有些孤芳自赏，视中医为精髓，对西医嗤之以鼻。五十多岁的杨雨廷孑然一身，性格有些孤僻，上班坐诊时，从不穿医院发的白大褂。他视白大褂为假模假式的幌子，说穿上它以后，如正襟危坐的谎言者，与世间俗事总有些格格不入。所以，他终日穿着藏青色的对门襟上衣和千层底布鞋来上班。由于头发常常泛着油光，就有许多白色的头皮屑洒落下来，栖息在他的后背安营扎寨直至他换上另一件一模一样的藏青色对门襟上衣。

杨雨廷不穿白大褂的事情，院长曾经问过他：杨老师，你为什么不穿白大褂上班？

杨雨廷说：我一穿上白大褂，就有些找不着北了。

院长说：呵呵，还有这样的怪事？

杨雨廷说：好好的，穿什么白衣服嘛。

院长摇了摇头，叹息道：哎，你真是一个怪人。

杨雨廷给人看病时，静静地把脉，目光凝重，像怀揣着满腹的心事，一副若有所思的表情，然后查看病人的口舌，问得详详细细，说得慢条斯理。开完处方后，还要一再嘱咐病人服药期间需要禁忌的饮食。病人多问几句，他又有些不耐烦。总之，你若找他瞧病，必须得做出一副虔诚的样子，首先得完全相信他甚至崇拜他，然后，他问诊时，你不要抢话，一问一答的形式，保持安静的状态。

闲暇时，杨雨廷爱与几个老头一起打长牌，其间，免不了要议论几句。

胖子（杨雨廷的外号叫杨胖子），眼镜现在是你们医院的骨干。

龟孙子，成天在胸口上挂一个听诊器，要不完、买不到的样子。老子学医的时候，他娃娃还没出生。

人家上过洋学堂，学了外国经验的。

外国经验又咋样，中国人还是要相信中医，中医是老祖先传下来的。

但这西医也有它的道理和优势。胖子，你不得不承认。

我倒没看出来它的道理何在。杨雨廷小声地嘟囔着。

人家见效快呀！

快？有啥用！一个人生病就像似经历一场生死轮回。在这个过程中，你必须得接受煎熬。

照理说，杨雨廷的中医内科包括了心、脾、肝、肾、肺，具有包罗万象、十面埋伏、各个击破的功效。但不知什么原因，杨雨廷的病人就是少，不如江老头的中医妇科，也不能与郑伦福、赵湘云这两位老中医相比，更不用说游梦先的小外科。当然，更无法与何眼镜的西医抗衡。在镇医院，杨雨廷跟何眼镜有些势不两立的味道，但对江老头却是满怀敬意。杨、江两家在这镇上都是世代行医，江家人专攻妇女病，杨家人则主攻肺、呼吸道和胃肠方面，且祖辈互有来往。

病人少对一个医生来说有些压抑。杨雨廷解压的方式就是到街对面的土杂店与齐经理吹牛。齐经理四十来岁，中等身材、干瘦、皮肤黑黑的，杨雨廷高大、白白胖胖的。杨雨廷说话尖刻且不紧不慢的。齐经理已经习惯了杨雨廷的脾性。两人聊一会儿，齐经理忙着去招呼顾客，店里还有两个店员，招呼完客人后，一店员过来向杨雨廷讨问方法。

杨老师，你说我，只是早上起来才咳，白天一整天又不咳，这是啥子原因？

杨雨廷沉吟了一会，向这位店员问道：吐的啥子痰？

白的。

有没有泡泡？嗓子发不发痒？

就是有一点泡泡，嗓子就是发痒。

咳嗽时发热还是发冷？

发热。

你这个叫过敏性支气管炎，对冷空气过敏，热咳，不要紧的。

哦……杨老师，那你帮我开一服中药嘛，回头我去给你补一个挂号。

你这个情况，用不着吃药，又没啥子大问题，何必吃药？早上起来锻炼锻炼，增加一点抵抗力，起床以后洗洗冷水脸，嗓子发痒的时候，可以口含一片生姜。

不用吃药，真的吗？店员睁大了眼睛，有些不敢相信的样子：就这么简单吗？

杨雨廷有点不耐烦了，耐着性子说：你要想怎样嘛，去找何眼镜给你打一针，或者让刘护士给你吊个盐水瓶瓶。

店员也急了，涨红着脸，小声说：杨老师，我不是这个意思。我的意思是说找你开点中药吃。齐经理的妈咳嗽不是吃了你的中药就好了吗。

杨雨廷的火气降了下来，但语气仍然有些生硬：你跟齐经理妈的情况完全不一样，虽然都是咳嗽……我给你说了你这个用不着吃药。你既然你问我，就要相信我。老齐的母亲有寒，发冷，年岁又大了，她是老毛病，完全不能跟你的症状相提并论。

店员的表情有些尴尬，听杨雨廷这么一解释，立即从嘴角挤出一丝谦卑的笑容来：要得，要得嘛！我照杨老师说的试一下。

齐经理吃过杨雨廷开的中药，胃病好了。齐经理的老母亲是慢性支气管炎，常年咳个不停，并伴有气紧气喘等症状，在杨雨廷那里吃了七八服中药以后，一身的毛病都好了。所以，齐经理打心眼里佩服杨雨廷。

自然，齐经理觉得，杨雨廷有些怀才不遇。

后来，那个店员按照杨雨廷的方法坚持了一段时间，果然，早晨起来时不再咳嗽了。

我觉得杨老师本事是有，就是脾气不好，对病人的态度不温和。我分析了一下，这可能是他病人少的原因。有一天，店员跟齐经理谈论起杨雨廷的得与失。不等齐经理作答，店员继续说道：你看嘛，他那天说我的那个语气，但凡对他有一点冒犯，就是那个态度，让人很难堪，你让病人怎么相信你嘛？结果啦，他说的方法又很管用，还不用花钱。

齐经理说：你管他啥子态度不态度，只要是为你好，就是对的嘛。医生又不是病人的亲人，还要假模假式地跟病人嘘寒问暖一番。

但也不至于皱着个眉头，一脸的苦相。你想过没有，老齐，你我是了解杨老师的这些古怪德行，别的病人就不了解了，不了解自然就不理解。遇见不大度的人，心生疑虑对他避而远之。小气的人，还会饶舌到处说坏话。哎，他那样跟人说话，一点儿不受用，谁又愿意采纳他说的方法呢？

你说的这些也在理。停了一会，齐经理又叹道：那你觉得用什么方法来提醒一下杨老师？

店员摇了摇头，说：杨老师不会听我们的。杨老师这个人很固执的。

唉！他一个人活了大半辈子，也不容易啊！齐经理摇了摇头，一脸的无奈。

杨雨廷是城关医院的一朵奇葩，镇街上的人背地里称他为寡居的老男人。照理说，经济条件一直不错的杨雨廷是有能力成家立业的，但不知什么原因，当有人给他介绍对象时，杨雨廷总是一口回绝，连见面的机会都不给对方。

热心肠的媒人说：杨老师，见个面吧，彼此了解一下，说不一定有缘。

杨雨廷回绝道：哎哟，见什么面， 一个人生活惯了，找一个人来，添丁加口不说，还要听她唠叨，且不是自找麻烦吗？

杨老师，你光说麻烦，又不用心想一想，人家为你洗衣煮饭、收拾屋子，侍候你也很辛苦的。

杨雨廷笑了笑，沉默着不作答。

时间长了，就再也没有人给杨雨廷介绍对象了。后来，据知情人透露，杨雨廷曾经在婚姻方面遭受过挫折。那都是发生在解放前的事了。说他喜欢上一个出身书香门第的女孩子，托媒人去提亲，却遭到女孩父亲的断然拒绝。

宏济堂是杨家祖上传下来的家业，是镇上唯一一家像样的中医医馆。这个医馆是杨雨廷的爷爷在清末创办的。杨雨廷记事以来，父亲和两个伯伯便坐堂把脉，杨雨廷的两个堂兄也在店堂内忙里忙外。后来，杨雨廷长大了，两个堂兄开始独立坐诊，杨雨廷像两个堂兄一样开始在店堂内抓药、算账。按照规定，杨雨廷必须从基础学起，即由药理学到病理学。待了解和掌握了各种药物的性能和功效之后，才跟着父亲一起坐诊。若要独立看病还得再熬上几年。

十九岁的宋梅婕陪着母亲到宏济堂看病时，杨雨廷还没有独立坐诊。宋母的脸色蜡黄，精神萎靡不振，身子骨很虚弱。父亲一边把脉一边询问病情，杨雨廷在一旁观察和记录。根据问诊情况和病人表现出来的症状进行分析，杨雨廷在心里很快便得出结论：宋母属虚寒体质，初步诊断为慢性胃病和内分泌失调等中年妇女常见的综合性疾病。父亲口述，杨雨廷洋洋洒洒写方子，边写边瞟宋梅婕，宋梅婕发现了，装作没看见，转身望着杨雨廷的父亲，问：杨老师，你看，我母亲这病严重吗？要怎样用药，要吃多久的药，你拿主意，我们照你的吩咐便是。父亲说：宋小姐，不用着急，你母亲没什么大不了的毛病，就是体质稍微差了一些。吃中药调理一段时间，饮食上多注意一下，要不了多久，定会好起来的。宋梅婕点了点头说：那就多谢杨老师了！

宋梅婕和母亲每隔四五天来一次诊所。宋母吃完一服药身体就松宽一点，不多日，身体慢慢好了起来。这一来二去的，杨雨廷就与宋梅婕熟识了。话虽不多，但两个年轻人靠着眉目传情彼此暗恋上了：来了呀……嗯……怎么样，你母亲好些没……好多了……慢走……这一颦一笑，举手投足之间流露出对对方的爱恋之情。宋梅婕的母亲看出了女儿的心思，持了默许的态度。杨雨廷的母亲知道这件事以后，即刻托人打听宋梅婕的家庭情况。得知宋父是县国立中学的国文老师，宋母的娘家人都在省城从事教育工作，是典型的书香门第之家。杨母自觉有些高攀不上，但拧不过儿子的再三恳求，还是托媒人去提亲，结果，被宋梅婕的父亲一口给回绝了。

宋父推崇西医，对中医颇有些微词，这是阻挠宋梅婕与杨雨廷婚姻的主要屏障。有一年，宋梅婕的爷爷染上痢疾，到宏济堂来看病，服了中药不见效果，还延误了病情险些命丧黄泉。后来，是教会里的人给的一颗盘尼西林，才把爷爷从死亡线上拉了回来。自此，宋梅婕的父亲对中医有了成见，自然就不愿意把女儿嫁给这样的中医世家。提亲失败之后，宋梅婕和母亲就再也没有到宏济堂来看过病。不久，宋梅婕一家迁往省城，杨雨廷美好的爱情就此破灭。杨雨廷的心病结于此，就再没有动过结婚的念头。

杨雨廷是杨家的老小，父母在解放初期就病逝了。前些年，兄弟三人还相互走动走动，自从去年大哥离世之后，杨雨廷就变得有些郁郁寡欢。他与大哥的关系甚好，与二哥的关系磕磕绊绊的。杨雨廷觉得二哥两口子很势利，总怕杨雨廷给他们添麻烦。后来，听说退休可以顶班了，像杨雨廷这种没子女的人，过继的养子女也作数。二嫂就想把他们家老五过继给杨雨廷，杨雨廷知道后没有马上表态。二哥两口子颇费心机，早早做起打算来。有一阵子，二嫂二哥频繁地向他献殷勤，让老五主动去三伯家收脏衣服，星期天请三伯到家来吃饭，但杨雨廷丝毫不领情，甚至有些绝情。他对老五说：明甫，你给你妈说，我的衣服有吴婶给我洗，叫她别抢了人家吴婶的饭碗。吴婶还有一个瘫痪在床的男人，等着洗我这些脏衣服。至于吃饭，就不必了，星期天，我们几个老伙计要约在一起打长牌，你妈也是知道的。

热脸贴在冷屁股上，次次皆如此。二哥二嫂没辙了。于是，二嫂逢人便说：杨老三他薄情寡义的，不得好死。他哭的日子还在后头，我就要看看以后，他瘫在床上，谁给他倒屎倒尿。杨雨廷知道后，坦然一笑：我要哪个侍候，自己的坑自己填吧。

大哥在世时，杨雨廷虽与二哥相互包容，但心中的疙瘩一直未解。大哥出面说道一番，两人碍于大哥的情面，不愿意撕破脸，矛盾总能暂时化解。节假日，三兄弟好歹也要亲亲热热地欢聚一堂。大哥这一走，杨雨廷就再也不愿意去二哥家。自此，杨雨廷觉得自己在这个世界上没有亲人了。只是每年的年夜饭例行公事在大嫂家吃。两个侄子早已成家，大嫂只顾帮着带孙子，礼节地问候之后，就再没有什么可说的话了。一顿饭吃完，杨雨廷百无聊赖地坐着，他又不喜欢逗弄小孩，于是，便起身告辞。

杨雨廷住在医院对面的一个院子里，院子里有四户人家。杨雨廷住了一间十二平方米的蜗居，煮饭、洗漱等琐碎之事难以施展开来，杨雨廷就把一日三餐安排在医院后面的开水房里，用的是公家的煤和水。星期天上午到天井祥旅馆的公共澡堂去洗澡，中午下一顿馆子，小日子过得蛮不错。照理说，杨雨廷一个人挣钱一个人用，又没有什么负担，手头上宽松阔绰，应该是很大方的，但杨雨廷却是出了名的吝啬鬼。

就说请人洗衣服这件事，杨雨廷换了一茬又一茬，在咱们小镇，可是尽人皆知。

杨雨廷只有两套衣服，而且都是一模一样的款式和颜色，换了跟没换一样。不过，仔细观察一下还是能够分辨出来。请人洗衣服一般是论件算钱。杨雨廷喜欢压价，总是把价格压到最低。还有一个关键问题，最令洗衣人头疼。杨雨廷是油汗人，换衣服的频率又不高，夏天一周才换一次，春秋二季半个月一次，冬天差不多一个月换一次。洗衣服的大婶常常抱怨说，杨老师的衣服太脏了，洗他的衣服要花双倍的工夫。

杨雨廷知道后，反唇相讥：不穿脏，我找你干嘛？白给你钱呀？

几番折腾下来，没有人愿意为他洗衣服了。

然而，说话尖刻的杨雨廷实际上又是那种面恶心善且把善掩藏得很深的人，有时，甚至表现出一副铁石心肠，就如同对待他二哥二嫂一家的态度。

杨雨廷能够成为吴婶的长期客户，得益于吴婶的好脾气以及吴婶窘迫的家境。吴婶的男人瘫痪之前是森工局的伐木工人。男人是被一堆倒下来的木头重重地压住身体而导致的瘫痪。吴婶上有老下有四个小，再加上一个瘫痪病人，一家人的生活全由她张罗。丈夫的病退工资养活一家捉襟见肘，吴婶就靠着给人洗衣服、纳鞋底、糊纸盒、间或做一些季节性的临时工来帮补家用。孩子们的学费必须得依靠学校的减免和照顾才能维持下来。

吴婶给杨雨廷洗衣服从不抱怨，也不说脏，不像其他大妈大婶那样洗一次抱怨一次，还不断地把各种抱怨添油加醋地散布到街头巷尾，成为小镇人茶余饭后的笑谈。吴婶不嫌麻烦，她先是用热水浸泡，去掉衣服上的汗渍，然后才用洗衣粉，洗完后，再用热水泡一次，这样一来，衣服就洗得相当干净。杨雨廷十分满意吴婶给自己洗衣服。时间一长，杨雨廷不但把换洗衣服的频率增加了，还把工价略略向上提了一点。冬季的春秋衫一周换一次，外套由半个月换一次改为一周换一次，几件衣服总共算下来不找零。吴婶拿着钱，从口袋里翻找零钱时，杨雨廷已经走出了她的视线。吴婶冲着杨雨廷的背影大声说：杨老师，我还该找你两角五。杨雨廷只顾往前面走不答话也不回头。吴婶接着又说：那就留着下回一起算！杨雨廷依然不答话自顾自地朝前走。待下一次结算时，又是几毛。吴婶提起上次的二毛五说这次要少收，杨雨廷摆摆手，说：一回归一回，早结清了，哪里还有上回的事。吴婶知道杨雨廷的脾气，不敢再往下说了，收了钱，默默地走了。只是衣服洗得更加卖力了。

杨雨廷就是这样一个怪人，你倔他比你更倔。而实际上，他是面恶心善，嘴不饶人，即使在表达友善时也藏着掖着，生怕别人难堪。

五

长着一对酒糟鼻子的游梦先，也是一个油汗人。游梦先的鼻翼两侧鲜润红亮毛孔粗大，泛着油光。漆黑的头发舒展蓬松不了两天，右边的刘海肯定会耷拉下来挡住前额影响视线，于是，就出现隔几分钟要甩一下头的场景，要不就是直接用手往后一拨，好似拨去乌云重见天日一般。到了第五天，游梦先的头发就会生出许多头皮屑，轻轻一甩头，那些白色的微生物颗粒就会洒落在他后背，这个时候，游梦先就应该洗头了，但游梦先非要等到星期天才对他自己进行一次大扫除。

比起杨雨廷的古怪，江老头的平易近人，何眼镜的个性，游梦先则是一副大大咧咧的样子。来自乡下的老婆把他侍候得妥妥帖帖舒舒服服，但游梦先依然还是了缺少一种职业的素养，常常趿着一双棕色的塑料凉鞋，衣服搭在肩上，像一个走街串巷无所事事的游手好闲之人。只有何眼镜要在黑色的塑料凉鞋里套上一双白色或灰色或裸色的丝袜，整洁得令人有些嫉妒。杨雨廷、郑伦福、江守业、赵湘云这四个人就像是定了一张合约，永远都是剪刀口的黑色布鞋，冬季则是一双黑色的棉鞋。所不同的是何眼镜在春秋季节有一双黑色的皮鞋，冬季则是一双草绿色的大头皮鞋。冬天镇上的大人小孩都要穿棉衣，只有何眼镜不穿棉衣。何眼镜有一件双排扣的军绿色呢子大衣，穿在身上很气派。这件大衣是他当军医时部队发的。据说，“文化大革命”期间，这件大衣差点要了他的命，后来，不知什么原因，这件大衣又完好无损地保存下来。

镇上就一条主街，几条小巷。人口不到两千。大人、小孩都相互认识，平日里见面总爱打个照面点个头，邻里间相处得也十分融洽。游梦先是一个热心肠的人。虽然在镇上生活的时间不长，但镇上大大小小的面孔没有他不熟悉的。镇街上的大人小孩擦破点皮，总喜欢到他的治疗室要一点碘酒、紫药水、酒精之类的涂抹在伤口上，仿佛只有这样方才觉得自己受到了某种特殊的礼遇和照顾。

城关医院没有专门的消毒室，医疗器械要拿到县医院去消毒。每天下午下班前，城关医院的针头、棉签、敷料等都要打包由专人送到县医院进行统一消毒，第二天一早又取回来。财务室小张的家离县医院很近，这个任务就交由小张来完成。小张骑着一辆破旧的自行车上下班，下午提前一个小时下班，其目的就是要尽早将消毒包送往县医院。镇医院需要消毒的器械和医用品就是何眼镜的老婆刘护士的治疗室和游梦先的外科室，且用量不大。刘护士不外乎就是打针用的针头和棉签，游梦先主要是敷料和棉签。一到下午，没有病人的时候，刘护士和游梦先都要自己裹棉签、剪敷料，然后将裹好的棉签和剪好的敷料打成包，待小张来取。第二天早晨，两个人在医院大厅的挂号室取回各自的消毒包。这些长期在高温炉里备受烘烤的消毒包像婴儿的尿布，黄一块白一块的，破旧得很。偶尔，病人多了消毒包不够用了，刘护士就让开水房的赵大姐，即江老头的老婆，将上午用过的针头放在一口高压锅里哗啦哗啦地煮上一阵，然后将煮好的针头放到装有酒精的铝盒里浸泡着。待病人到来时，刘护士掀开长方形的白色搪瓷盒盖子，拿着镊子在里面寻找大小不一的针头，另一只手则拿着针筒，病人在一旁饶有兴致地观看。刘护士把针头与筒口对接上后，用镊子撬开针液的瓶口将药水吸进针管里，然后才掀开另一只铝盒盖，从里面夹出一个被酒精浸泡的棉球在患者的肌肉处擦拭，之后，刘护士果敢地将针头插入患者的臀部。在推进的过程中，刘护士总是很亲切地与病人交谈，用棉球轻轻地按压着注射处周边的肌肉， 往往是在不经意间，就已完成了整个注射过程并迅速地拔出了针头。

小镇人说：刘护士打针的技术就是好，不痛，没有多少感觉就打完了，比城里大医院的护士都打得要好。

游梦先的敷料用完了就不好处理，但病人既然来了，医生总得要进行治疗，这是常识。只要不是什么大的外伤，游梦先就可以得心应手地处理。一般情况下，游梦先会按照这样的方式进行操作：将消毒棉球和小块纱布分别浸泡在不同的酒精铝盒里，先用蘸了碘酒以及酒精的棉球给伤口消毒，然后在上药的伤口处盖上一小块浸泡在酒精里的纱布，之后再用一块没有消毒但很干净的纱布对创面进行包扎。

郑伦福和赵湘云两位老中医是1956年中西医联合诊所成立时，镇医院从草药铺子收编而来的。收编过来时，两人的年岁已不小了，考虑到中医传帮带的功能，又将两位老师的子女安排到镇医院随父学艺。郑伦福在肝胆方面有些特点， 赵湘云则擅长脾肾和胃肠方面。两人的病号也不少，一天总有二三十号维持着，遇到赶场天还要多一些。事事相通，血脉关联，对中医内科而言，常见的感冒如风寒风热医生们皆有研究，且各有各的主张，各有各的方剂，这主要看病人与医生有没有缘分了。

名声在外的何眼镜每天有百十来号病人，忙得上厕所的时间都得赶着急。外边大厅的诊疗室除了江老头不间断地有病人以外，游梦先是忙一阵闲一阵。杨雨廷最闲。郑、赵二人一般在上午要忙乎一阵，到了下午，病人便稀稀落落的。尽管如此，吃大锅饭的年代，闲着的和忙着的其工资差别并不大，只是何眼镜和江老头的奖金要比其他几位略高一些。

六

转眼间，到了20世纪80年代，城关医院的面积扩大了，门诊医生已增至十多名，科室也细化了，还成立了住院部，但病人却越来越少。医院步入市场化轨道，看病的门槛越来越高。何眼镜、杨雨廷、江老头相继退休，郑伦福和赵湘云退得更早一些。

杨雨廷退休时，吴婶的老四顶了班。这个结局是小镇人没有想到的。

吴婶的瘫痪丈夫已去世多年。为了能让老四顶班，杨雨廷与吴婶牵手。人高马大的杨雨廷和娇小玲珑的吴婶看上去一点也不般配，小镇人以为，这是日久生情的结果。因为只有吴婶能够接纳杨雨廷的怪，包容杨雨廷的坏脾气。吴婶虽然比杨雨廷小十几岁，但自身条件不好，还拖着四个孩子，能够嫁给杨雨廷这样的单身贵族，自然是想都不敢想的事。所以，没有人怀疑两人牵手的目的不只是是为了让老四顶班。

当这一结局已成定局时，杨雨廷的二嫂气得昏天黑地咬牙切齿，逢人便骂：哪有这样把胳膊肘往外拐的哟，不帮自己的亲侄子，去帮外人……简直是太混账了……太万恶了……天底下竟有这样绝情的兄弟……他杨老三不得好死，他的苦日子还在后头。

接着，二嫂又开始骂吴婶：这个吴明贵太阴险太毒辣太不要脸了，表面上看着老实，实际就是狐狸精一个。看不出来哟，她勾搭男人还有一整套……哪个知道她还藏了这一手，太狡猾了。

然而，杨雨廷与吴婶牵手的目的就是单纯的顶班。因为杨雨廷与吴婶的婚姻并不是小镇人猜测的是日久生情的结果，更不是二嫂咒骂的那样是勾搭成奸的阴谋。杨雨廷与吴婶的牵手体现的就是同志般的纯洁友谊，目的相当单纯，就是为了能让老四顶班。

杨雨廷说到做到，老四在医院后勤科工作不到一年，杨雨廷就与吴婶办了离婚手续。吴婶自然不情愿，但她又拧不过杨雨廷决绝的态度。换位思考，吴婶必须得尊重杨雨廷的选择。别人一番好意帮你娃儿解决工作，自己没有理由强求别人做不愿意的事情?

然而，这一结一离的瞎折腾，成了小镇人茶余饭后的谈资。

显然，杨雨廷已经习惯一个人孤独地生活。而他自己也没料到的是临老了，晚节不保，搞了个闪婚闪离，令小镇人匪夷所思。如此一番折腾，何不将自己的侄子杨明甫正大光明地接过来，而非要把一个不相干的人“转正”，这又是为什么呢?好事者不敢问杨雨廷，只好向那几个打牌的老伙计探听。老伙计们调侃杨雨廷，杨雨廷只是笑笑不作答。几个老伙计进而分析道：老杨这人脾气怪，心肠好，任性得很，多半是逆反心理促成。如果二嫂不唠唠叨叨到处乱说，闭上嘴安静下来，等老杨气顺了，兴许，这心就回来了。二嫂的处事作派与杨雨廷的怪脾气不对路，葬送了老五杨明甫的前程。顶班风波后，二哥一家与杨雨廷成了仇人。

小镇人却为杨雨廷大义灭亲的行为发出如此的感叹：这杨老师就

是怪，不认六亲，偏去认外人为干儿子。杨明甫算是空欢喜一场。吴老四认个爹捡个工作，连老娘后半辈子也有着落了。感叹之中，又隐隐地夹杂着一丝嫉妒和幸灾乐祸的成分。

离婚之后，杨雨廷的衣服还是由吴婶洗。杨雨廷照样给钱，吴婶不要，杨雨廷就不让吴婶洗了，自己烧一壶开水胡乱倒腾一番了事，晾干以后，衣服上的汗渍和污渍清晰可见。

吴婶没撤，只好乖乖地收了钱。

顶了班的老四常常过来看杨雨廷，端一点吴婶做的红烧肉和咸烧白之类的，刚开始杨雨廷收下了。老四开口叫爸，杨雨廷阴阳怪气地回应道：你干吗要叫我爸？你不脸红我还脸红。我既没生你，也没养你，无非就是给了一个就业的机会，犯得着这样卑躬屈膝假模假式地强装笑脸吗？

老四的脸唰的一下羞红了。他不敢看杨雨廷，胆怯得有些不知所措。他嗫嚅地说道：那我以后还是叫杨伯伯吧！

杨雨廷冲着老四的背影，说：以后没事就别来看我，也不要端东西来了，我又没有像你老爹那样瘫在床上，你好好上你的班。

七

江老头的内三诊室仍然由儿子坐诊，杨雨廷的内四诊室由杨雨廷带过的一个从绵阳中医学校毕业分来的学生娃娃坐诊。学生娃是最后一批工农兵学员，这个聪明的学生娃跟随杨雨廷学医时，装出一副老实巴交的样子，一切听从杨老师的教诲，视中医为国粹，一头扎进对中医的研习之中，好似要继承老师的衣钵。等到杨雨廷退休离开自己独立坐诊时，学生娃立马来了一个大转变——中西医结合治疗。常常是两张处方并济。病人服药以后，症状缓解，很快，病情就有了明显的好转。不到半年的时间，挂学生娃号的病人便多了起来，超过了前辈杨雨廷。

杨雨廷知道后，一声叹息，说：唉！中医就让这些娃娃给糟蹋了。

江老头的儿子小江医生没有像父亲那样打开局面。有时，病人挂小江医生的号是冲着老江医生来的。病人服了小江医生开的方子后，不见其效，就不再找小江医生了。后来，小江去省城进修了两年，回来以后，也依照学生娃的模式，来了一个中西医结合治疗，病人服药后，见其疗效，觉得老江医生又回来了。小郑和小赵学小江的样子也去省城进修，回来后，纷纷效仿学生娃的模式，中药西药齐上阵，患者常常是手持两张处方，跑了西药房还要跑中药房，回家服用后，病情果然缓解了一大半。慢慢地，医院的门诊业务又有了一些起色。但遗憾的是，城关医院再也找不到像杨雨廷、江老头、郑伦福、赵湘云这般孤芳自赏独持己见的老中医和医者仁心了。纵然是何眼镜的西医内科，也是建立在一种保守的机制之上，充分发挥其普药和基药的功效，与如今的医生们大范围地使用抗生素不可同日而语了。小江医生、小郑医生、小赵医生以及学生娃小李医生终于成为城关医院的中流砥柱。但好景不长，小江、小郑、小赵、小李找关系纷纷调到大医院，唯有游梦先的儿子游镇宇义无反顾地留了下来。游镇宇在省城的医学院学的是外科，按理说，可以留在省城的医院，或直接分配到县医院，但游镇宇却偏偏选择了城关医院。

游梦先对儿子的决定颇有些微词，他有些生气地对儿子说：我知道你是为了向大家证明游梦先的儿子不比任何人差。你这想法没错，儿子要比老子强，青出于蓝而胜于蓝。不过，你留在省城不也是一样的效果吗？你又何必回到这小地方来瞎折腾？游镇宇没有给父亲做任何解释，只是轻描淡写地说了一句，爸，我有我的想法，你就别操心了。

经过多年的临床实践，游镇宇不但成为城关医院的一把刀，而且还当上了城关医院的院长。

城关医院位于河东，后来，江上建起了大桥，每天都有班车通达县城。渐渐地，镇上的居民都喜欢坐公交车到县城里的两家大医院去看病，即便是一个小小的感冒也是如此。城关医院的门诊业务又开始萧条起来。如今，医改过后，实行分级报销制度，城关医院被划定为社区医院，业务量终于有所回升。而这个时候，游梦先的儿子游镇宇已升为卫计委主任。

已患老年痴呆的游梦先，意识尚处在半梦半醒的状态之中。当他得知儿子弃医从政时，破口骂道：狗日的瓜娃子，不好好给老子看病，当什么狗屁芝麻官。当官又当不了一辈子。你这个瓜娃子，天干饿不死手艺人，这个道理都不懂吗，看病才是一辈子的手艺。

杨雨廷并没有如他二嫂所愿不得好死，或是需要人替他端茶递水倒屎倒尿，相反，杨雨廷走得干脆利落。一日午饭后，杨雨廷照常要躺在马架椅上小睡一会儿，这是他多年养成的习惯，可这一睡，就再也没有醒过来。杨雨廷是因心脏病突发而离世的。

第二天，沉睡之中的杨雨廷才被邻居们发现。

车路口逸事

黄　毛

车路口的街道很窄，渡河过来的人们担的担、背的背，箩筐和背篓里面装的全是农村人自家地里种的。诸如花生、黑桃、鸡蛋、跑山鸡，等等。这是河对岸的农村人舍不得吃拿进城来换取油盐酱醋茶的稀罕物。车路口是河东的农村人进入梓城的必经之路。本来在城墙外的工商所旁边有一个集中交易的农贸市场，但从城东过来的人一般都很难光顾它。农贸市场更多的是方便从城西、城南、城北方向过来的农村人，况且在靠近公园口的城墙边上还自发形成了一个小集市。河东的视野宽阔，三分之二的土地和人口都集中在这一地区。城西城南城北属浅丘地势，河东偏东南方向属浅丘，偏东北方向则属中丘地带，部分地带属深丘地势。除各个镇上有简易的集市交易外，河东人更多的是取其渡船之便，到梓城的车路口街来赶场。车路口的兴旺源于清末民初，因新码头兴起的货运壮大了船帮商号，使梓城成为涪江沿线的商品集散地。十大货运船帮不只是要担负梓城的货物运送，还要为周边沿县的商埠码头做好中转服务。上至绵阳、中坝，下至遂宁、铜梁、安居等地，所以，新码头作为船帮货运的中转站，起着承上启下的作用。由此而来，依傍着河边兴建的民居住宅越来越多。这一带的民居与老城的民居结构完全不一样。院子与院子之间通过一条窄窄的小道相连着，一直连到相邻的街道。人们可以从自家的后门穿越到另一个院子里或另一条街上。这是一个人口密集的大社区，院子与院子之间依仗后门的魔力和诡异的通道把大家连接起来。穿巷子走捷路抄近道，成了家常便饭，所以，隔着几条街的人似乎都成了熟脸熟识的邻居。

赶场天的集市贸易纯属自发形成，这得益于车路口的历史。沿街的门面原本就是商业旺铺，如袁家酱园、秦家烟铺、沈家盐铺、夏家纸铺、何家锅铺，等等，后来公私合营了，这些店铺分别被商业局、二轻局、供销社收管，改名为糖烟酒店、副食店、日用百货店、干杂水果店、日杂店、五交化商店，等等，跟从前一样，货品应有尽有，只是经营的性质发生了变更。商业局、二轻局、供销社这三大部门从字面上来理解，好像是各司其职，但在行政职能和物资供应方面却有诸多的重叠之处。但不管怎么样，计划经济时代，价格各家又都一样。河东人为了早早卸负，通常是一路走来一路停，沿街就市成为一道风景。还没走拢集市，背篓里的东西就全部卖完了。东西卖完了，就可以立马在这条街上买到自己所需的日常生活用品，这是相当便捷的事。然而，来这条街上赶场买东西的又都是一些挑剔精明的主妇，核桃在她们手里摇了又摇，鸡蛋掂了又掂，公鸡从羽毛到喙再到鸡胗，看是否是故意喂了石子以此来增加重量。如果手指能够摸索到坚硬的小石子，必然要讨价还价一番。或减掉一些斤两，或少算一毛、两毛的。当然，这都是一些小问题。如何才能更好地考察公鸡的精神面貌买到一只朝气勃勃的雄鸡，或是一只老成持重健康成熟的老母鸡，这才是主妇们最关心的事情。要买就要买一只生龙活虎的鸡，而不是病恹恹的瘟鸡，即便是一只拿来炖汤的老母鸡，也要具备一种勃发稳健的意志力，这才是最朴素的经济价值观。当然，最好的方法就是索性将困睡的公鸡放到地上让其转上两圈。当睡眼惺忪冠状红润羽毛鲜亮的黄毛从憋屈的背篓里被主人抓出来推到几个陌生人的面前时，才发现眼前的景致发生了变化。没有了小伙伴，没有了房前屋后自己熟悉的那一片竹林，也没有了山间的溪流，全是一些盯着自己的陌生面孔。正当黄毛感到迷茫时，一只手伸过来，捉住了它。这个人粗暴地将黄毛的双臂交叉着拎了起来，并用力地掂了掂，之后将它放回到地上。紧接着，另一个人也重复了这个人的动作，如出一辙，就像是事先商量好的，只是后面这个人的动作要稍显温柔一些。于是，黄毛被这群陌生人肆意地掂来掂去，它的胗被这些生硬冰冷的手指故意地捏来捏去，弄得黄毛的胃液上蹿直想呕吐。黄毛不明白人类为什么会对它的胗如此感兴趣。几番折腾下来，没见过世面的黄毛就有些不知所措了。它胆怯地向后退缩着，想往主人的身上靠，试图寻求主人的庇护和帮助，哪知还没到主人跟前，就被主人残忍地拎了起来，拎向半空中。黄毛的胳膊生痛，悬在半空的两只脚不停地蹬踹着。正当黄毛有些纳闷主人为什么这样对待自己时，只见主人谄媚地把黄毛拎到一个陌生女人的面前，并骄傲地向这个女人宣称：你看嘛，它好雄势嘛，我扯不来谎的，你自己看。陌生女人摸了摸黄毛鲜红的冠状，温柔地笑了笑没有作答。她在观察别人对黄毛的评价，看来她没有这方面经验。这时，黄毛听到主人在向别人吹嘘自己。为了讨好那些人，对自己大加赞赏，黄毛预感事情有些不妙，因为它觉察出主人的语气中带有明显的浮夸和虚假的成分，它知道自己的身体并没有主人说的那般好。比如自己的肠胃就一直不好，昨晚还被主人强制性地喂食了许多白色的粉末。一想到这些，黄毛不寒而栗，它瞪大了眼睛向四周瞧了瞧，意识到将会有一场灾难降临到自己的头上。因为黄毛清楚地记得，上回棕毛跟着主人出来，就再也没有见到它了。黄毛知道自己这一次和主人一道出来，也会跟棕毛的命运一样，再也不能回到野竹沟了，这就意味着自己再也见不到红柳妹妹了。

黄毛左顾右盼的时候，主人正与这些陌生人讨价还价，根本没注意到黄毛的情绪变化。黄毛思忖着，此刻正是摆脱主人的最好时机。因为刚才主人为了向这些陌生人显摆黄毛是如何的威武早已将套在黄毛脚上的绳索解开，只要黄毛轻轻一弯腰，就能从这些陌生人的胯下偷偷地钻出去。于是，黄毛一边观察着周围的地形，一边佯装着聆听女人们眉飞色舞的谈论，而大家似乎早已忘记了它的存在。后来，这个话题又延伸到黄毛种群的优劣，比如白洛克鸡、雪山草鸡、文昌鸡等各自的特点和鸡肉的吃法，等等。经过周密的侦察，黄毛终于看准了一个藏身之地，趁大家谈兴正浓时，黄毛一弯腰就轻而易举逃出了这些人的视线。它钻到一辆板车下面，这在黄毛看来犹如钻进了一个山涧，黄毛一颗怦怦跳动的心终于平静下来。它躲藏在下面静观其变，不断地察看周围的地形以便寻求更好的藏身之地。少顷，主人发现不见了黄毛，顿时急得团团转。看到这一情形，黄毛暗自窃喜。主人转身去寻找，黄毛才从那辆板车下面钻了出来，朝主人相反的方向跑去。黄毛走在熙熙攘攘的大街上，第一次置身于这样一个陌生的地方，看到到处都是忙忙碌碌的陌生面孔，黄毛就有些迷茫了，不知道自己该往何处去。正当黄毛感到无助时，一只草绿色的胶鞋重重地踩在了它的脚趾上，黄毛忍受着剧烈的疼痛，不敢发出尖叫声，因为它知道，如果自己发出求救声，必然会引起人类的注意，这样一来，就等于暴露了自己。好在那只胶鞋只在它的脚趾上停留一两秒便移开了。黄毛这才如释重负，迅速地躲进了草绿色胶鞋旁边的一块放货物的门板下面。黄毛蜷缩在光线暗沉的门板下面，舒了口气，以为自己安全了。但不到十分钟的工夫，门板上的货物卸完了，门板被穿草绿色胶鞋的男人移开，斜靠在店铺门口的墙壁上，黄毛再一次暴露在光天化日之下。黄毛当然知道这样不行，情急之中，便跟随那双草绿色的胶鞋钻进店内，身体一闪，迅疾躲进了两个酱菜缸子的缝隙之间。顿时，黄毛的眼前一片漆黑，它眯缝着眼睛放松下来。黄毛进来时，穿草绿色胶鞋的男人与另一个男人正在忙着把一麻袋食盐往箩筐里倾倒，没有注意到气喘吁吁跑进来的黄毛。黄毛以为自己这次彻底安全了，但它却不知道自己向上翻翘的尾巴露在了外面，鲜艳的羽毛在两个酱菜缸子之间光彩夺目，十分惹眼。

主人一直在寻找黄毛。当黄毛躲在门板下面时，隐约听到了主人在向周围人打听自己，大家纷纷摇头并表示没太在意一只公鸡的去向。黄毛在心里为这些路人点赞：太给力了，善良的人类。

主人以为寻不着黄毛了，有些着急了，但她并没有失望，与她讨价还价的女人也过来帮她寻找。主人呼唤黄毛，咕咕咕咕地叫唤着，这在外人看来，是对鸡群的统称，别无二致。但只有黄毛清楚，从主人的口中发出来的声音加了一种特殊的修饰语气。在呼唤的过程中，整个节奏发生了改变。从前面的低音到转折时的混响音，再到后面的高音，最后又变成降了调的低音，这一连贯性很强的音符，从清脆的发声过渡到中间的柔软舒缓再到后面的高昂直至最后的呜呜低沉，分成了四个节奏，极富和谐的美感，这是黄毛打小就听的熟悉声音，它跟别的人家唤鸡的声调不一样。在野竹沟，只有黄毛和红柳才能分辨出来，其他如棕毛和白凤都分辨不出主人的声音来。有一回，它们几个和曹二婶家的黑土兄弟到杉树林那边去觅食，返回时迷路了，眼瞅着天快黑了，大家伙都有些着急，这时，传来了曹二婶的呼唤。棕毛、白凤、黑土它们几个齐刷刷地站到了路中央，只有红柳和黄毛纹丝不动，依旧蹲在了原地。棕毛和白凤很是诧异，待看到曹二婶出现，才傻了眼。主人的声音尾随其后，红柳和黄毛这才慢悠悠地从林子里走了出来。

黄毛憋屈着身体，一动也不动，两只耳朵贴在冰冷的酱菜缸上面，充满着对未来的期待，直到主人的声音在外面重新响起，黄毛松弛的神经又紧绷了起来。

其实，自以为聪明的黄毛却不知道，当门板被掀开时，自己已经彻底被暴露出来。当黄毛的身影闪进这家国营副食店时，主人已经看见了它。主人站在店外，等候店主把门前的货物拾掇干净，这才不慌不忙地进到店堂里来。主人站在柜台前，挤着一张皱巴巴的脸谦卑地对国营副食店那个长着一双单眼皮黑黢黢瘦筋筋穿草绿色胶鞋的男人说：同志，不好意思，麻烦你一下，我的公鸡跑到你们店里来了。

公鸡，什么公鸡？男人看着主人皱巴巴谄媚的笑脸，一脸茫然。

主人嘿嘿地干笑两声，用手一指：你看，它在那。在那两个缸中间。

瘦筋筋男人回头瞥了一眼酱菜缸：嘿，还真是……什么时候跑进来的？我都不晓得。

主人又是谦卑一笑。

那你进来捉嘛。瘦筋筋男人对着主人说了一句。

于是，黄毛被主人从酱菜缸的缝隙间揪了出来。它本能地发出了一阵嘎嘎嘎的求救声，但这无济于事，因为被主人称作同志的瘦筋筋男人根本不理睬黄毛的求救声，他站在一旁看着，有些幸灾乐祸的样子，并不着边际地与主人闲聊起来。

大姐，听你口音，像是从东岳那边过来的。

对对对，我是从东岳那边过来的，师傅老家也是东岳的？

不是，我是太镇的。我内人是东岳的。

哦！

从那边过来要走两个多小时吧！

差不多，今天早上我6点钟就出门了。

辛苦呀！

农村人，习惯了。

你这公鸡现在卖什么价。

一块多一点。

还有没有，我也买一只。

今天没有了，下个逢场天吧，我给你送到店里来，师傅，谢谢你了，今天 。

黄毛被主人用手揪着，身体悬在了半空。主人的臀部左右摇摆着，因步子很急，每几秒钟便要贴一次黄毛的身体，随即又闪开。与主人的身体发生这样的亲密接触，对黄毛来说，也不是头一次。

某个黄昏，天色已暗，主人站在竹林边，焦急地呼喊黄毛，黄毛则躲藏在竹林里，故意不理睬主人。后来，主人发现了黄毛，弯下腰来，轻轻地靠近黄毛，黄毛舞动着身体，向主人撒着娇，做出一副不情愿的样子，主人用温柔的咕咕声哄着黄毛，并慢慢地靠近黄毛，黄毛摆着尾巴，身体开始蜷缩成一团，主人心领神会，从地上轻轻地抱起黄毛，黄毛的身体贴着主人的胸口，此时的黄毛觉得自己是世界上最幸福的公鸡。

但主人今天的这个举动，令黄毛很是失望。黄毛觉得主人变了，从拽它的动作到返回的途中，主人一直沉默不语，一副着急忙慌的样子。当黄毛被主人重新拽回原地时，那几个陌生人还在那里等着。

这时候，黄毛已预感到自己将被主人抛弃，因为主人一见到那些陌生人，脸上立刻堆满了笑容：你看这畜生好机灵，跑到那边副食店里撒野去了。

是、是、是，这公鸡是有点野，你看它的样子很凶。其中一个人说。

刚才，这死瘟丧还啄了我一下。另一个人说。

黄毛这回总算是听明白了，主人刚才叫自己“畜生”，那个陌生人还称自己为“死瘟丧”。陌生人乱骂就不说了，主人不应该这样对待自己呀。黄毛好伤心，意识到将与主人分别，从此以后自己再也听不到那悦耳动听的咕咕咕的呼唤声了。当大家再度对它评头论足时，黄毛就变得镇定了许多。经过刚才的一番折腾，黄毛似乎又想通了看透了，这世道变化真快呀！现在自己的命运攥在别人的手心里，还是听天由命吧！于是，黄毛一副束手就擒的样子，任凭这些挑剔的陌生人粗鲁地将它的两只胳膊交叉起来，左手掂掂，右手摸摸，并百无聊赖地掰开它的喙，仔细地查看一番，随后又把它朝地上一扔，开始与主人讨价还价。地上的黄毛，因臂膀被这些自私自利的家伙无端地交叉而失去重心，它无法站立起来，两条腿蜷缩着，斜着身体躺在冰冷潮湿的地面上，眼睁睁地看着这些无聊透顶的人为一毛、二毛争执不休。

就这样，倒腾来倒腾去的，一连串的重复动作，黄毛算是过关了。因为真正的病鸡被放下来以后，不惊不乍，耷拉着身子站在原地眯缝着眼睛看着你，连闹腾的力气都没有。当然，遇到性格奔放的雄鸡，会用喙啄一下那些折腾它的人，这反而令买主十分兴奋。黄毛刚才的出逃已经博得了大家的好评，大家就有些争抢的意味了。但凡事都得讲个先来后到，最后的定夺肯定要依照先来后到的顺序，即由第一个买主做决定，如果第一个买主决定放弃，第二个买主才有望参与进来。

经过一番讨价还价，最后，黄毛被一个穿方格子外套的中年妇女一槌敲定。她并不是与主人讨价还价还过来帮主人寻找黄毛的那个女人，她是后来参与进来的。其原因是前头两个买主因价格因素而弃权了。方格子女人愿意比其他人多出这一毛钱。这得益于黄毛的英勇出逃为主人争取了高分，主人拗起了价，买主们又都不愿意退让，纠结了半天，终于，方格子女人挺身而出，愿意多出一毛，主人退一步，方格子女人进一步，交易达成。

当买卖双方达成协议之后，通常都要到国营店去借秤称一下重量。出门前，主人借别人家的秤称了黄毛的重量，心里大致有了数。虽然卖家报了重量，买家也掂了掂。但最终还是要当面过一下秤，方才踏实。于是，黄毛被方格子女人拎到刚才那家国营副食店里，免不了又遭受一番折腾。黄毛交叉的双臂被国营店里那杆大秤的铁钩子弄得很疼，简直是有些生不如死了。

当黄毛的双臂被钩在秤钩上时，它又看到了先前那个瘦筋筋男人，男人也看了一眼黄毛，但却没认出黄毛来。这时，主人在店外远远地候着，是方格子女人进店与瘦筋筋男人交涉，待方格子女人把黄毛从铁钩上取下来时，主人迎了上来。

对没有，大姐，是不是五斤二两？

方格子女人没有直接回答主人，只问了一句：你刚才算下来是不是六块七？

主人点了点头，说：对，是六块七。

方格子女人一只手拎着黄毛，另一只手从裤包里掏出钱来。

见方格子女人不好数钱，主人从方格子女人手中接过黄毛。

方格子女人从叠得齐整的钞票里数出一个五块、一个一块、一个五角、一个二角，一共是六块七，交给了主人。主人拿着这些钞票，将黄毛交还到方格子女人的手中。

黄毛最后看了一眼主人，见主人口吐唾沫，兴奋地点着钞票，并将褶皱的边角一张一张地捋直，根本不想再看一眼黄毛，黄毛很是失望。理完了钞票，主人背着空空的背篓开始赶集。

从此，黄毛与主人分道扬镳。

黄毛在方格子女人居住的大院里过了三天饭来张口的日子，吃的是主人赏的白花花大米和一些残羹剩饭。面对白花花的大米，黄毛没有一点胃口，它喝了一口缺碗里的水，便觉得身子有些发软，上下眼皮开始打架，黄毛知道这都是因为白天的闹腾，现在浑身酸软筋疲力尽。于是，黄毛眯缝着眼睛打起盹来。半夜，睡在地上的黄毛被骤降的气温惊醒，身子冻得瑟瑟发抖。回想起这一天的经历，黄毛仍然有些惊魂未定，这是黄毛从未经历过的难熬的黑夜。在野竹沟不但有柔软的干草，小伙伴们靠在一起唠嗑，唠着唠着睡意就来了，每回都是红柳靠在黄毛的身旁先入睡，黄毛则拥着红柳柔软的身体慢慢地进入梦乡。黄毛留恋在野竹沟的日子，那里有太多的美好记忆，比如成长岁月中被曹二婶家的黑土啄得遍体鳞伤，其原因是为了争抢一条蚯蚓，本来是黄毛先发现的，黑土欺负黄毛个子小，硬从黄毛的爪子下面抢了过去。当时的黄毛虽然乳臭未干但也是血气方刚，哪服这一套，于是黄毛就和黑土干了起来。当时的黑土正值壮年，几个回合下来，黄毛浑身上下被黑土啄得看不到一块好肉。后来，黄毛长大了壮实了，黑土就再也不敢欺负黄毛了。再后来，黄毛在白凤和红柳的调停下，终于与黑土冰释前嫌。黄毛的红颜知己红柳，黄毛也是在野竹沟认识的。黄毛和红柳才子配佳人是野竹沟的一道风景。所以，在野竹沟，尽管吃的是野草、虫子，甚至还饱一顿饥一顿，但黄毛觉得，在野竹沟自己可以尽情地撒欢，自由地奔跑，或者带上红柳和小伙伴们一道在山间觅食，一边看风景一边游山玩水，好不惬意。一想到这些美好的时光，黄毛浑身上下又充满了力量，眼前立刻浮现出了红柳的音容笑貌。于是，黄毛就想挣脱脚上的绳索，逃回野竹沟去找红柳，然后，与红柳一起私奔。但黄毛的眼前一片漆黑，着实是寸步难行呀！黄毛只好蜷缩着身体挨到早上天麻麻亮时，才挣脱掉脚上的羁绊。一抬眼，突然发现一处有干草的地方，循着这股清香，黄毛直奔了过去，找到一个靠墙的角落，不管三七二十一，先美美地睡上一觉再从长计议。孰料，当它一觉醒来时，却发现自己正躺在一个蓬头垢面的男人怀里。男人一边说着话，一边用手捋着黄毛光亮鲜艳的羽毛，从头部一直捋到齐尾。黄毛还是头一次遭遇这样的礼遇，以为自己的命运将发生逆转，心里正暗自窃喜。黄毛虽然听不懂男人在说什么，但从男人含情脉脉的目光中感受到了一种别样的人间温情。黄毛以为这一回自己找到了一个可以依靠的幸福港湾，哪知，身体还没有被焐热，男人就抱着黄毛径直走到了方格子女人面前，黄毛一看，知道情况不妙，但已来不及躲藏。方格子女人正在大院的公共厨房里择菜，一见男人怀中的黄毛，惊讶的语气之中满是感激之情。

哎呀！我还以为我这六块多钱打水漂了，这畜生，怕是找不回来了，明天还得上街去重买一只，不然唧个过年嘛。女人边说边从男人手中接过黄毛，男人把黄毛交到女人手上，一转身就走了。

女人只顾收拾失而复得的黄毛，当她把黄毛重新拴好时，发现男人已经消失在自己的视线里。女人望着男人离去的背影兀自叹息道：哎，这秦三娃，你说他是疯子哇，但好多事情，他又像是明白得很。女人一边说还一边摇着头。

三天之后，也就是大年三十，黄毛被男主人也就是方格子女人的老公一刀毙命。于是，黄毛的胸脯被方格子女人爆炒成辣子鸡丁，一盘鸡丁几乎全都游弋到他们的宝贝儿子的腹中，两个姐姐只是象征性地尝了一下。黄毛的大腿和双翅成就了年夜饭的一道冷盘即凉拌鸡丝，剩下的部位与萝卜、海带、莲藕这些食材混杂在一起，被乱炖成一锅鲜美的汤。

疯　子

一

把黄毛交到方格子女人手中的男人叫秦疯子。跟方格子女人同住一个院子。所不同的是，秦疯子住在大院后面靠墙的石窟屋里。石窟屋有五六平方米，三面靠墙，一张草帘子权且用来作挡风的门，地面上铺了一些干草，秦疯子就睡在上面。在石窟屋的另一侧是大院的公用厕所，中间一小片空旷地是晾晒衣服的公共空间。黄毛被方格子女人拴在靠近围墙边的一棵黄桷树下，距离秦疯子的石窟墙不过三米。方格子女人用一只缺了角的土碗给黄毛盛了一点水，又抓了一把米放在地上，之后，就回自家屋里去了。

秦疯子醒来时，天已大亮。他懒洋洋地从干草上坐了起来，一双发呆的眼睛还沉浸在刚才的梦里。他望着墙壁嘿嘿地干笑了两声。忽然间，他看到了墙角边的黄毛，便好奇地打量起来，他小心翼翼地靠近黄毛，黄毛一副昏沉沉的样子乖乖就范，仿佛还有一种被人捉住之后的快感。他把黄毛抱在胸前，自顾自地说着话，眼睛里似乎有了些许光泽，脸上也多了一层心事。黄毛好奇地打量着这个陌生的环境，长长的脖颈随着两个骨碌转动的眼睛一伸一缩的，像个天外来客。

黄毛的突然造访，使百无聊赖的秦疯子有些激动。按照惯例，秦疯子本要出去转悠转悠，挨到十一点多钟回来，差不多就是姐姐送午饭的时间了。秦疯子没有钟表，但他心里的时间准确得很。黄毛的到来，使这间小小的石窟屋子有了生气，因为除了姐姐以外，黄毛是造访这间屋子体积最大的生命活体。以往都是苍蝇、老鼠、蚊子、虱子这些常客。这个上午，秦疯子没出去，与黄毛的交流，使秦疯子忆起了农场的生活。

后来，方格子女人在外面寻找黄毛，咕咕咕的焦急声音打断了秦疯子的遐想。秦疯子本想将黄毛留在自己身边，但他明白自己没权利这样做。秦疯子知道黄毛是方格子女人买回来的年货，黄毛的命运已成定局这是无法改变的事实。于是，他将黄毛交还给了方格子女人。

秦疯子是北方一所重点大学的高才生，学哲学的，毕业后留校任教，很是风光。“文化大革命”期间，秦疯子被打成右派下放到农场劳改。到农场的第三年，秦疯子得了一场重病，持续的高烧仿佛烧坏了他的脑子。病愈之后，秦疯子就开始恍兮惚兮的，不是对着天空发呆，就是深更半夜到雪地里去疯跑。秦疯子的精神出现异常后，农场就安排他给食堂打打杂，比如喂猪、喂鸡、择菜、洗菜，等等。没过多久，师傅们发现秦疯子常常对着家禽们自顾自地说话，有时抱着一只鸡到外边去晒太阳，一边晒太阳一边给鸡捋毛。后来，秦疯子索性将抱鸡上炕睡觉，弄得一屋子臭烘烘的不说，深更半夜还在屋里点火，这不免使大家担忧起来。鉴于这种状况，农场决定将秦疯子遣返原籍。在日杂店工作的姐姐收留了他。姐夫是一个集体企业的工人，收入不多，两口子拉扯着三个孩子与公公婆婆住在一起，再也无法安顿秦疯子。秦疯子的父母去世得早，秦疯子从小在这个院子里长大，左邻右舍都认识他。秦疯子曾是邻居们教育孩子的榜样。当姐姐向邻居们求助时，大家没有表示异议，从此，秦疯子便在这个废弃的小石窟屋里安营扎寨，直至离开这个令他迷茫的世界。

回到老家的秦疯子并没有像在农场时那般躁动不安，反而安静了下来，仿佛一颗漂泊的灵魂终于找到了安放之处。姐姐每天送两次饭。秦疯子好像也知道吃饭的时间。一般情况下，他会提前半小时坐在小石窟屋里等待姐姐的到来。姐姐把饭菜放在地上，从邻居那里借一根小木凳坐在石窟边。姐弟俩对视着，沉默不语。临走时，姐姐总要叮嘱几句，秦疯子认真地听着，似懂非懂地点点头。

从小就在这个院子里长大的秦疯子自然对院里的情况十分熟悉，父母过世，姐姐出嫁，秦疯子家的房子被房管局收回之后又公租给了杜姓人家，也就是方格子女人一家。当初，秦疯子要搬来石窟屋住，只有杜家人不赞同，担心秦疯子搞破坏。后来经大院邻居们一番开导和劝阻杜家人才勉强同意。时间一长，见秦疯子安安静静的没有一丝一毫捣乱的迹象，杜家人这才放下心来。院子里每家人的厨房都在走廊和过道上，蜂窝煤的炉灶上经常会煨炖一些饭菜，秦疯子从来不去偷食，也不会去揭炉灶的门盖。秦疯子除了在街上走走串串以外，绝大多数时间都是待在他的小石窟屋里。他喜欢盘腿坐在那堆乱草上，一副旁若无人的样子，并自个儿在嘴里念叨着，说累了，就歇下来，脱脱上衣，翻寻衣服上的虱子。

下午，秦疯子总要到涪江河边的荒滩上去见一个人。这个人是河边街的赵疯子。

比起秦疯子的安静，赵疯子的表现却是另外一番景象。赵疯子每天从这一条街走到那一条街，一边走一边说，像一个不知疲倦的演讲家。如果遇到不知晓情况的路人与他搭讪两句，这一下，就好似点燃了导火线，他会缠着你说上一两个小时。假如你不愿意再听下去，就要趁他不注意的时候悄悄溜走，而赵疯子依旧站在原地，喋喋不休地说个不停。

赵疯子究竟说了些啥?

你看嘛，多子多福，光荣妈妈还戴上了大红花，为什么呢？毛主席说，人定胜天，人多力量大嘛，没有人，谁来大干社会主义嘛！所以说，要鼓励咱们妇女同志多生孩子。

人多了，打起仗来，哪个怕哪个吗？他苏修算个啥？美帝国主义咱们都不怕，他们统统都是纸老虎一个。所以，超英赶美需要的就是人，人定胜天就是这个道理。战无不胜是马克思主义和毛泽东思想，人海战术就是其中之一嘛。

还有1958年大炼钢铁那会儿，我明明把家里的锅啊、锁啊，凡是带铁的东西都交了出来，龟儿子唐洪发硬说老子没有交完，还留了一口锅，想和人民公社大跃进唱反调，我说，我举双手赞成人民公社，莫说是锅，你如果在我家里搜出一颗生锈的螺丝钉来，我都甘愿接受人民群众的监督和教育。结果工作组的人到家里来搜查，啥子都没有搜到。龟儿子唐洪发，我说我没有藏起来，就是不信，结果又怎么样吗？是不是冤枉老子了嘛。

遇到赶场天，看着过往的人越来越多，赵疯子就大声宣讲，以引起大家的注意，如果这一招奏效的话，他的声音分贝就会再度放大。接下来，他就要自顾自地演讲。他讲的内容大多是过去发生在单位上的一些事，并结合当前的形势进行一番分析总结，而且条理清晰措辞得当，并时时在讲话中穿插一两条毛主席语录，而且背诵得一字不差。每当这个时候，一些不了解实情的人就会围着赵疯子听他演讲。围观的人群越多赵疯子就讲得越起劲，讲到激情之处，赵疯子就会怒目圆睁地看着人群，直看得大家伙心里发怵。每当出现这样的局面时，没有人能够阻止赵疯子继续演讲下去，若要让他停下来的话，就只能劝人群慢慢退去。当然，如果你多听两次，自然就发现了许多破绽，因为赵疯子讲的那些道理都是过去发生的事情，而且大多数时候都是一些重复的内容。

赵疯子喜欢背诵毛主席语录，且背得一字不差。我有许多语录都是从赵疯子那里学来的。比如“凡是敌人反对的，我们就要拥护；凡是敌人拥护的，我们就要反对”，赵疯子一旦从这样的语录入手，第二句肯定是，为什么呢？这样延伸下去，必定就会讲到国际形势，讲到苏修，讲到美帝，所以，大家有时甚至怀疑，赵疯子是真疯还是装疯。

赵疯子经常挂在嘴边的一句话就是：抓革命，促生产，备战备荒为人民。

秦疯子和赵疯子两个都是知识分子，一个是20世纪50年代的大学生，一个是20世纪60年代的大学生，在没有被打成右派前，都是我们梓城人的骄傲。

二

赵疯子和秦疯子都是“文化大革命”期间被划成右派的。赵疯子的情况不详，秦疯子则是因为说错了话。据说在一次课堂上，秦疯子给学生讲政治经济学，结合当时的形势分析了我国的经济现状。那天，由于秦疯子讲得很激动就忘记了时间，直到下一节课的老师站在教室门外等候时，秦疯子的讲话才刹住。在门外等候的那位老师姓肖，跟秦疯子有些过节。起因是因为一女老师。姓肖的喜欢上那位女老师，而那女老师却不喜欢姓肖的，偏偏喜欢秦疯子。刚开始，秦疯子死活不愿意接受女老师对他的表白，但女老师却坚持不懈地紧追不舍，最终，两个人正大光明地公开了恋爱关系。姓肖的自然不愿意接受这个事实，一来他的家庭条件和个人条件都比秦疯子要好，况且他跟女老师还是同乡，两个人很早就认识了。自己喜欢的姑娘被别人抢走，肖老师自然就有些想不通，自此，两个男人就暗暗地较上了劲。

见肖老师站在门口等候，秦疯子来不及擦黑板，匆匆地收起讲义夹离开了教室。殊不知这一回，秦疯子恰巧撞在肖老师的枪口上了，却浑然不知。

肖老师走进教室便开始讲课。肖老师是教中文的。讲着讲着，肖老师自然要在黑板上写几个重要的词汇。要用黑板就得擦掉刚才秦疯子留在黑板上的粉笔字。擦着擦着，肖老师的手突然停了下来。他站在黑板前若有所思，之后，迅疾走出教室。少顷，他带着校长来到教室。学生们怔怔地看着，不知发生了什么。肖老师指着黑板上密密麻麻的字迹让校长看。看着看着，校长的脸色就有些挂不住了。后来，那块黑板好几天都没擦，校务处也来人了，做了一些记录，并向学生们询问了当天上课的情况。于是，秦疯子就像那个年代许许多多的知识分子一样，一不留神就成为反党反人民反社会的反革命分子。当秦疯子被发配到西北一农场接受劳动改造时，那位信誓旦旦要爱他一辈子的女老师离他而去。

赵疯子要比秦疯子年长一些，被划成右派下放到劳改农场以后，慢慢地变得郁郁寡欢了。时间一长，赵疯子的抑郁症转换为妄想狂，病情越来越重，常常做出一些危险的举动，于是赵疯子就被人送回老家。赵疯子有老婆孩子，先前一家人的生活全靠赵疯子的收入，这之后，大儿子辍学去做临时工，老婆做一些缝补浆洗之类的零散活来贴补家用，一家人的日子过得很清苦。赵疯子经常在半夜起来闹得左邻右舍不得安宁。母子俩先是劝阻赵疯子，给他讲道理，赵疯子尚且能安静一会儿。但赵疯子天天闹腾，母子俩就有些厌倦了。白天忙生计晚上歇下来需要养精蓄锐，哪经得起这般折腾。遇到赵疯子再闹腾时，儿子免不了要动些粗：比如用胶布封住赵疯子的嘴，绳子捆住手脚，甚至动手打骂，挨了打的赵疯子，总算能安静一会儿。

三

赵疯子喜欢火，他常常一个人在涪江河边拾掇一些干草将其点燃，望着燃烧的火苗，赵疯子或沉思，或疯狂地乱舞一通，一定会是这两个极端。癫狂之中的赵疯子兴奋得手舞足蹈，活像《鲁滨逊漂流记》中的某个场景。

赵疯子与秦疯子每日的荒滩会合，其实，就是两个沉溺于自我世界里的人的一种精神满足。当赵疯子捡柴点火时，秦疯子则站在水边要么凝望天空，要么脱掉衣服在河里洗澡。两个人各玩各的，互不干扰，但通常又要在一个约定的时间，彼此守望。

赵疯子在车路口街上演讲时，秦疯子不是在石窟屋里睡觉、翻虱子，就是坐在街口静静地看着赵疯子演讲，两个人的目光从未交错，但好像又都知道彼此的存在。而这样的守望，直到一个人先离开为止。

四

赵疯子是在一个冬日的凌晨，将汽油泼在身上并用一根火柴点燃了自己。他兴奋得狂奔乱舞，并大声喊着：抓革命，促生产，备战备荒为人民。整条街上的人都听到了赵疯子背诵的这几句毛主席语录。凌晨三点传来赵疯子撕心裂肺的喊叫，睡眼蒙眬的人们做出惯常的判断：赵疯子是不是又犯病了。第二天早晨醒来时，人们在街角处，才发现赵疯子被烧焦的尸体。

秦疯子死得很安静。他是在赵疯子死后第二年的春天死在那间小石窟屋。秦疯子的死很离奇，有些让人捉摸不透，有一种自杀的迹象。大家又进一步推测道：秦疯子不想活了，不愿意遭罪受苦，也不想再拖累姐姐一家。因为人们发现秦疯子的脖子上有一道勒痕。

据说，秦疯子是因为剩余价值说被定罪的，也就是被肖老师发现的那几个写在黑板上的粉笔字。秦疯子对剩余价值赋予了新的注解。当然，放到现在来说就是很正常的逻辑思维。按照马克思资本论的观点，剩余价值就是资本家剥削工人榨取工人的剩余劳动时间创造出来的那部分价值。如果按照书本上的内容进行讲解，一般是不会出差错的。而那天，秦疯子偏偏把自己对剩余价值的理解给学生们做了分析，学生们听得津津有味。本来讲讲倒无妨，但秦疯子一激动就忘记了时间和现场，并在剩余价值的旁边用箭头写了几个关键词。至于究竟写了一些什么样的关键词，因时间长了，各有说法。不过，大意如下：剩余价值是一切经济发展的基本规律，也可以说是资本原始积累和扩大再生产的必然方式，是推进科学化进程和工业革命以及社会向前发展的必然方式，这是人类文明必然要经历的一番阵痛。欧洲的资产阶级革命就是这样走过来的，并取得了胜利。绝大部分人都要为新的制度做出牺牲，只有少数精英才能幸免于难。社会主义公有制与资本主义私有制都是一样的，只是换了一种说法而已。企业要发展，必须利用剩余价值来扩大再生产并进行必要的技术革新。所不同的是资本主义叫榨取，社会主义叫奉献。

二两盐巴

二两盐巴的经济价值学又是怎样的呢？

盐巴一毛七一斤，这是20世纪70年代国家的标准定价。但一毛五便可以买到，你信不信？那剩下的这二分钱又可派上什么样的用场呢？这又是一种什么样的剩余价值论呢？

前面说了，河东的农村人渡船抵岸后一直往西走，在车路口这条街上就可以看到糖烟酒店、酱园店、干杂店、五金日杂店、小吃店、国营饭店、百货商店、蔬菜店、镇医院……总之，应有尽有。车路口的名字在“文化大革命”期间被改成胜利下街。胜利下街属于前进居委会，往西方向的胜利上街则隶属于红星居委会。那时候以居委会为单位的归属感很强，各种票证的发放以及征兵就业都是由居委会来分配名额。居委会是没有工作单位的人的一级行政机关和唯一的依靠。

虽然门牌号上的蓝色铁皮漏白字样昭示着胜利下街的书面意义，但它的名气远不及车路口响亮。人们早已习惯车路口这样的叫法，一说到胜利下街时，大多数人都不知道。

到了逢场日，走在小城的其他街道上，你会听到这样的对话：张大姐，你到哪里去？哦，是雷孃……我到车路口去赶个场，买点鸡蛋。于是，不过四五百米长的车路口成为商品流通的第一集散地。你买我卖，卖了东西的农村人接着又参与到购买的行列之中。买盐、打酱油、称糖、扯布……好一派热闹的景象。

食盐一角七一斤，火柴二分钱一盒，一共要花费一毛九。但一毛七就能将这些东西买回家，你信不信？

国营副食店的齐师傅就遭遇了二两盐巴的怪事，而且，还发不出火来。

这齐师傅，何许人也？就是上篇提到的那个长着一双单眼皮黑黢黢瘦筋筋喜欢穿一双草绿色胶鞋的男人，与公鸡黄毛的主人为黄毛的事还闲扯了一阵。齐师傅四十五六岁，看上去却像一个半搭子老头。由于长得又黑又瘦又矮小，受天生条件所限，齐师傅不好找媳妇，三十多岁才在东岳乡娶回一农村女子成了家。齐师傅是通过商业系统招工进入到国营副食店的。从十八岁参加工作，齐师傅就分到了车路口门店。

事后，齐师傅当作一个笑话，讲给街坊和周边的同行听，但笑过之后，大家又都陷入了沉思。

先是一大早一位大爷来买二两盐。后又是一个七八岁的孩子也来买二两盐。下午，大爷又来买了二两，紧接着那孩子又照旧。隔了半个多小时，一个老太太又来买了二两盐。齐师傅说，一毛七一斤的盐巴，二两就是三分四，只好四舍五入收了人家三分钱。齐师傅自然没有反应过来，只是觉得有些奇怪，但也没有去多想。因为平常时间从来没有人来买二两盐巴，起码也是半斤呀。齐师傅心想，二两就二两吧，农村人挣钱不容易。

但没过多久，又是这三个人，故伎重演。因为是二两的缘故，齐师傅自然就想起了他们。但这一回，老头儿和老太太分别到齐师傅的国营副食店和对面任师傅的供销社门市部各买了二两盐。后来，孩子又到齐师傅的国营副食店买了二两，齐师傅自然是卖给了他们，对面的任师傅似乎也没有觉察出有什么异常。这一来二去的又都只买二两，齐师傅就多长了一个心眼：盐，我正常卖给你，看你买了盐之后又干啥！于是，齐师傅悄悄观察他们的行踪，发现三人在街口的转角处会合，并小声地嘀咕着。后来，老头又到土产果品公司的干杂店去买了一盒火柴。齐师傅有些纳闷了，心想这一家人，为什么要把一斤盐分成五次来购买呢？而且我店里明明有火柴，为什么非要到干杂店去买火柴呢？

猛一算账，才恍然大悟。一毛七一斤的盐，二两就是三分四，舍去四厘，如此一来，分五次购买可省下二分钱，刚好是一盒火柴的价格。

面对农村人纠结的两分钱，齐师傅有些无语了。

齐师傅的副食店隶属于商业局，对面任师傅的门市部隶属于供销社。两个店的性质都差不多，只是供销合作社兼卖种子和农具之类的农用品，主要是面向农村，为广大农民朋友服务。商业局的副食店则专门经营调料之类的，比如酱油、醋、郫县豆瓣、盐、甜面酱等。齐师傅的国营副食店紧挨着日杂店，日杂店经营的品种就很多了。那天门板上的货物就是日杂店范师傅的，齐师傅正帮老范往店里搬。货物搬完之后，老范又帮齐师傅把一麻袋盐往篓子里倾倒。那天黄毛要是机灵一点，如果钻进隔壁老范的日杂店里，藏匿在那些簸箕扫帚之间，一时半会的，还真不好找。

后来，齐师傅给任师傅一说，任师傅也想起来了，说老头、老太太、小孩曾到他店里来买过二两盐巴，当时，他也没在意，心想，农村人找点钱不容易，就不要为难人家了，二两就二两吧。后来，这三个人又来过两次，便觉得有些奇怪了，齐师傅要不戳穿，任师傅这边也就过去了。

再后来，梓城其他一些卖盐巴的副食店也遭遇了同样的怪事，顾客大都是一些农村妇女、老人和孩子。

一段时间以来，二两盐巴成为梓城相互转载的故事，这一传，自然就再也没人愿意接洽这二两盐巴的业务了。

粉蒸羊肉

一

中午十一点一刻左右，胡孃站在食堂的窗口边向外张望。她眨巴着一双美丽的大眼睛，皮肤水润光滑，两条粗壮的辫子缠绕成髻盘在后面，显得既干练又大方。这时，一个皮肤黝黑、瘦不拉几、七八岁左右的小女孩朝着食堂方向走来，胡孃的双眼立刻闪亮起来。

幺女子，来……快过来。胡孃一边招呼着一边向小女孩点头示意。她那双美丽的大眼睛依然是快速地闪动着。

小女孩瞥了一眼满是期待满是欢喜的胡孃，目光有些茫然。她站在距离食堂窗口三米开外的地方迟疑了几秒钟，才故作镇静懒洋洋地从食堂的窗口边绕了过去，自左侧进入食堂。

胡孃穿着深蓝色的劳动布围裙，从热气腾腾的蒸笼里端出一碗粉蒸羊肉，怕小女孩烫着手，又特意在碗底垫上一块折成四方形的干净抹布，这才递给小女孩。小女孩熟练地从案桌上的搪瓷盅里取了一双筷子，端着粉蒸羊肉猫着腰到食堂下面的抽水房里去了。不到十分钟的工夫，小女孩将一碗粉蒸羊肉一扫而光。沉吟片刻，小女孩从小木凳上站了起来，环顾四周，一切都显得那么自然和亲切。低矮的抽水房里昏暗潮湿，里面有几只破旧的木箱，木箱内乱七八糟地堆放着一些锈迹斑斑的工具，墙角的一台发动机被一堆杂乱无序的电线缠绕着，空气中夹杂着一股发霉的味道。自从用上了自来水之后，这个抽水房就再也没能派上用场。

稍事停留后，小女孩缓慢地走向台阶，走到第二阶时又停了下来。她回过头来，又重新扫视了一遍这个低矮的抽水房，这是小女孩每次离开抽水房的习惯动作，好似要将自己刚才在这里品尝粉蒸羊肉的每一个细节都一点不漏地记下来。这一次，小女孩发现墙角的蚊香还剩了一大截，不像以往，只剩一个烟头那么长，燃到尽头时自然就会熄灭。于是，她退回到墙角，蹲下身来将燃烧的蚊香从文具夹子里取了出来，在墙壁上轻轻一杵，然后把熄灭的蚊香和铁夹子放到一个小木箱上，这才从容地登上台阶。小女孩走出抽水房，来到食堂的水池边，将碗筷放进了水槽里。

胡孃正坐在食堂的小木凳上择菜，她抬起头来爱怜地看着小女孩，问：幺女子，暑假作业做了多少了？

小女孩有些心不在焉，说：做了一大半了。

咦，这才放几天假，你都做了一大半了。胡孃的语气明显带着迎合的口吻。

小女孩站在白案桌前，脸朝向墙面。胡孃从小木凳上站了起来，把择好的菜放进水槽边的筲箕里。她走到白案桌边，试图靠近背对自己的小女孩，于是，又夸赞道：哟，做这么快，幺女子就是能干。

小女孩对胡孃的夸奖不屑一顾，她有些漫不经心地带着失落的神情说道：人家罗琳都做完了。罗琳是小女孩的同学，也是小女孩要好的小伙伴。胡嬢认识罗琳。罗琳的父母在机关工作，家境好，是干部子弟。小女孩处处以罗琳为榜样，不管是学习还是穿衣打扮都要与她比照一番。胡嬢知道，两个小伙伴虽然表面上要好，暗地里却在不断地较着劲，都想将对方的气势压倒。

看到小女孩垂头丧气的样子，胡嬢开导道：做慢一点，仔细一点，免得出错挨老师的批评。小女孩没有理睬胡嬢的开脱，她用蘸了清水的手指搓着桌面，专心致志地玩着自己的小把戏。不一会儿，早间做馒头时遗留在案桌上的那些已经发干的面粉全都乖乖地收纳到小女孩的掌中。这些残留在案桌上的面粉在小女孩的掌中变成了一个长条形的面团儿。面团贴着案桌在小女孩的指间来回地滚动，体积越滚越大，并不断有新的干面粉加入到面团里来。胡嬢看着饶有兴致的小女孩，不敢贸然去打搅她。她从后背打量起小女孩的连衣裙来，试图从小女孩的背影里找到说话的突破口。小女孩的连衣裙是撞色的，上半身是白色腰以下是蓝色。胡嬢好像发现了新大陆，她轻轻地撩了撩裙摆，谄媚地说道：幺女子，你今天穿的这条裙子还有点异样哟。你这条连衣裙是买的还是扯布做的？

这时，小女孩走到水池边上将手中的面团儿洒上少许清水，又继续把洒了清水的面团儿放到白案桌上使劲地揉搓、滚动，面团儿行驶的路线越来越宽广，扩大至桌面的盲区。盲区里只有薄薄一层的面粉，看似白茫茫的一片，但里面的面粉稀少，且许多面粉已深深地嵌入纵横交错的面板里去了，很难将它们从缝隙间粘连出来。小女孩正在尝试着用指甲抠出这些深陷在缝隙之间的面粉，好与自己手中的面团会合。胡嬢的问话打断了她饶有兴致的计划，她显得有些不耐烦，用低沉的声音回答道：是我舅妈在成都给我买的。

难怪，我说我们这儿没看到过这样的连衣裙卖。

说话间，胡嬢已放下裙边的角儿，试探性地轻轻抚弄起小女孩的马尾辫，小女孩本想退缩，但觉得这样不礼貌，毕竟自己才吃了人家的粉蒸羊肉，于是，索性硬着个头皮任凭胡嬢在后背摆弄自己。

你看，你这辫儿已松垂下来了，来，胡嬢给你重新扎一下。说着，胡嬢伸手将小女孩松散的辫子轻轻地握在掌心。

不了，胡嬢，我回家让我爸给我扎。小女孩的身体本能地朝右一偏， 想以这样的方式来婉拒胡嬢，但终究还是没能挡住胡嬢先入为主的满腔热情。

你爸的工作也忙，哪顾得上嘛。胡嬢将握在掌心的辫子用力抓住，另一只手已经娴熟地解开小女孩辫子上的橡皮筋，小女孩只好乖乖地听凭胡嬢的摆布。

胡嬢解开小女孩头上的红色橡皮筋，小女孩乌黑的头发立即松散开来。胡嬢从围裙兜里掏出一把木梳，显然是有备而来。小女孩在继续和着自己的面团儿。指甲盖抠出的面粉与大面团终于会合在一起，这些看似和在一起的面粉儿，却是面和心不和。胡嬢用木梳轻轻地梳着小女孩的头发，此时，小女孩像一只束手就擒的小鸟不情愿地依在了胡嬢的胸口，小木梳在小女孩的发丝间来回地荡漾，胡嬢的脸上露出了幸福的微笑。而小女孩正把那些发干发黄的面粉渣儿包裹到大面团的中央，颠来倒去地反复揉搓，费了不少工夫，才勉强使它们黏合在一起，呈现出一团和气的景象。

这时，师傅们一前一后从外面进来了。食堂一般在上午十一点多就已经将饭菜做好。到十二点开始卖饭之前的这三四十分钟，师傅们大都要到食堂外面的黄桷树下去抽支烟、透透气。这天的菜品是粉蒸羊肉、炝炒莲白、芹菜豆腐干，一荤两素。

师傅们见到小女孩，都亲切地叫道：幺女子，过来了呀！

小女孩向师傅们点头，冲他们一笑，算是应了师傅们的问候。

胡嬢将红色毛线缠绕的橡皮筋套在右手的五根指头上，橡皮筋在胡嬢的五根指头上一伸一缩像变戏法似的，一会儿短一会儿长，一圈、两圈、三圈，红色的橡皮筋环绕在小女孩乌黑的头发上，看上去就像一条绚丽的彩带。

时钟指向十一点五十分，食堂卖饭的时间到了，师傅们忙着将饭菜摆放在窗口的台面上，这时候，外面已经有人拿着碗来打饭了。

胡嬢，我走了。小女孩如释重负一般，一边说一边朝外面走去，转过身，一溜烟地跑出了食堂。

胡嬢望着小女孩的背影，笑眯眯的，很是心满意足，她冲着小女孩的背影说道：要得，要得，记得星期天过来哟。

二

出了食堂，小女孩并没有回家，而是到了行政办公楼。办公楼是一排砖混结构的平房。小女孩径直走进财务室。财务室里面坐着两个中年男人，小女孩朝一个穿着藏青色中山装的胖乎乎的男人叫了一声：

杜伯伯好。

那个被叫作杜伯伯的男人抬起头来看了小女孩一眼，微笑着点了点头，说：幺女子，来了呀。

小女孩走到杜伯伯对面那个瘦削男人的后面，手臂越过竹椅的靠背，下巴放在靠背的棱角上，两只小手则环绕到男人的胸前，并不发出任何声音，那个男人倒是笑了，侧过身去把小女孩的手从胸口上拿了下来，将小女孩的小手轻轻地放到自己的掌心，说：

走吧，下班了，咱们回家！

瘦削男人起身对杜伯伯说：老杜，下班了。

杜伯伯站了起来，收拾着桌上的东西。瘦削男人拉着小女孩的手走出财务室，杜伯伯锁好门，跟在瘦削男人和小女孩的身后，说：王会计，水泥厂那个转账支票到了没？

瘦削男人没有回头：还没呢。下午到行政办公室去打个电话催一下。

两个男人一前一后来到停车棚，停放在这儿的几辆自行车格外醒目。瘦削男人王会计从里面推出一辆永久牌自行车，杜伯伯跟在后面也推出一辆朝外走。小女孩在棚外等候着。王会计将车架好，小女孩站在自行车的前面，两只手搭在龙头杠上，王会计一只手揽住小女孩的腰，小女孩顺势轻轻一跃上了自行车的前座。王会计在永久牌自行车的前杠上专门加了一个小木头座子，用螺丝固定住，倒过去看像心的形状。王会计坐上自行车，一只脚踩着脚踏板，另一只脚在地上支撑着，小女孩在王会计的臂弯里显得很快乐，眉宇间透出一股得意洋洋的神情。小女孩很安静地坐在自行车的前座上直视着前方，看着王会计与杜伯伯道别。

这自然是父女俩了。

那个被小女孩叫作杜伯伯的人，是出纳，而那个被小女孩叫作胡孃的人则是杜伯伯的老婆。

父女俩回到家里，午饭已经摆在桌上了。一家六口人围坐在一起吃饭。小女孩端起一碗米饭吃了不到一半就撂下了，母亲夏宜问：小五，你今天是不是又去了食堂？

小五没吱声，表示了默认。母亲接着唠叨起来：唉，叫你不要去，你偏要去。胡孃今天又给你吃啥了？

粉蒸羊肉。

咦！不错嘛，怎么不给大家带点回来尝一尝呀？说这话的是小五的二哥。二哥的话里明显带有戏谑的味道。二哥倒不是在乎一碗粉蒸羊肉，而是拿粉蒸羊肉说事。

小五噘起嘴反驳道：有本事，你自己去吃嘛！

二哥说：我没有你长得乖，胡孃不会理我的。

小五白了二哥一眼，没有再搭理他。小五跟二哥一个钉子一个眼，从来就是唱对台戏，小五知道自己在家里的地位，对二哥的戏谑不屑一顾。

母亲将小五剩下的半碗饭倒进二哥的碗里，二哥见状，向母亲抗议：凭什么我要吃她剩下的？

母亲说：就凭她是你的妹妹。

这是哪条法律规定的，当哥的就必须得吃妹妹的剩饭。二哥一下子被激怒了，撂下筷子，起身走出了饭厅。

那小的还捡大的穿旧了的衣服呢，这又是哪一条法律规定的呢？怎么着！不吃就拉倒。母亲夏宜望着二哥气冲冲的背影说道。

这时，一直沉默不语的父亲王会计冲着母亲夏宜说：哎呀，小五没吃完的，放在那里晚上你给她热着吃，你干吗非要倒给老二呢，你这不是没事找事吗？

一旁的三哥始终沉默不语，老四淑儿赶紧将自己碗里的饭菜稀里哗啦地吃完，起身收拾起桌上的碗筷到厨房里洗碗去了。小五跟三哥和淑儿关系比较好，因为这两个人总是让着她，从不跟她计较。

按照多子女家庭的常规，大哥是父母的第一个孩子，小时候备受父母的宠爱，后来有了弟妹们，大哥本该挑起家庭的重任，却又远离家乡去了外省工作，除了每月按时给家里寄钱回来，一个人在外落得一身轻松。老三是男孩中最小的，从小体弱多病，深得父母的怜爱，剩下老四淑儿和小五都是女孩子，家里的重活脏活就全落在了二哥一人身上。所以，在二哥的眼里，姊妹五人中，数他最受迫害，而最可恨的就是小五。二哥觉得小五古灵精怪的，不像老四淑儿温婉老实。小五总跟自己过不去，还老爱在父母面前告状。比如，自己某天逃学与尤三下河去洗澡，某天逃学又与尤三去偷抓钉卖，等等，反正自己每干一件事情，都逃不过小五的火眼金睛。小五就像一个跟屁虫，跟在自己的身后，时刻监督着自己的一言一行，所以二哥跟小五的过节，不是半碗剩饭能概括得了的。

三

小五不记得自己是从什么时候开始吃上粉蒸羊肉的，但却忘不了第一次吃粉蒸羊肉的情景。

小五和远方、均平、苗苗、罗琳几个女孩子在家属大院的篮球场边跳绳的时候，胡孃走过来叫住了小五。

幺女子，来，胡孃给你说个事。

小伙伴们都知道胡孃是杜出纳的新夫人，更知道小五家和杜出纳家的关系甚好，所以胡孃来叫小五是很自然的事。

小五走到胡孃跟前，不看胡孃也不招呼她，视线游离在别处。

走，小五，跟胡孃到食堂去拿个东西。胡孃小声地跟小五说，一说完，就自顾自地朝食堂方向走去，并不回头看小五跟上没有。小五站在原地迟疑了一下，又回过头看了看小伙伴们，小伙伴们跟她挥挥手，示意她跟胡孃走，不要管她们几个。

小五跟在胡孃的身后，漫不经心地踢踹着地上的一只空烟盒，一边踢一边在心里猜测胡孃要自己去拿什么东西：可能是姐姐淑儿找胡孃要的打毛线的竹签子，也可能是胡孃从乡下带回来的土特产。平常，这些东西都是由杜伯伯交给父亲捎带回来的，胡孃干吗非要叫自己去拿呢?

小五做梦也没想到，走进职工食堂，一碗香喷喷的粉蒸羊肉呈现在她的面前，胡孃朝食堂的西北角努了努嘴，对小五说：端到那下面去吃。

食堂下面有个抽水房，从井里抽水上来，专门供应食堂和职工的生活用水。后来，用上自来水以后，抽水房便闲置起来。小五以前去过抽水房，但没太在意里面的陈设。现在，因为粉蒸羊肉，小五对抽水房有了美好的记忆。小五第一次被胡孃安排到抽水房吃粉蒸羊肉，吃完之后，两腿被蚊子叮咬了好几个大包，看得胡孃直心疼并埋怨自己粗心大意照顾不周。当小五第二次来到这个有点类似于地下储藏室的地方时，潮湿的空气里弥漫着一股蚊香的味道，小五发现了墙角边的半截儿蚊香，用生锈的文具夹子托着，昂然地释放出生命的火花。看着这袅袅升腾的丝丝蓝烟直冲抽水房杂乱低矮的屋顶，小五的心里充满了一种莫名的感动。

食堂里每周都有粉蒸羊肉，偶尔也有换换口味的时候，就改成粉蒸猪肉或粉蒸排骨。小五觉得粉蒸羊肉是最好吃的。每周一次有时是两次，像过节一般，让小五美美地打了回牙祭，加上家里星期天的牙祭，小五一周至少能吃上两回肉。小五把一碗粉蒸羊肉一吃，家里的饭菜自然就吃不下了，饭量减少就是吃了粉蒸羊肉的信号，自然暴露了小五与胡孃的关系。事不过三，小五终于向母亲夏宜坦白了吃粉蒸羊肉的事。母亲夏宜知道后，有些犹豫，让孩子去吃吧，觉得不妥，不让孩子去吃吧，好像又不对，孩子正是长身体的时候，一周有一碗粉蒸羊肉垫底，权当是给身体补充能量。于是，母亲佯装镇定地问了问事情的经过，末了，也没有发表任何看法阐明自己的立场，小五知道，母亲这就是默许了。

四

凭着直觉，小五预感到自己与胡孃之间有一种理不清道不明的微妙关系，不然，自己不会平白无故地享用美味的粉蒸羊肉。还有母亲议论胡孃时的语气，总之，一切都显得有些怪异。所以，粉蒸羊肉虽好吃，但小五每吃一碗粉蒸羊肉，心里就多了一分别扭、添了一次堵。而这堵只有小五自己才能体会到。

在小五的记忆里，胡孃总有忙不完的活儿。她的工作很杂：择菜、洗菜、刷碗，遇到有师傅请假或轮休时，她又得拿起铁铲掌勺、炒菜。每当小五把一碗粉蒸羊肉吞进肚里，从下面的抽水房里得意洋洋地走上来，然后，把碗筷轻轻地放到水槽里，通常，胡孃不是坐在食堂里的小木凳上择晚上的菜，就是在水池边清洗餐具。貌似有些神气活现的小五一旦从下面走上来，胡孃的视线就不愿意离开小五了。热切之中的慌乱、心旌之中的暧昧，胡孃的眼神火辣得近乎有些怪异。盯着小五看时，异样的目光里有一种别样的温情。正当小五准备去探询她异样的目光时，胡孃立刻又将自己的目光收回，若无其事地择着手中的菜或是起身到水槽边去洗碗。基于上述种种迹象，小五吃完粉蒸羊肉后的美好心情全被胡孃热烈冲动的表情给破坏完了。

小五还发现胡孃眨眼的频率比普通人要高出许多，尤其是在寻找、等待和期盼时，就更加频繁了。胡孃长了一双美丽的大眼，但遗憾的是这双眼睛没能呈现出女人温柔可爱的本质和顾盼生辉的万千柔情。诚如小五所看到的，这双美丽的大眼睛时时刻刻传递出焦虑的情绪，致使整个面容看上去愁眉不展。

想看又怕被小五发现，只好偷偷地看，躲躲闪闪地看，这里面一定藏着什么秘密，而且这秘密肯定跟自己有关。胡孃的心事，早已被小五识破。所以，吃完粉蒸羊肉的小五就巴不得快点儿离开食堂，离开这尴尬的是非之地。但小五觉得吃完之后马上走人显得有些不礼貌，于是，小五不得不礼节性地待上一小会。这时，胡孃就要挖空心思没话找话地缠着小五问这问那的，一会儿问小五家里怎么样，一会儿又问小五学校里的老师和同学如何，不时还表露出想要与小五亲昵的举动来。比如胡孃老爱摸小五的头发，通常是从头顶轻轻地滑向后脑勺，然后便停留在肩上环绕住小五的脖颈不愿意把手拿开。过一会儿，又帮小五理理衣服，夸赞小五的衣服好看，并故作惊讶地表示从来不曾看到小五穿过这件衣服，还说满大街都没看到有小朋友穿过这样的衣服，弄得小五一点也不自在，而且，胡孃还老爱拿自己的母亲夏宜说事。

幺女子，你看你这头发是哪个扎的哟，把发根子都要拔出来似的，扎得太紧了，肯定不舒服，一看就知道是你妈给你扎的。胡孃说这话时，爱怜的语气中带着一丝责备，边说边开始松开小五头上的橡皮筋。

听到胡孃说自己母亲的不是，虽然说的都是事实，但小五还是有些不悦。小五阴沉着脸不说话，胡孃立刻意识到自己刚才的鲁莽，就不敢再往下说了。小五知道胡孃心灵手巧，比母亲拾掇得要好。虽然小五不喜欢母亲给自己梳头，但也不喜欢别人在自己面前公然损毁母亲的形象。的确，胡孃说得一点没错，母亲梳头总是扎得很紧，母亲对小五说：你一天到晚东奔西跑的，活动量又大，扎松了闹腾一会就散了，扎紧一点管的时间长一些。小五觉得母亲扎的头发使她的神经一天都处在紧绷的状态之中，头皮上的每一根毛细血管好像被什么东西拽着提着似的。晚上一放学回家，把头发松散开来，头皮一旦得到解放之后，立刻便瘙痒起来。一阵抓痒之后，小五觉得舒服倒是舒服了，但头皮却火烧火燎地疼痛。到了第二天，小五的头皮开始肿胀，母亲却一点儿也没察觉，依然把橡皮筋紧紧地缠绕在小五的头上。到了第三天，小五的头皮上出现了几个被指甲抓破的小脓包，这才引起了父亲的重视。好长一段时间，小五的头上都涂抹着红霉素软膏之类的外搽药。这之后，母亲扎头发才格外小心。但一般情况下，只要父亲的工作不是很忙，小五的头发都是由父亲来操纵。但父亲梳头也是有缺陷的，不但不懂得头发的造型和样式，而且又扎得太松了，常常是到了下午头发就开始松散下来。而胡孃编的四股辫子粗细相宜且富有立体感，不但松紧适度而且还变着法地换些样式，到了第二天，头发也不会松散，只需梳子轻轻地梳理一番即可。小五从内心深处佩服心灵手巧的胡孃，也十分喜欢胡孃给自己梳的头发样式，但她从不流露出来。她知道不能让胡嬢得意。胡嬢一得意，自己的母亲就不高兴了。每次回到家，母亲都要对头发样式夸奖一番：老杜屋头的还真是很能干。老杜真有福气。末了，又总是要向父亲叨唠几句胡嬢的不是。她胡玉英想干吗呀！这个女人，真是的……图谋不轨……她休想……她一个土里吧唧的乡下丫头，嫁到城里来做填房，她以为她是啥子好货色，她的那些丑事瞒得过老杜，能瞒得了我吗？她以为……我不敢给她抖搂出来？她没有把我惹毛，不信，让她试一试！

先是一番夸奖，后又是义正词严地发出警告，母亲这些叽里呱啦的闲话，小五没有全听明白，但“丑事”“瞒得过”和“瞒不过”以及后面的语气词“惹毛”，小五似乎又理解了。

小五觉得母亲与胡嬢之间肯定有什么过节，两个人总是在暗暗地较着劲，但又不挑破，这令小五有些费解了。在小五看来，胡嬢肯定有见不得人的事情瞒着大家，而母亲知道这些事情。如果一旦被母亲说出来，胡嬢定会难堪，尤其是在杜伯伯那里交不了差。如果母亲真要这么做，胡嬢又太可怜了。胡嬢毕竟对自己这么好，小五不忍心看到胡嬢伤心难过下不了台。

看到母亲一副气急败坏的样子，父亲总是漫不经心地安慰道：她能干个啥？你别胡思乱想的，老夏，她现在已经是老杜的女人了。

五

胡嬢，我走了。这是小五最喜欢对胡嬢说的一句话。

每当说完这句话，小五紧绷的神经立刻松弛下来，如释重负一般，步履轻快地走出食堂。小五性格内向，不爱张扬，小小年纪遇事一点不慌张，还敢自己拿主张。但小五再沉稳也只是个孩子，也难以抵挡一碗粉蒸羊肉的诱惑，何况还是在物资短缺凭票供应的年代。所以，纵然是要经受一番情感的拷问和心理折磨，小五还是抵挡不住舌尖上的诱惑，还是要飞蛾扑火般地奔赴食堂。而一个人对你好，无私地好，自己不但不回报别人的好，还厌恶别人的好，还要把别人的好看作是心怀叵测别有用心，一想到这些，小五的心里又生出几分愧疚。然而，没有人会无缘无故地对你好，这里面必然是有原因的，小五明白这个最简单的道理。所以，小五的紧张和焦虑是有根据的，这是因为小五与胡孃之间还有一个小秘密，这是谁都不知道的。

倘若把这个秘密和胡孃的一言一行统统告知母亲，让母亲为自己分析分析，母亲肯定要断了自己对粉蒸羊肉的念想。从此，香喷喷的粉蒸羊肉就要从自己美好的味觉中消失。所以，为了美味的粉蒸羊肉，忍受一下胡孃的奇怪眼神，把秘密藏在自己的心里，这也是值得的。

小五对胡孃依稀的记忆是从四岁那年开始的。有一段时间，上幼儿园的小五，在下午放学回家的路上，发现有一个女人总爱跟在自己的身后，一直要跟到小五进入家属大院的大门之后，这个身影才会消失。这样的情景一周至少有一到两次。有一次，小五与女人面对面，这个女人柔情地看着小五，小五也毫不示弱地盯着她，仿佛在问：我们认识吗？小五不友善的疑惑眼神反倒让女人有些不好意思了，她蹲下身来，生硬地拉扯着脸上的肌肉，从嘴角挤出一丝笑容对着小五，问：小姑娘，你今年几岁了？叫什么名字呀？小五怔怔地望着眼前这个似曾相识的陌生女人并不作答。

哎！你这裙子蛮好看的嘛！谁给你买的？女人话里全是讨好的口气。

小五仰着个头，狠狠地瞪了女人一眼，身子一扭，躲到一边去了。哪知，女人依然笑脸相迎地追了上来：来，吃花生，还有桑葚。见小五丝毫没有伸手接的意思，女人就往小五的荷包里塞，谁知，小五的小身子往后一闪，避开了女人伸过来的手，花生撒落一地，女人有些尴尬，蹲在地上捡拾花生，小五转身跑了。

回家之后，小五并没有把遇见陌生女人的事情告诉父母。

自打花生事件后，女人就再也没有贸然与小五发生过肢体接触，只是远远地站在一边观察小五，或跟在小五的身后走上一小段路，之后，便不声不响地没了踪影。后来，这个女人突然从小五的视线里消失了。小五庆幸自己终于走出了这个陌生女人的阴影，哪曾料到，小五再次见到这个女人时，竟然在自己的家里，并且和亲爱的杜伯伯在一起。

这一次，女人穿了一件碎花衬衣，粗壮的辫子垂在肩上，年轻了许多，跟换了一个人似的，四年多没见，小五有些认不出来了，但女人那双骨碌骨碌翻转得快、眨眼频率特别高的大眼睛是小五永远不会忘记的。

杜伯伯向大家介绍道：这是我媳妇胡玉英。

父亲和母亲对胡孃与杜伯伯的一起出现很是诧异。母亲夏宜更是大惊失色，她甚至有些失态地叫喊起来：胡玉英……她怎么又成你媳妇……怎么从来没听你说起过……你们……你们是怎么认识的呀？

杜伯伯显然没有注意到夏宜和王会计与胡玉英之间的表情对视，他没有理会夏宜的责怪，在他看来，责怪是表明对自己的关心，所以一听到夏宜怪罪自己，杜伯伯反倒嘿嘿地笑了。他端起桌上的搪瓷茶缸使劲喝了一大口，然后兴致勃勃地说：这不是来向嫂子汇报来了吗，我们前天去领的证。

夏宜似乎意识到自己方才的失态，瞬间又恢复了理智。她带着嗔怪的口气说：老杜，这就是你的不对了，咱们两家交往几十年，有什么事情非得瞒着大家，弄得这样神秘兮兮的？

一旁的胡玉英有些尴尬，但她显然是有心理准备的，她羞红了脸，从嘴角挤出一丝谦卑的微笑来直面夏宜挑剔的目光。哎呀，哪是要瞒着，有啥好瞒的，是还没来得及。杜伯伯又立即解释道。

夏宜仍然咬住不放：哎呀，证都领了，这汇报还管啥用吗？闪婚呀！提前不把人领来看看，我们好照个面，也好给你参考参考。这一下倒好了，给我们来一个措手不及，这生米都煮成了熟饭，给了我们当头一闷棒呀！

这话若对着杜伯伯一人说说倒也没啥，体现出两家人的友好关系，但当着胡玉英的面说出来就有些不妥了，胡玉英的表情很尴尬，她沉默着一言不发。

嫂子言重了，言重了。杜伯伯一点儿也不生气，嘿嘿地笑了：哎呀！这次情况特殊，来不及禀报。杜伯伯又叹了一声，但哀叹的语气之中，明显带有一种得意和满足。杜伯伯的这声叹息是稍事停留之后的调整情绪。

什么情况特殊，我们住得这么近，过来吱一声、走一趟就那么难吗？夏宜显然认为杜伯伯这是在找借口敷衍她。

像现在这样，给大家一个惊喜，也是蛮好的嘛，呵呵！杜伯伯不理睬母亲的责怪，仍然笑嘻嘻地说。

一旁的父亲对揪住杜伯伯不放的母亲说：不说这些了。老夏，老杜终于要结婚了，我们应该祝贺他。

父亲及时出来解围，令杜伯伯和胡玉英十分感动。

大后天，也就是星期天，我们在人民餐厅办了几桌，人不多，只请了一些至亲好友，你们全家一定要光临！这是杜伯伯和胡孃告辞时，向小五全家发出的邀请。

六

杜伯伯要结婚的消息令王会计和夏宜的确有些始料不及。杜王两家是至交，从上一辈开始，两家人的关系就走得很近。五年前，杜伯伯的妻子因病去世，人到中年的杜伯伯着实伤心了一阵，但随着时间的推移，又慢慢地缓了过来。这几年，陆续有人给杜伯伯介绍对象。起初，杜伯伯都一口回绝，小五的父亲王会计知道后，就劝杜伯伯说：老杜，你才五十来岁，还有后半辈子的日子要过啊！还是见一见吧。后来，每见一次，杜伯伯都要向王会计汇报事情的经过和进展情况，说一说女方的长相和家庭状况。两年多来，杜伯伯一共见了五人，实质性地接触了两人。一个谈了两个月，见了六次面。另一个谈了三个月，见了十次面。见六次面的在粮管站工作，比杜伯伯小八岁，前夫是粮管站的货车司机，出车祸死了，留下一儿一女。杜伯伯与这个女的相处得还不错，但却跟两个孩子沟通不顺畅。处在青春叛逆期的两个孩子把杜伯伯当作一个外来的入侵者，总是对他抱有敌意，处处提防着他，时间一长，杜伯伯和那女的关系就有些进行不下去了。后来，还是因孩子的事情，两人闹了别扭，僵持着，对峙着，杜伯伯权衡了一下，平静地与女方分手。见了十次面的，跟杜伯伯一般大，是二轻局的干部，与丈夫感情不和，离异。两个孩子都大了，一个在沈阳当兵，一个已参加工作，这样的条件是最符合杜伯伯的择偶标准的。

刚开始时，两个人你来我往，感觉蛮好。杜伯伯为人随和，女方的性格却很要强，杜伯伯就让着对方，但两人还是常常为一些小事发生争执。比如结婚后住杜伯伯家还是住女方家，杜伯伯的女儿敏敏要不要也一起搬过去，关于敏敏初中毕业是继续上高中还是直接参加工作，两人的意见总是达不到一致，而且女方总是希望杜伯伯听命于她的安排，这让杜伯伯一点也不爽。

闲下来时，王会计帮杜伯伯分析了这件事情的利与弊。

王会计说：这女的个性太强，性格不太适合你，老杜，你要三思而行。

唉！我也有这样的感觉。走得越近，问题就越来越多，矛盾也越来越突出。杜伯伯又叹息道：啥子事情都要依她，她说的都是正确的，很武断。

唉！人呢，是一个能干人。我听二轻局的张会计说她以前的老公就是受不了她的脾气才跟她离婚的。王会计说。

气氛一下变得凝重起来。王会计也不知道该用什么语言来安慰老杜。过了一阵，王会计又叹道：离婚之后，听说她改变了不少，但一个人的性格是不可能轻易被改变的。

有一段时间，杜伯伯变得很沉默，他在心里纠结着，王会计也不好再问其详。男人终不像女人，喜欢追问朋友的隐私，一个倾诉，一个聆听，构成一幅温婉伤情的画面。终于有一天，杜伯伯告诉王会计，他与二轻局的吹了。这之后，有很长一段时间，没有人给杜伯伯介绍对象了，杜伯伯的生活好似风平浪静。但这样的日子才没过多久，怎么一下子就突然宣布要结婚了，对象偏偏还是胡玉英，而且事前居然没有一点征兆，连王会计都有些纳闷了，心里思忖着：嘿！这个老杜，搞什么名堂呀？

喜宴结束之后的某一天，两个人的工作忙完了，又都闲了下来，杜伯伯向王会计讲述了认识胡玉英的全部经过。杜伯伯说，胡玉英是他一个亲戚介绍的。当亲戚把胡玉英的情况告诉杜伯伯时，立马就被杜伯伯给否决了。杜伯伯觉得自己一个半搭子老头，找一个比自己小二十多岁的姑娘不合适，于是，一口回绝了亲戚。隔了一段时间，亲戚又找到杜伯伯游说：只要你不嫌弃，她胡玉英有什么好挑剔的，行不行，见一面就知道了。听亲戚这么一说，杜伯伯反倒有些疑惑：难道她就为了能到城里来生活？亲戚又把胡玉英的情况大致介绍了一下，杜伯伯听后，有些释然：哦，原来是这么回事……这个嘛，也很正常。她如果真的不介意我大她那么多，而且还有三个儿女，那就见见吧。亲戚说：就是呀，见个面，成不成，那是你们自己的事情。万一有这个缘分，不就是好事吗？在亲戚的安排下，杜伯伯与胡玉英在人民公园见面了。一见到胡玉英，杜伯伯就被胡玉英的青春朝气给吸引住了，特别是胡玉英那双眼睛，大大的，滴溜滴溜转得很快，看上去既聪慧又单纯，没有多少世故。胡玉英呢，一见到杜伯伯，表现得特别乖巧特别服帖，一切听从杜伯伯的安排。两人在涪江食店吃饭时，胡玉英坚持要了一碗面，还说，这饭馆里的饮食太贵不划算，一碗面的价钱足够回家煮三碗面了。杜伯伯听后笑了笑，说：照你这样说，这饭馆的生意卖不出去了？小胡，这账不能这样算嘛。胡玉英说：饭馆是出门在外，特殊情况下才进的。杜伯伯说：你称二两线去纺一纺，这里面吃饭的人，是不是你所说的特殊情况？胡玉英看着杜伯伯，说：真要去问呀？杜伯伯笑着点了点头。那我得想想该咋个去问才不至于冒犯别人。胡玉英扬起头很认真的样子。

杜伯伯看着胡玉英说：你傻呀！嘴上虽然这么说，但心里却是甜滋滋的。杜伯伯觉得胡玉英是一个会过日子的姑娘。

后来，两人又见过几次面，杜伯伯越来越觉得胡玉英就是自己要找的那个人。

杜伯伯谈了两段恋爱，算上见面的，已有七八个了，就觉得有些累了，只有跟胡玉英相处才觉着轻松自如。自己喜欢，人家姑娘也愿意，杜伯伯当然就动心了。而胡玉英呢，对杜伯伯是满心的欢喜。杜伯伯到胡玉英的家，受到了全家上下的热烈欢迎。胡玉英的父母六十来岁，大杜伯伯七八岁左右，却一个劲地称杜伯伯为小杜：小杜，我们乡下这条件不比城里。小杜，你坐着就行了，不用劳烦你了。

吃饭的时候，一家人还一而再再而三地给杜伯伯夹菜，边夹边说：我们乡下的饭菜肯定没有你们城里的好吃，但有些东西你们城里人也是吃不到的。你看，这个山鸡是老三在山上打的，去年腌的，一直没舍得吃。

杜伯伯说：就是，这种野味只有大山里才有，比起普通的鸡肉要香得多。

胡玉英到了杜伯伯家，程式化地收拾屋子、做饭洗衣，发挥出劳动人民的本色和妇女的三从四德。杜伯伯有三个孩子，老大和老二都已参加工作，老三敏敏还在上中学。三个子女对这个陌生女人不认生的本领表示出漠然的态度。对胡玉英而言，自己一个农村大龄女青年能够嫁给杜出纳，不但可以到城里生活，而且还可以见到自己日思夜想的人。当然，这是一个秘密。为了守住这个秘密，胡玉英甘愿嫁给大自己二十来岁的杜出纳，了却积压在心中的不安。

等到谈婚论嫁时，胡玉英问杜伯伯：老杜，你怎么不问我，为什么一个快三十岁的老姑娘怎么还没把自己嫁出去?

老杜说：我知道你会主动告诉我的，我又何必非要问个不休。

胡玉英有些感动了。她把自己那段不光彩的过去告诉了杜伯伯，但却隐瞒了孩子的事。杜伯伯听后，坦然一笑，说：谁没有一个过去呢？但杜出纳也清楚，倘若胡玉英没有那段不光彩的过去，又怎么愿意嫁给自己呢。

婚后，胡玉英以照顾家属为由，到单位食堂做了一名临时工。

七

杜伯伯常来小五家串门。杜伯伯与父亲在一起谈论国家大事，什么苏修变脸、美帝称霸、美苏关系紧张，还有北约、华约等等，这些名词在小五的记忆中并不陌生。小五还知道，这些消息都是从一张名为《参考消息》的报纸上得来的。但小五觉得苏修和美帝距离自己居住的梓城太遥远，就连北京、上海都摸不着，何况还是外国。小五心目中最美的城市是成都，那里毕竟有四舅妈，一个活生生的亲人在那座城市工作、生活。四舅妈每年回来过春节都要给大家讲成都见闻，顺带也捎回一些成都特产，诸如三花茶、芝麻饼之类的东西。茶叶是给父亲的，芝麻饼自然成了小五的专利，姐姐和母亲象征性地尝一小块，父亲和哥哥们尝都不愿意尝。除了芝麻饼，还有四舅妈给自己买的连衣裙，这些都是在梓城买不到的。

说完了这些不着边际的国家大事，父亲和杜伯伯就商量着星期天到水库钓鱼的事情，小五觉得这才是父亲和杜伯伯的正题。父亲和杜伯伯相约一起钓鱼，一般都有所斩获。两个人一早出发，傍晚才收工回来。全家人都要等候着父亲的凯旋，等着父亲将战利品拿回家来做晚饭。尤其是在夏天，笆篓里的鱼经过一两个小时的路途颠簸，到家时已经奄奄一息。小五看到，那些鱼从热烘烘的笆篓里倾巢而出，犹如从地狱到了天堂。在碧水清清的瓷盆里，它们簇拥着，贪婪地吸气呼气，争先恐后地向盆底游去，但其结局又总是微弱地挣扎一番便咽了气。偶尔遇到几个意志坚强的，顶多能坚持一两个小时，一般不会挨到第二日。当然，也有个别例外，率性地熬过一夜，到了第二天，仍然逃不过被凌迟的命运。所以，在小五的记忆里，星期天的晚饭一定很晚，但碗里肯定有鱼。如果是鲫鱼，肯定是开肠破肚，大小鱼儿用猪油一起煎炸，之后炖成一锅鲜美的汤，然后用另一只锅清水煮面，将煮好的面捞到碗里，盛上一瓢鱼汤，放上少许的盐和葱花，就是一碗香喷喷的鱼汤面。如果是鲤鱼或花鲢则尽量养至次日，实在挺不过去，就将鱼裹上芡用油煎炸好放至次日，再做成红烧鱼。但大多数时候，父亲的笆篓里都是鲫鱼，所以，赶上夏天，必须得把它们全部消灭掉。因此，鱼汤面是小五记忆中的星期天晚餐，而通常都要到八九点才能吃上。

杜伯伯结婚以后，自然要带上胡孃一道来小五家串门，通常是在晚间，胡孃从食堂下班回家以后。

胡孃和母亲夏宜的搭讪纯粹是出于礼节性的应付，两个人谈不到一块，不光是因为年龄的悬殊，还因世界观的不同。末了，胡孃总爱没话找话地向小五问这问那，弄得小五答也不是，不答也不是。倒是姐姐淑儿很喜欢向胡孃请教一些编织毛衣花样的技巧。姐姐淑儿有同学的姐姐在国棉厂上班，从厂里拿回来一些五颜六色的线，淑儿将这些线编织成线衣线裤线手套线袜子。淑儿对编织很着迷，胡孃又恰恰是这方面的高手，所以，胡孃一来，淑儿欢喜得不得了。她总是缠着胡孃，胡孃给淑儿示范讲解或手把手地教淑儿时，眼睛却不时朝小五这边瞟，心思不在淑儿身上，全落在了小五这边。小五也是一人精，发现胡孃的神色不对，立马跑了出去，到隔壁找小伙伴远方、罗琳玩去了，胡孃没辙，只好耐着性子教淑儿织毛衣。

胡孃的心事全写在了脸上。夏宜看在眼里，气在心里。她有些惴惴不安。夏宜是一个性格急躁的女人，家里的大凡小事都要由她拿主张，其实，她又是一个缺少主见没有多少心计的简单女人。夏宜和王会计是20世纪40年代末期的旧式婚姻，两人是通过媒妁之言父母之命结下的百年之好。王会计曾是夏宜家的伙计，由于聪明能干又踏实，深得夏宜父母的喜爱。面对动荡不安变幻莫测的时局，夏宜的父母明智地为女儿选择了厚道老实的王会计，将女儿的终身托付给了这个来自于盘龙寺的乡下小伙。若干年后，父母的良苦用心，夏宜才逐渐体会到。

当年，夏宜喜欢的是丁字后街开当铺的刘二少爷。夏宜与刘二少爷的妹妹香兰是私塾同学，夏宜经常到刘家去玩耍，被刘二少爷的翩翩风度所吸引。刘二少爷对夏宜也是格外照顾，两人似乎有了一种朦胧的爱意。但是，夏刘两家并没有为此事进行交涉，到了谈婚论嫁的年龄，各自早已为儿女定下婚事。中华人民共和国成立后，王会计凭着无产阶级的出身和能写会算的本事，很快便有了用武之地。时光流逝，儿女们渐渐长大，王会计温和、寡言少语的性格和极其包容的态度，让夏宜感受到婚姻生活的无比幸福。 父母的娇宠让夏宜从小有一种高高在上的优越感，嫁给王会计之后，她依然保留着一份少女的纯真和任性。与胡玉英的较量，夏宜是表面上占了上风，实际上，她根本猜不透胡玉英的心里到底是怎么想的。

老杜已有三个孩子，最小的敏敏已经上初二了。胡玉英和老杜肯定还会再要一个孩子。有了自己的孩子，胡玉英自然就会忽略小五的存在。夏宜在心里这样猜度着，但结婚一年多了，胡玉英的肚子好像没有一点动静，这令夏宜十分好奇。

当着老杜和胡玉英的面，夏宜半开玩笑半认真地说：老杜，你要努力哟，小胡的肚子怎么还不见一点动静？

顺其自然。老杜有些轻描淡写，继而又嘿嘿地笑道：唉！这种事，急不来的。嫂子，你说呢？

你不急，人家小胡可急。小胡也不小了。夏宜反驳道。

一旁的胡玉英有些不好意思，连忙帮腔，替老杜打圆场：嫂子，不是老杜不努力，可能是我的肚子不争气。

夏宜知道胡玉英的这句话在她和王会计面前是经不起推敲的，她意味深长地笑了笑，说：老杜已有三个孩子了，他当然不着急，小胡你是女人，还是要有一个自己的孩子。

胡玉英说：老杜说，等敏敏中学毕业之后再说。

夏宜以为，八年前的约定乃是此生的永别，没想到，这个女人不恪守诺言又出现在她的生活里，而且还这么近距离与小五面对面地说着话，这令夏宜十分气恼。夏宜挖空心思地想问出一个所以然来，但胡玉英总是谦卑地对她笑一笑，不作答。

而小五的身世只有四个人知道：夏宜、王会计、胡玉英及胡玉英的表嫂。如果后来表嫂告诉了她男人即胡玉英的表哥的话，就是五个人。

后来，胡玉英和老杜再来串门时，夏宜开始悄悄地观察胡玉英和小五，越看越觉得，胡玉英与小五没有一丝一毫的相像之处。胡玉英性格比较外向，眼睛虽然大，但却缺少灵气。小五性格内向，眼睛有神。夏宜觉得，小五这孩子什么事都爱装在心里，一副心事重重的样子。这一点虽然不像自己，倒很像丈夫王会计。模样嘛！跟自己有几分相像，自己的一双大眼睛镶嵌在一张瓜子脸上，衬托出极其精致的五官，浑身上下透着一股灵气。胡玉英的皮肤柔嫩白皙富有弹性，但一双大眼睛定格在一张大饼脸上，使整个面部看上去缺少了灵气。换句话说，若将胡玉英的五官拆分开来看，不错，合成一张脸后，并不那么和谐。所以，单从长相上，小五似乎继承了自己的五官和王会计瘦削的身材，从理论上讲是完全说得过去的，只是小五乌黑的头发倒是继承了胡玉英的基因。当初，第一眼瞧见小五时，夏宜就觉着这个孩子与自己有几分相像，这是促成收养的重要因素之一，所以，夏宜始终认为，谁也不会平白无故地把小五与胡玉英闲扯到一起。

八

一个明里挑战，另一个暗地释放能量。正当两个女人各自抒怀，暗暗较劲时，形势突然发生变化，而恰恰又是粉蒸羊肉惹出来的是非，成为定夺胡孃命运的乾坤，由此唤醒沉睡的理智，击碎所有的梦想。

胡玉英是职工食堂唯一的临时工，也是唯一的女性。食堂里的活儿说重不重，说轻也不轻，是需要体力的，比如端蒸笼、掌大勺等，特别需要的是腰部和臂膀的力量，但对胡玉英来说，这些活儿比起在家里担粪种地轻松多了。所以，遇到师傅们轮休或是哪位师傅生病请假时，胡玉英总是主动挑起重任，对此，大家对她肃然起敬。本来胡玉英是杜出纳的女人，大家以为胡玉英要摆一下出纳夫人的架子，要不就是偷奸耍滑磨洋工。虽说出纳不算什么大官，但终归是坐办公室的，在师傅们固有的观念里，坐办公室的就是有文化的人是干部，比起伙房师傅来自然要高人一等。

胡玉英对小五的关照令师傅们有些不解，正是这些不解产生出的连锁反应，葬送了胡玉英对美好生活的憧憬。

胡玉英嫁给大自己二十多岁的杜出纳，就是想时时刻刻能见到自己的女儿小五。只有小学文化的胡玉英哪里知道这个时候全国上下正在经历着一场声势浩大的大检举、大揭发、大批判、大清理的政治运动，批评与自我批评、检举揭发他人成为一项政治任务。食堂、餐馆成为重中之重，而每个人都不同程度地被卷了进来。

先是学习文件，然后就是对照文件进行自我检查和自我批评。一般员工以自我检查为主，走走形式，交代一下自己是否贪占了公家的便宜，重点对象则是司务长。开始几天，大家都拣一些芝麻小事，进行一番自我批评，以为这样糊弄一下就能顺利过关。哪知，第二轮开始检举揭发，大家你看我，我看你，都不知从何说起，不知是谁说了一句：王会计家的小五吃粉蒸羊肉算不算贪占公家便宜啦？于是，胡玉英成为食堂师傅们攻击的重点对象。

小五在食堂吃粉蒸羊肉的事情，是众所周知的。小五是王会计的女儿，王会计虽然跟食堂师傅们无冤无仇，但多多少少还是让师傅产生了一丝不满的情绪。师傅们认为，虽然你胡玉英是把自己那份儿让给了小五，但没有了粉蒸羊肉你就会吃其他菜，这自然就算是贪占公家的便宜了。有时候，遇到粉蒸羊肉没有卖完，食堂里又没有冰箱，大伙还不是要分着吃了。自然，大伙也要分给没吃粉蒸羊肉的胡玉英，胡玉英死活不要，师傅们就生气了：你一个女同志，活干得不比我们这些爷们少，大家碗里都有肉，唯独你没有，别人还以为我们几个男同志欺负你临时工。胡玉英没辙了，只好吃了师傅递过来的粉蒸羊肉。这样一来，日子长了，就不是一碗单纯的粉蒸羊肉能解释得清楚的事情，这羊肉以外会不会有什么故事呢？于是大家自然而然地揣度起来，彼此小声地议论着，一件事就变成了两件事，单纯的事就变成了复杂的事。而恰恰在这个时候，又出了这一茬，大家终于找到了一个释放心中愤懑的出处，不但可以为自身进行开脱，还可以将心中的怨气发泄出来，就这样胡玉英就被众人推到了风口浪尖。

有了小五吃粉蒸羊肉的把柄落在师傅们的手里，师傅们轻松过关。大家把矛头指向胡玉英，胡玉英自然是无话可说。因为大家说的都是事实，没有半句谎言，也没有夸大其词。胡玉英开始停工写检查。工作组要她交代事情的经过和原因以及这样做的理由：一、为什么要把粉蒸羊肉给小五吃？二、知不知道这样做是贪占了公家的便宜？三、你与王会计一家究竟是什么关系？

在胡玉英交代问题之前，王会计早已去了学习班。到了学习班的人都必须交代自己的问题，没问题的也要进行一番自我反省，叫作面壁思过。一般员工就是在下班之后开会和学习文件精神，进行自我批评和检举揭发。王会计是财务人员，是“一打三反”运动的重点关照对象，到学习班一是自我批评，二是面壁思过。

经过一周多的问讯和审查，胡玉英始终保持一种缄默的态度，用十分简短的语言回答那些复杂的问题，表示出给小五吃粉蒸羊肉的单纯情感。胡玉英说，这孩子体弱多病看着让人心疼权当给她补充一点营养。继而，胡玉英又补充道，王会计与杜出纳是世交，我是杜出纳的爱人，关照一下王会计的孩子是很正常的事情。工作组又问，那你为何不关照一下杜出纳的女儿敏敏？胡玉英说，敏敏比小五大，身体很健康不用她操心。显然，这个理由站不住脚，但审来审去工作组得到的都是相同的答案。由于胡玉英的问题造成的负面影响很大，食堂决定开除胡玉英。胡玉英不再去食堂上班了，事情仿佛就这样过去了，但七八天的审查和交代，给胡玉英的身心带来了巨大的伤害。而小五吃粉蒸羊肉的事情被传播开来以后，职工们议论纷纷，议论的焦点并不是贪占一碗羊肉的问题，而是羊肉以外的故事。

胡玉英为啥平白无故地把粉蒸羊肉让给小五吃？这不可能是单纯的世交就能解释清楚的事情。胡玉英与王会计究竟是什么关系？

有人打听到胡玉英有一个表哥，是县食品厂胜利下街门市部的经理。这一条线索立马跟王会计紧密结合起来。有几年，王会计曾代理过职工食堂司务长一职。一早起来，王会计就要到胜利下街门市部给职工食堂买肉，自然跟胡玉英的表哥赵经理有所交集。王会计与赵经理打交道，自然就会认识胡玉英。胡玉英在食品厂做过几年临时工，吃住都在表哥家。食品厂许多人都认识胡玉英。跟胡玉英一起在食品厂做临时工的职工家属回忆说，曾经见过胡玉英有一段时间发胖，肚子微凸，疑似有孕。没多久，胡玉英便离开了食品厂。隔了一段时间又回到食品厂上班。

王会计与胡玉英会不会……胡玉英的肚子会不会与王会计有关？

另一条线索来自于胡玉英的老家。好事者把胡玉英过去的一段情史抖了出来。胡玉英曾与同村一苟姓青年谈过恋爱，后来，苟青年顶班去了森工局工作，就把胡玉英抛弃。村子里有人见过胡玉英凸起的肚子，但却没有见过胡玉英生出来的孩子。

如果这条线索可靠的话，那胡玉英肚子里的孩子到底是跟王会计有关还是跟苟姓青年有关？姑且暂不考虑与谁发生关联，重要的是胡玉英肚子里的孩子究竟存不存在？如果存在，那孩子会不会就是小五呢？

很快，大家又否定了这一说法，如果小五是胡玉英和王会计的孩子，那么，王会计家的小五又到哪里去了呢？

于是，大家伙又从时间上进行大致的推算，如果胡玉英与苟青年的孩子正常生下来的话，正好与小五一般大。小五如果是胡玉英和苟青年的孩子，这孩子怎么又到了王会计家？那王会计自己的孩子又到哪里去了？大家明明看见王会计的老婆夏宜也挺着一个大肚子呀！生小五时，王会计已有四个孩子，本不打算再生，夏宜却意外怀孕，由于是高龄产妇，夏宜还提前住进了妇幼保健院，这些都是众所周知的事。

猜来猜去，大家又陷入到另一个迷局里，找不出一个正确的答案来，只好把疑问抛给了杜出纳。当然，大家肯定不可能当面去问杜出纳，但每一双疑问式的眼睛已经让杜出纳不能承受生命之重，令杜出纳的颜面扫地。

胡玉英向杜出纳承认自己隐瞒了孩子的事。她向杜出纳坦白，她的确怀过一个孩子，孩子是抛弃她的苟姓男友的。孩子五个多月时，在县妇幼保健院做了引产手术。因为孩子没了，所以，在婚前就没有节外生枝地说起这件事。胡玉英说：如果那孩子不引产正常生下来的话，正好跟小五一般大，所以一看到小五，就想到了自己死去的孩子。

这样的解释要是放在以往，杜出纳肯定欣然接受，但此一时彼一时，杜出纳已经心灰意冷。

本来，胡玉英在婚前主动将自己过去的那一段不光彩的情史告诉了杜出纳，也向杜出纳表明自己已不是女儿身，杜出纳没有一丁点儿瞧不起胡玉英的意思而是欣然接受。现在，突然又冒出一个怀胎五月被迫引产的孩子，胡玉英再怎么解释，杜出纳的心里已经有了一个大疙瘩，从此，两人产生了隔阂。外界的议论和评说对杜出纳来说虽然没有多少可信度，但终究还是令杜出纳的心里很不是滋味。议论多了难免不生出诸多疑问，于是，杜出纳就不得不去猜测失过身的胡玉英会不会是一只破鞋，就算小五不是胡玉英的孩子，那胡玉英跟王会计究竟有没有关系呢？真像她说的那么单纯吗？不然的话，她凭什么对小五那样好？但冷静下来，杜出纳又断不相信胡玉英与王会计会有什么感情瓜葛，他不能像无知的好事者那样对王会计产生怀疑，那样的话，是对王会计人格的玷污。照胡玉英的说法，小五与她死去的孩子一般大，爱屋及乌，一碗粉蒸羊肉又算什么呢？于是，杜出纳又做出一个大胆的设想和推断，如果小五就是胡玉英五月引产未死的孩子。这样的话，粉蒸羊肉传递的就是正大光明的母爱，是正能量。那王会计和夏宜十月怀胎的孩子又到哪里去了呢？

终究，杜出纳没有理出一个头绪来，他将疑问的目光抛给了胡玉英，并将这样的质疑转化为一种沉默的对抗，一种不声不响不闻不问的冷暴力，致使赋闲在家的胡玉英备受煎熬，变得越来越孤独，没过多久，胡玉英得了抑郁症。一天凌晨，胡玉英用一根绳索结束了自己年轻的生命。

一早醒来，杜出纳才发现胡玉英僵硬的尸体悬挂在屋梁的中央。

其实，王会计跟赵经理只是业务上的往来。私底下，两个人没有任何的交情。王会计根本不知道赵经理还有一个表妹叫胡玉英。大家都管他叫赵经理，王会计也这样叫着，连赵经理的全名都不知道 。胡玉英与老杜办喜事那天，赵经理突然出现在婚礼现场，王会计才知道他是胡玉英的表哥。这个时候，王会计早已经不代理司务长一职了。

半年后，王会计从学习班出来，依旧坐在杜出纳的对面，两个男人沉默了良久，终于，还是王会计率先打破了僵局。

九

胡玉英爱得死去活来的男人叫苟跃进，是胡玉英的小学同学，两人是自由恋爱。胡玉英是下河村人，苟跃进是上河村人。上河村与下河村紧挨着，说白了，就是两个依山而建的村子依傍着一条河流繁衍生息。上河村在山上，下河村在山脚下。下河村大片土地都是平坝，种瓜得瓜，种豆得豆，土地肥沃，不缺吃喝。上河村就不一样了，虽然同处一个纬度，上河村的土地贫瘠，适宜耕种的面积很少，年轻人就到山上去挖药材卖。上河村的女的纷纷往山下嫁，这可难为了上河村的男人们，他们只好到更远的大山深处复河一带去说媒相亲。上河村的姑娘嫁给下河村的男青年是天经地义的美满婚姻，而下河村的姑娘要嫁给上河村的男青年却是逆流而上。胡玉英不顾家庭的阻挠，毅然坚持要与上河村的苟跃进好，令苟跃进一家感激不尽。就在两人憧憬着美好未来时，生活却出现了变故。在木里森工局工作的苟父，一次野外作业时，不幸被砍下来的木头砸中身亡。苟跃进以顶班的名义被安排到了木里森工局工作，成为一名国企工人。本来父亲退休补员的名额是留给苟跃进的弟弟的，不承想父亲的意外死亡改变了苟跃进的命运。临行前，胡玉英经不住苟跃进的再三要求与之发生了关系，苟跃进向胡玉英信誓旦旦地承诺，他肯定会回来娶她的。苟跃进走后没多久，胡玉英发现自己竟然怀孕了，她写信告诉了苟跃进。起初，苟跃进信心满怀地向胡玉英保证，很快就会说服自己的母亲，把胡玉英堂堂正正地娶进家门。

苟跃进在家务农时，母亲是非常满意儿子这门亲事的。如今，儿子变成吃公粮的人，母亲的态度发生根本逆转，她死活不同意儿子娶胡玉英。就这样，苟跃进与母亲僵持着。一月、两月过去了，仍不见成效；这边，胡玉英的肚子慢慢地凸显出来，收到苟跃进的信件却越来越少。最后一次来信连同一张一百块钱的汇款单一齐寄到胡玉英的手上。苟跃进要她去打掉孩子。胡玉英读罢信后，痛苦万分。再与苟跃进联系时，却音信全无。胡玉英寄去的信全部被退了回来。到了四月，已是初春，眼看马上要脱去厚厚的棉袄，肚子定会原形毕露，胡玉英这才感到事态的严重性。这个时候，胡玉英想到了在城里工作的表哥，这是她唯一的依靠。表哥找人疏通了关系，表嫂带她去医院引产。在医院走廊的长条椅上候诊的胡玉英伤心欲绝，临到要进入手术室时，突然，胡玉英泪眼滂沱地从医院里跑了出去，表嫂只好跟着追了出来。

表哥蹙着眉头，表嫂在一旁苦口婆心地劝道：明天还是去把它做了吧！

胡玉英木然地看着表哥表嫂，说：都长这么大了，他也是一条命呀，我不忍心。

表嫂说：真要生下来你怎么养？你一个单身女子以后带着个孩子，也不好嫁人。

胡玉英说：我想把他生下来，送给别人，总比被我残忍地杀死要好。这样的话，我心里也要好受一些。

表哥说：你这又是何苦呢？你这不是瞎折腾吗？

最终，表哥表嫂拗不过胡玉英。分娩时，胡玉英在表嫂的陪伴下来到妇幼保健院。在病房里，胡玉英的临床是一个四十多岁的中年妇女，比胡玉英早来几天。胡玉英先进产房，两个多小时后，胡玉英回到了病房，身边多了一个健康的女婴。中年妇女后进产房，也诞下一女婴，但几个小时后，却传来不幸的消息，孩子夭折了。中年妇女很伤心，一旁的中年男人安慰她，说：咱家里不是已经有四个调皮蛋了吗，你还不嫌麻烦！看来，这五丫头跟咱们没缘分。

傍晚，病房里只有胡玉英和中年妇女了，两个人闲聊起来。胡玉英哀叹道：大姐，你看你多有福气，你男人对你多好！

中年妇女有些伤感地说道：还是年轻的好，你看你那丫头多可爱……我本来也没打算要，都这岁数了，突然又有了……但谁又会料到这丫头刚一出来又离开了我，唉，这真是捉弄人。

胡玉英安慰中年妇女，说：大姐，是这丫头没福气。

两个人沉默了一会儿，中年妇女忽然想起什么了，随口问道：怎么没看见你男人来？

胡玉英没有回答中年妇女的问话，病房里的空气有点沉闷。中年妇女意识到自己刚才说错了话，似乎触到这女子的痛楚，但中年妇女又觉察到这女子很想将自己心中的痛苦说出来。于是，中年妇女又小心翼翼地进一步试探胡玉英：是不是嫌你生了一个丫头？

胡玉英还是不说话，突然，嘤嘤嘤地哭了起来。

中年妇女有些急了：妹子，大姐说错话了，对不起，你可千万不要生气，这月子里头！

胡玉英摇了摇头，说：大姐，孩子她，没爹！

中年妇女有些惊讶：没爹，怎么回事？是遗腹子？

胡玉英又摇了摇头：不是，大姐，是人家不要我们娘俩了。

听胡玉英这么一说，中年妇女没敢再问下去，她大致猜到了这女子可能是未婚先孕。这可不是什么光彩的事情啊！但她又不好意思刨根问底，毕竟是人家的伤心事。于是，她又同情起这个姑娘来，语气中一半是关切，一半是担忧：那你以后咋办，姑娘？

胡玉英目光凄然地看着枕边的女儿，说：我表嫂说，给孩子找一个好人家。

中年妇女点了点头，说：唉，也只能这样。要不然，你一个姑娘带着个孩子怎么生活呀！

胡玉英看着女儿皱巴巴红扑扑的小脸蛋儿，一阵揪心的痛。她知道要不了多久，这张可爱的小脸蛋将与自己分离，从此，今生不再见面。这就是命！为了给女儿找一户好人家，表嫂早已托人去打听了，但胡玉英的心里还是七上八下的，万一孩子遇上不好的人家，自己又不知道，那该多遭罪啊！一想到这些，胡玉英的心里就乱糟糟的。她看着旁边病床上的大姐，觉得这位城里的大姐很善良，大姐屋里头的大哥人也很好，突然灵机一动，心里升起一线新希望。要是女儿能够到这样的人家去生活，虽然经济条件不是很好，但却是一个温馨快乐的家庭。大姐的女儿刚刚走了，这不正好填补了她失去女儿的痛苦吗？

胡玉英辗转反侧地想了很久，终于鼓起了勇气，小心翼翼地向中年妇女试探道：大姐，你要不嫌弃，就把我这小丫头给收了吧，当你的亲闺女养。

这怎么行？使不得。面对这突如其来的事情，中年妇女显然没有丝毫的心理准备。她的回绝令胡玉英有些尴尬，中年妇女似乎也意识到了，于是，赶紧又向胡玉英解释道：唉！虽说五丫头跟我没缘分，但屋里头还有四个孩子需要我照顾呀，我哪里忙得过来嘛。

胡玉英凄凄艾艾地说：我主要是觉得大姐人不错，大哥人也好，把丫头交给你们我很放心。这孩子就是大哥大姐的五丫头！大哥大姐的五丫头又活过来了。

中年妇女有些感动了，特别是大哥大姐的五丫头又活过来了这一句话触动了中年妇女敏感的神经。是呀！自己辛苦怀胎十月的女儿，说没就没了，现在，老天又送来一个，这不是命运的安排吗？

中年妇女把收养胡玉英女儿的想法告诉了自己的男人，男人竭力反对。男人认为，家里已经有了四个孩子了，且儿女双全，何苦还要费尽心思去收养一个呢，这不是多此一举吗！但中年妇女的理由是：这孩子跟她有缘，跟死去的五丫头是同一天出生的，冥冥之中，这好像就是上帝的安排。男人经不住女人的再三坚持，同意收下这个女婴。男人打算给胡玉英一点钱，立个字据什么，叫她以后不要再来认这个孩子，但胡玉英坚持不要，并向中年夫妇承诺自己决不会来认闺女。中年夫妇想：她一个姑娘家，还要嫁人生孩子，今后恐怕是没有机会来认这个孩子。

胡玉英把孩子交给中年夫妇以后，在表嫂的陪伴下，离开了医院。

讲到这里，王会计停了下来，如释重负一般。显然，事情已经完全明朗了。沉吟了半晌，王会计还是沉重地说出了那句再明白不过的话来：那对中年夫妇就是我和老夏，我和老夏收养了胡玉英的丫头，她就是小五。

听完胡玉英的故事，两行热泪从杜出纳噙满泪水的眼眶里滚落下来。

杨高人

一

在男性身高普遍只有一米六五的川北小城，一米九六的杨高人，可谓是鹤立鸡群。

杨高人的父亲是东北人，战时跟随家人即杨高人的爷爷流落到重庆，后又随着逃荒的人群稀里糊涂地来到这个川北小城，从此，一家人安顿下来。杨高人的父亲身高一米八，杨高人的母亲是本地人，身高只有一米五五。母亲育有三个孩子。兄妹三人中，只有杨高人是超长发挥。杨高人的弟弟一米七二、妹妹一米六四，比我们当地人高出五至六厘米。

杨高人成为梓城名人，一是跟他打篮球有关，二是跟他肚子里的狗肠子有关。狗肠子是打篮球落下的，打篮球自然又跟身高有关。

因为高度，杨高人作为特长生被破格招进二轻系统，又以特殊照顾的名义被安排到工会工作。工会就是坐办公室，介乎于干部与工人之间，不但没有生产任务，工作还无比轻松。所以大多数时候，杨高人都是在职工操场上与队友们练习打球。二轻系统职工篮球队参加县、市、省三级比赛，每一次杨高人的得分都是最高，是全队的主力和核心。比赛时，杨高人往球场中央一站，对方球员便对他产生了一种敬畏之情。在全省职工篮球圈里，杨高人成了名人。

杨高人的肠子是在一次比赛中摔断的。

那天是在市里打比赛，不知什么原因，开场哨音一响，杨高人就拼了命地往前冲。好几次单刀赴会地撕破对方的防线，投篮命中。当教练和台下的替补队员为杨高人的超长发挥欢欣鼓舞时，悲剧却发生了。杨高人再度突破时，却被对方的防守队员用身体给拦截下来，一个趔趄，杨高人摔倒在地。他试图从地上爬起来继续战斗，但剧烈的疼痛使他无法站立起来。于是，杨高人被人用担架抬了出来，送到了市人民医院，一检查，说是直肠断裂。救护车又呜呜地将他送到省人民医院，医生将坏死的肠子切除，给他接上了狗肠子，从此，杨高人与他心爱的篮球事业诀别。

后来才得知，导致杨高人情绪失控的是一米七二的女朋友要跟他分手。因为在这之前，杨高人接触的几个女生都只有一米五几，好几个女生还嫌他高了。说他高耸耸的一大坨，立在马路中央像一叶迷失方向的孤舟，瘦得像根电线杆子似的，走起路来，一摇一晃的，像踩高跷的滑稽人。杨高人知道后，坦然地笑了笑。他跟队友解释说，如果女方太矮了，两个人在一起不能步调一致。他最理想的高度是一米七五，这样，自己与女方的差距就只有二十多公分，两个人并肩而行有模有样你呼我应互有灵犀。然而，在我们这样的南方小城，女子能够长到一米六五都很稀罕，这个一米七二的女子自然令杨高人万分纠结。

但狗肠子并没有能够拯救杨高人的爱情。

队友曾在职工女篮队帮他物色过，一米七以上的姑娘寥寥无几，好多姑娘还瞧不上杨高人。说他除了高度，其他条件并不咋样，包括长相、工作单位、家庭条件等等。的确，除了高度，杨高人就没有什么值得炫耀的了。后来，杨高人拗不过命运的安排，步了父亲的后尘，娶了一个一米五五的姑娘。

不打篮球的杨高人在工会的位置就有些多余。一个萝卜一个坑，每个坑都站着人。写写画画方面的人倒是稀缺，但杨高人又不会，搞组织工作嘛，杨高人又没那能耐。局里考虑到杨高人带领队友们征战疆场数年，横扫本系统和外系统，且战功不错，是二轻系统的有功之臣，于是，将他安排到车路口街的门市部当经理，算是升了职。虽然手下管着三个兵，但实际上就是一个闲职。

说到杨高人在篮球场上的表现，我们院里的一帮小孩都嗤之以鼻，觉得杨高人在场上玩的就是大人耍小孩的戏法。因为杨高人比别的球员要高出一大截，往场子中央一站，立马就会吸引观众的眼球。他几乎不怎么参与防守，队友们活蹦乱跳汗流浃背地将球送到他手里，杨高人轻轻一弹跳就毫不费力地把球送进了篮筐。所以，我们一直认为杨高人不过是摘取胜利果实的伪英雄。

他不就是仗着自己高吗？

是呀，这算什么本事嘛！

就是嘛！有本事就到场子中央去抢！

一中年男人见状，有些愤愤不平地说：嘿，我说你们几个小屁孩，懂个啥？那是战术，知道不？

另一个中年男人接过话茬，说：都跑过去抢，那不是要乱成一锅粥了？看不懂，不要乱发表意见哈！小朋友。

后来，对手研究出一套如何防止杨高人的秘密武器，就是二至三人去围堵他，扰乱他的阵脚，要不然就是由一个人去合理冲撞他，让他的“阳谋”不能得逞。尽管这样，杨高人在场上的得分还是不错的。他的粉丝不少，不过，多为中年男人和中年女人。

不打篮球的杨高人，狗肠子成为他的代名词。狗肠子在杨高人的肚腹里安然无恙令他活力依旧，使小城人充满了好奇。当杨高人安营扎寨地落户于我们这条街上时，大家都有一种超乎寻常的兴奋。大人们借故买东西到店里来瞻仰杨高人，小孩们常常是好奇地跟在杨高人的屁股后面或者与他并排走在一起比肩一下高度，杨高人总是回过头来报以慈祥的微笑。以前隔着几米远的距离，看身着运动装的杨高人步履矫健，一抬脚一弹跳彰显出男人的英雄本色，既潇洒又拉风，而今，穿着灰色中山装的杨高人略显清瘦，比实际年龄看上去苍老了许多。

二

时间慢慢地淡化了过去的辉煌，杨高人开始过上普通人的生活。闲暇时，加入到那些棋牌会友的男人堆里打发无聊的时光。一有空，杨高人就与院子里的老张头、车渡所的袁汤圆、工矿企业管后勤的白大爷凑在一起打长牌。

老张头和老伴儿任老太太没有收入，但小日子却过得很滋润。老两口的生活来源完全依靠在外地工作的四个子女。所以，每到月初，大约六七号左右，老两口一大早就坐在门口望着街上川流的人群，盼望身穿绿色制服的邮递员把永久牌自行车往台阶上一架，张嘴喊出令老两口熟悉的五个字来：任元清，盖章。每每听到这样的呼喊，老张头快步迈下台阶，从中山服下面的左口袋里掏出一个小布包，然后慢慢地褪去裹在上面的红布，从里面取出一枚私章递予邮递员。邮递员是一个年轻的小伙子，动作很麻利，接过小图章，在红色的油墨盒里轻轻一杵，对着汇款单下方一栏坚定地一摁，立时，任元清三个红色的小方块字便赫然地出现在那张白底绿字的汇款单上，格外地引人注目。

老张头拿着汇款单认真地看了看，又把汇款单递还给小伙子，问道：年轻人，帮我看一下是从哪儿寄来的。

小伙子拿过汇款单一瞥：江油寄来的。

老张头当然知道不是江油就是贵阳，因为这两个地方是老太太任元清的名字。如果江油寄来的话就是小女儿张宁，贵阳则是大儿子张辉。而合川和绵阳分别是老二张洪和老三张勇，这两个地方的汇款单上写的是他老张头的名字——张文光。

通常，一张汇款单上有十元钱，四个子女寄来的钱加起来就是四十元。在那个只需要八块、十块钱就能维持一个人一个月生活的年代，这四十块钱，老两口应该是过得相当不错了。经济虽然宽松，却免不了有些寂寞。因为孙子们都在父母身边，没有一个留在老家上学陪伴爷爷奶奶的。看着街对面何家老两口天天为两个上学的孙子买菜煮饭缝补浆洗，孩子们放了学一进门把书包往椅子上一扔，一口一口地叫着：

奶奶，我饿了。

那个铁皮盒子里不是还有两块饼干吗，先拿上垫垫，奶奶这就给你们做饭去。说话间，何家老太太取下老花镜放下手中的针线活到里间的厨房做饭去了。看似平常的祖孙对白，在任老太太看来，却很奢侈。

空闲的时候，任老太太就爱在屋门口搁上几把椅子，供邻居们过来拉家常。任老太太一副热心肠，好管闲事，口无遮拦的毛病难免不生出是非，与人发生争吵时，对质就成了家常便饭。

任老太太与白大婶和杨大妈常常为一些小事争吵，争吵完后，几个老太太几日不讲话。唯独与好脾气的袁大妈没有吵过。袁大妈总是笑笑，说：任大姐，别去管别人家的闲事，留点口水养牙齿。

任老太太说：唉，我也是随便说说嘛，也没有别的意思。她们往歪处想了，我有啥法？

末了，袁大妈又去劝白大婶和杨大妈，依然是笑吟吟的：任大姐就是刀子嘴豆腐心，你们在这里生闷气，人家还屁事不知，不值当。

吵归吵，闹归闹，丝毫不影响几个老头的牌友聚会。没几日，几个老太太又凑在一起交头接耳的，一会儿哈哈大笑，一会儿又愤愤不平。

三

不打篮球的杨高人高度似乎成了摆设，甚至是负担。在院子里，杨高人总是要弓着身子走路，因为门框、屋檐总是与他作对。以前，杨高人常年穿着一身运动装。不打篮球了，头几年，还见其穿着运动服，后来，运动服旧了，破了，杨高人就缝制了一件灰色的中山装，除了夏天，都穿着它。冬天，杨高人套上棉袄，春秋时节褪去棉袄，成了外套。即便是这样，杨大妈还是要抱怨，说：手长脚长的，有个球用，穿衣服费布。上北街的张小胖都多配了二十斤粮食，国家为啥子不给长得高的人多配几尺布票呢？

杨大妈说的张小胖，确有其人其事。张小胖是因为得了一种罕见的能吃的病，通过相关部门的鉴定，才受到如此特殊的礼遇。杨大妈唠叨时，杨高人总是沉默不语。

长得高，取灯泡。七岁的白老四冲着杨高人的背影说。

院子里有两盏公用灯，一是过道上的，二是公共厕所里面的。以前灯泡坏了，袁大爷搬个凳子站上去换。自从杨高人一家搬过来后，换灯泡的事自然就成了杨高人的专利。后来，院子里凡跟高度相关的事情，大家都情不自禁想起杨高人。

杨高人，帮我把这个簸箕放到那院墙上面去。

杨高人，帮我把树丫上的衣服取下来。

杨高人乐意帮忙，仿佛自己有了用武之地。杨高人是一个慢性子，杨大妈的性格本来也很平和，但遇上杨高人一副温吞吞半天没动静的样子，就急了起来。

四

白大爷从部队转业到地方，在工矿企业任后勤科长。表面上，白大爷是一个很温和的人，但骨子里却刻板得很，脾气又倔又暴。家里大凡小事得由他来定一套规章制度，执行起来连白大婶都不例外。白大爷一共有四个儿女，三男一女。他们家的晚饭一般都是西红柿煎蛋面。一锅水沸腾了，每个家庭成员报出自己的数量精确到克，只准少报，不能多报。通常，二儿子拿一杆秤称重量，等到这锅面煮熟了捞到碗里，才称第二个人的。如此一番折腾下来，一顿饭不但要花费一个多小时的时间，还浪费了不少柴火。

大家都很纳闷：为什么不一锅煮，偏偏要分成几锅？

白大爷说：定量供应，不浪费。这个规矩是白大爷定下的。

拿杆秤的白老二自然是最后一个吃面。等到全家人都在桌上呼啦呼啦地吃上了，白老二的面才下锅。白老二是男孩子，按定量规定是三两即一百五十克，比白老三和白老四要多一两。最后一个吃面的白老二总是要站在灶台边呼啦呼啦地吃上几大口之后，才将碗端到前厅来。

白老二吃面的速度很快，比前面的白老三、白老四、白老大都吃得快。起初，大家以为男孩子粗犷，三下二下解决完一碗面也不是什么奇怪的事。很快，白老二的小伎俩就被戳穿了。

戳穿这个谎言的人，是杨高人的二女儿。在院里，白老二与杨家老大、袁家老二一般大，三个男孩常常在一起玩耍。白老二有些得意洋洋地把克扣斤两的事告诉了杨老大和袁老二。无意间，杨老大又透露给自己的妹妹杨二，杨二又告密于白老三。

一包挂面二斤，给他们每人少秤十克，自己就可以多吃三十克。白大爷和白大婶的除外，只要总量控制好，白老二就能在白大爷那儿交差。

杨二比白老三小两岁，两人就读于同一所学校，相差两级。

白老三是一个颇有心计的女孩，发育较早，长得水灵灵，挺惹人喜爱。白府绸衬衣上面系上一条鲜艳的红领巾，红领巾总是随着扑腾的胸部起伏荡漾。在班里，白老三是一个活跃分子，能歌善舞，经常参加学校组织的文娱活动并充当报幕员和领舞的角色。她跟班里一名干部子弟特别要好，那女生的父亲在县委机关某部门担当要职，两个人经常在班里出风头，弄得班上的同学分成了几派。班主任靳老师是一个女的，身材矮胖，剪一头齐整的短发，有些攀附心理，所以，总爱偏袒她们。

在大院里，袁老二不喜欢诡计多端伶牙俐齿的白老三，喜欢温柔老实的杨二。

袁老二问杨二：你为什么老爱跟白老三在一起玩？

杨二说：三姐要给我糖吃。

白老三给杨二发奶油球糖，边发边得意洋洋地对杨二说：糖是光红给我的，我专门留给你的。光红就是跟白老三要好的那个干部子弟。

杨老二问：你为啥不给建设吃？建设是白老三的弟弟白老四。

白老三说：我才不给他，他老爱在老汉面前告我的状。白大爷最爱幺儿白老四白建设。

那时候，奶油球糖是糖果中的贵族，一般家庭是不会轻易买给孩子吃的。白老三的兜里每天都有吃不完的奶油球糖，自然是光红给她的。

我们屋头的奶油球糖都是别人送的，都发黏了，老汉叫我们赶紧吃，不吃就要扔了。

这是白老三给杨二发奶油球糖时学着光红的样子说的。她说这是光红悄悄告诉她的。白老三还叮嘱杨二不许告诉任何人，如果说出去的话，以后就休想再吃奶油球糖。自然，为了能吃到奶油球糖，杨二就向白老三发誓，不会把这个秘密告诉任何人。

老吃人家的，又没有什么东西可回赠人家，这对于杨二来说，怪不好意思。于是，白老二克扣斤两之事就成了杨二回馈给白老三的礼物。

白老二是孩子王，他与袁老二和杨老大一道喜欢带着院子里的小伙伴们去玩耍。比如到河边学游泳，用簸箕在浅水区网鱼、扳打屁虫。白老二教人游泳不是手把手教，他站在河水齐腰的地方，杨二和白老三在浅水处游着，一只手撑住河底，一只手做浮游状，两只脚使劲地在原地乱蹬。

看到这样的情景，白老二急得直喊：把那只手也抬起来，不要撑住河底，两只手同时在水面上不停地打花，就像是拨开乌云重见天日。

杨二和白老三对着白老二喊道：拨开乌云只见河底，身子直往下沉，两只脚也不听使唤，那见什么天日呀！

白老二站在河中央哈哈大笑：唉！你们两个真是笨蛋，乌云都没有见着哪有天日？不会在水里憋气吐气就永远也见不了天日。

白老二还是偷抓钉的高手。

涪江河边的新码头常有筏子停靠。筏子在涪江河边停靠两到三天，主要是补给食品和货源。之后，就向着绵阳方向进发。偷抓钉不但要求水性好，还要手疾眼快记忆好。因为在偷盗过程中，遇到筏子上来人了，一般人丢掉拽了一半的抓钉，等巡视的人走了，再回去寻找时，很难找到，于是又重新去拽一颗新的。如果拽上一半又遇到来人了，只好隐身撤退，如此一来，必然前功尽弃。白老二常常把自己佯装成一个游泳爱好者，与袁二、杨大游上几圈后，才悄悄地潜到筏子周围伺机行动。白老二下手狠，总能轻而易举地得手，一次拽不出来，又伺机第二次行动，总是能找到那颗拽了一半的抓钉。白老二下河作案时，并没有穿那种红色的三角游泳裤，而是穿了一条有两个兜的短裤，短裤的口袋正好用来放钳子和抓钉。通常，白老二偷两颗就鸣金收兵。白老二说，要建立长效机制就不能太贪婪了，偷多了容易暴露目标。船主装上货物出发前，肯定要检查木筏子上的抓钉是否松动或脱落，脱落一两颗不碍事，多了就容易引起船主的怀疑，下次再来时，肯定会派专人日夜守护，作案的难度自然就会加大。

两颗抓钉能卖到一块多钱。一块钱是一个工人的日薪，能买回许多生活必需品，诸如八斤大米、一斤三两猪肉、看八场电影等等。当然，白老二与袁二、杨大不会用这些钱去买大米和猪肉，而是拿去买香烟。

然而，到废品店销赃，成了几个人绞尽脑汁的难题。每次卖抓钉都由杨二和白老三到前台去交涉，男孩子们则躲在幕后，万一出现不测，也好有个应变之举。因为女孩子是没有多大本事去偷抓钉，一般人都不会责难她们。

县城共有四个废品收购店，几个人都一一光顾过。梓城的四家废品收购店全是由清一色的干瘦老头把守着，一张油漆脱落的桌子摆放在门口，收废品的老头坐在一堆破铜烂铁中间，头发些许花白。废品店的老头一看货物，大都知道其来历，彼此又都心照不宣，只是揣着明白装糊涂罢了。但老头开始在秤上做手脚，尤其是城东那个老头，吃秤的尺度太大了，被杨二和白老三发现后，两个小姑娘提出抗议：上次我们两颗跟这个差不多大，一斤五两，这次怎么就少了这么多呀！不对吧，师傅，你是不是把秤看错了？

老头狡黠地笑了笑，说：好啊，那我再称一称，一斤一两，没错呀，你们看，这个大点是一斤，这个小点是一两，不信，你们自己秤。

你换那把秤称一下。白老三指了指放在一堆废品上的另一杆秤。

你不要骗我们认不来秤哈。这时，杨二好像也反应过来了，她听母亲说过，有八两一斤的秤，就是杆上的点是对，但一斤只有八两，她有些生气地盯住老头。

老头有些不悦了，黑起个脸，说：谁骗你们了？我都几十岁的人了，骗你们两个黄毛丫头干啥？

白老三和杨二气得说不上话来。她们瞪着老头，两个姑娘都不知道该怎样加以还击。白老三向杨二眨了一下眼睛，压着嗓子说：走，咱们不卖了。

说着，两个女孩从秤盘里捡回抓钉，径直朝门外走去。

昨天守河堤的干老五说张老三的筏子上丢了几颗抓钉，幸好出发前检查了一遍。张老三还说，一看筏子上留下的痕迹就知道是硬生生给拽出来的。两个女孩还没有走出废品店的大门，从她们身后就传来老头义正词严的警告。抓钉是废品店乐意收购的废旧物资，老头也不愿意放弃这笔买卖。

干老五是一个瘸子、鳏夫，白老三和杨二早就认识。毛主席“五七指示”，要求学生以学为主，学工学农学军。于是，涪江边的河滩地被规划成“学农”的实验田。全县的中、小学生都在河滩的荒地上种上了小麦、黄豆、甘蔗、玉米等农作物。白老三和杨二都在这片荒滩上上劳动课，每周有两个半天的时间，通常是两人一组从堤坝上抬粪灌麦子。下梯坎时，粪桶直往前面同学的后背滑，溅得满身都是粪渍。有一回，白老三不小心踩滑了摔倒在地，弄得满身是粪，这一狼狈景象，正好被站在河堤上的干老五看见，他哈哈大笑，笑过之后，扔了一条毛巾过来，叫白老三到水边去擦洗。干老五的窝棚搭在河堤上，他是专门负责看护河堤的。城东的这个废品店距离涪江河很近，废品店老头说得一点没错，仅几分钟的工夫，老头就能与干老五会合。废品店老头经常与干老五在窝棚里喝酒，白老三和杨二都曾看见过。

听老头这么一说，两个女孩都有些害怕了。此时，候在门外的白老二、袁二、杨大不时地朝里面张望，老头的这几句话，他们几个也听到了，白老二赶紧给白老三和杨二使眼色，示意她们回去把抓钉卖了算了。

白老三和杨二只好乖乖地折身回去，将抓钉往秤盘里一扔，黑着脸看着老头，一副气呼呼的样子，也不说话。

老头心领神会，嘿嘿地干笑了两声，说：姑娘们，这回看好啰，算了，给你称满一点，一斤二两，看清楚了哈。

一斤二两，白老三和杨二斗争的结果，总算是要回来一两。

物尽其用变废为宝。牙膏皮加热可提炼锡。锡作为金属回收，价格比一张牙膏皮值钱得多。有一阵，白老三和杨二四处收集牙膏皮，一共收了十几张，最后，由白老二掌火，在炉灶上加热炼锡，结果，自然是空欢喜一场。

克扣事件败露后，白老二遭来白大爷的一顿毒打，并受到减少每日定量供给的惩罚。

白大爷一边打一边梳理白老二的罪状：你这个忤逆不孝的，你真是胆大妄为，格老子，我叫你克扣，叫你短别人的斤两，不学好，净学些不三不四的东西回来，你以为老子不晓得，你偷抓钉的事，干瘸子都告诉我了。老子多次警告过你，你就是不听，你皮子是不是松了？老子今天给你紧一紧，这回，叫你娃儿好好长长记性。白老二靠在墙脚不叫喊也不辩解，双手抱膝护着头任凭白大爷的皮带节奏有序地落到自己的后背上。白大妈不敢上前劝阻。袁大妈、杨大妈，连多事的任老太太也只能站在院子里急得直跺脚。几个老太太都知道，越劝打得越厉害，不劝反倒一会儿就平息了。杨大妈在心里叹道：唉！这白大爷看着温和，骨子里却犟得很，几头牛都拉不回来。于是，她又怪罪起杨二来。

你这个短命的小鬼，这下知道闯祸了吧，这一下知道什么是铁什么是钢了吧。死女子，也不动脑筋想想，哪些话该说，哪些话不该说，你都不晓得呀，你白吃几年干饭、白读了几年书。

九岁的杨二眨巴着一双大眼睛，说：妈，人家也不知道嘛。妈，白大爷会不会把白二哥给打死呀？

杨大妈白了杨二一眼，说：什么死不死的，少说这些晦气的话，二女子，你给我记住，以后不许乱说话。

杨二似懂非懂地点了点头。

这之后，白老二跟白老三一个钉子一个眼，兄妹俩较上了劲。白老二称面，后面站着的是紧盯着秤杆的白老三。

五

又一个星期天，四个老伙计依然玩起长牌。老张头起了个头，说起白老二克扣斤两的事由：多大点的事啊，老白，教训教训得了，何必动那么大的刑。袁大爷、杨高人附和着说：就是，就是，你不兴想想，万一把娃儿打残了，咋个办嘛？

在外人面前一向温和的白大爷突然升起一股无名火，他把手中的长牌一摔，气呼呼地说道：我教育我娃儿，管你们球事。说完，扬长而去。

几个老伙计都没料到白大爷会来这么一招，场合立马散了。剩下的三个人又相互埋怨起来：杨高人和袁大爷怪老张头不该多嘴，说老张头哪壶不开提哪壶。老张头又替自己辩解，并责怪杨高人和袁大爷没有教育好各自的娃儿才生出如此事端。杨高人和袁大爷觉得有些憋屈，明明是你老张头不省事，反倒怪起我们来。于是，三个人又都不欢而散。

白大爷去河边看人钓鱼，老张头跟对面的何大爷下起了象棋，袁大爷闷闷不乐地回家倒头就睡，杨高人与昔日球友在巷子口的小酒馆喝酒散心，喝到晚上七点才回家。一回家，杨大妈就埋怨起他来：喝、喝、喝，一天到晚就知道喝，喝死个头。杨高人涨红着脸，眯缝着一双眼睛，醉眼蒙眬地觑了杨大妈一眼，径直到里屋，倒头便睡。

大约过了一个时辰，天渐渐黑了下来。睡意蒙眬之中，杨高人听见有人在门外喊：杨大爷，换灯泡。杨二从堂屋出来，见是白老四，问：灯泡又坏了呀，建设，我进去喊我老汉来。杨高人被杨二叫醒了，趿着一双布鞋，懵懵懂懂走到院坝中央。他接过白老四递过来的灯泡，问：哪边？白老四说：厕所里头的，杨大爷。杨高人就往厕所方向走，边走边喊道：里面有人吗？（男女厕所共用一个电灯）白老四在后面说：杨大爷，我回去拿电筒来，你等一下。

这时，杨二回自家堂屋写作业，只听到一声闷响，也没太在意，等白老四把电筒拿来往厕所里一照，才发现出事了。

白老四朝着杨二惊慌地喊道：杨二姐，快过来，你老汉摔倒了。

杨二从屋里跑了出来，看到摔倒在地上的父亲，吓得直哭：爸，爸，你醒醒！你醒醒！

白老四把电筒扔在地上，跑出院子，他站在巷口，朝着路灯下的一群人大声地喊了起来：杨大爷摔倒了。

此时，几个老太太正在街口的水银灯下一边纳鞋垫一边闲聊着，一听白老四的喊声，老张头与对面院子的何大爷过来了，白大爷正好从外面回来了，袁大爷也睡醒了，几个人手忙脚乱地把杨高人抬到床上。

大伙以为，杨高人睡上一觉就好了。哪知，第二天，杨高人仍然昏迷不醒。大伙这才商量着，找来一辆板板车，把杨高人送到了县人民医院，医生诊断说是突发脑溢血。

医生摇着头，叹息道：你们为什么不早一点把人送来呢？

大伙儿面面相觑。

不几日，四十七岁的杨高人就撒手人寰。

老张头满是内疚，袁大爷后悔不已，白大爷更是追悔莫及。很长一段时间，大院里的过道和厕所一片漆黑，没有人去在意有灯没灯，也不好意思去换坏了的灯泡，好像谁去换了，把大院点亮了，就是对杨高人的不敬。突然有一天，院子早早地亮了起来。后来大伙才知道是杨大妈叫何大爷的儿子来换的。

杨大妈说：人的寿元是老天爷管起的，与灯泡有啥子相干嘛？

杨高人离去之后，场合空闲了很长一段时间。后来，对面的何大爷加入了进来，四个人又开始一起玩牌，日子，终于恢复了平静。

洗 澡

一

小时候，母亲用木盆给我洗澡。那时候的木盆，浅浅的，倒一盆滚烫的水进去，不一会儿，水就变成温热了。人盘腿坐在里面，一点儿也不自在，整个背部都是凉凉的。母亲赶紧用毛巾给我揉搓，三下两下结束战斗。最后，我站在木盆中央，母亲用小半瓷盆温热的水从我的颈部冲刷下来，顿时，那热流像电暖一样地传遍我的全身，滋滋的，润润的，畅快极了。这是洗澡的最后一道程序，也是最惬意的一刹那，让人猝不及防，回味无穷。真想让时间停留于此，长久地享受这种电暖般的通畅和温润。那时候，洗一次澡不容易，尤其是在大冬天，不是水有多宝贵，而是煤太金贵了。烧一锅热水洗澡，将木盆放置在屋子中央，溅得满屋子都是水不说，末了，还要用瓷盆将洗澡水一盆一盆地舀出去，很费事。

母亲幼年丧父，是在外婆和两个兄长以及叔叔们的庇护下长大的。小时候，母亲的家境还算不错，生活也十分讲究。打小，母亲就学会了抽烟。那个年代，女性抽烟是一种时尚。后来，母亲又去私塾念书，搁在她那个年代就有些非凡。为此，母亲常常向我们姊妹五个炫耀她是进士第之后。母亲说，如果不是这时代变幻莫测的话，她的生活应当比现在要好一些。所以，再怎么不方便，我和我姐必定是每周要洗一次澡，这是雷打不动的规矩。通常是在星期天的午饭之后，先洗澡后洗头。那时候，洗头用皂角水。皂角是在我二伯父的农家小院的树上摘的。洗头前先用锤子将皂角捣碎，然后用热水浸泡，取其浸泡之后的皂角水洗头，将皂角水往头上一浇，轻轻一揉搓，泡沫就出来了。在物资短缺的年代，许多家庭还用它来洗衣服，省去了买洗衣粉和肥皂的开支。不过，这也产生出一个弊端，那就是捣碎的皂角渣免不了要残留在洗净的衣服上，怎么抖也抖不掉，越是贴着身体穿的棉织衣服沾得越多。所以，母亲一般不用它来洗衣服。倘若非要用它来洗衣服的话，母亲就会早早地用开水将捣碎的皂角泡上几个小时，然后用父亲在医院里找回来的纱布进行过滤，过滤之后的皂角水就没有一丝尘渣，这样一来，就省去了皂角渣沾满衣服怎么也抖不掉的烦恼。母亲的“纱布过滤法”得到了邻居们的效仿，也给在医院工作的父亲带来了一些小麻烦，大家纷纷去找父亲要纱布。

皂角的形状酷似扁豆，有去污之功效。在20世纪六七十年代，它的市场价格很便宜，远远低于肥皂和洗衣粉的价格，因此，它成为许多家庭首选的洗涤用品。因其性能比肥皂和洗衣粉更加温和，所以，用它来洗头也成为大家的首选之一。当皂角渣沾满湿漉漉的头发时，你不用着急，待头发干了，用梳子轻轻一梳，皂角渣就会慢慢地滑落下来，比沾在衣服上好收拾多了。后来，商店里有了一种上海生产的名叫“海鸥”的专用洗发水，用这种洗发水洗头，头发既柔顺又易于梳理，不像用皂角水洗头，头发不但干燥，而且易打结不好梳理。但即便是有了这样一种专用的洗发水，因其价格因素，还是不能像现在的飘柔一样进入到千家万户。所以，那时候城市家庭里大多数的男性成员都用洗衣粉或者肥皂来洗头发，海鸥则是女性成员的专属品，这是因为男士们的头发短，头发既不打结也不开叉，用好用孬没关系。

二

到了20世纪80年代，我们一家住进了父亲单位里的单元房，洗澡的条件步入一个新台阶。单位里的公共澡堂是淋浴，这自然是一次质的飞跃。那种令我心驰神往的电暖般的热流时时刻刻在我的后背流淌着，并伴随着洗澡的整个过程，让人好不惬意。

单位的澡堂是供职工和家属免费使用的，独立的单间，每间有两至三个喷头。

有单位真好，有一个条件好的单位就更好了。我以前的邻居、儿时的小伙伴方苗苗常常向我抱怨洗澡不方便。方苗苗父亲的单位里没有澡堂子，洗澡还是采用原来的老方法。于是，我经常偷偷地带方苗苗到我们的公共澡堂去洗澡，说她是我表姐。单位里的人熟脸熟识的，大家彼此在澡堂里碰上了，一般也不会说什么，况且带亲戚来这儿洗澡的也不在少数，只要不挤在星期六或星期天就行了。

淋浴式洗澡虽然舒服多了，但也有一个小缺点，就是洗完澡之后，穿衣服不那么畅快。一间澡堂大约有十平方米，两人或者三人同时挤在这样一个空间里沐浴，没什么隐私可言。一般情况下，最好是同时进去同时出来为好。如果你率先洗完，另外两人还在洗的话，你穿衣服时肯定就会被溅上一身水。由于空间狭小，天花板和四周的墙壁上都缀满了水珠儿，水蒸气直往你身上蹿，随时都有可能滴落到你的衣服上。这时候，你又猛然发现湿漉漉膨胀的身体与衣服交织在一起，怎么也拉扯不动。水蒸气像雾一样地罩住了整个房间，空气似乎凝固了，让人有一种欲罢不能的压抑之感。巴不得让外面的冷空气挤进来，把浑身的热能吸出去，好让膨胀的身体收缩。而要如释重负，通常只能等到三个人穿戴完毕，打开门，步调一致地迈向室外，就如同如约而至一般。

三

转眼间，到了20世纪90年代，我只身来到成都工作，租住一个小单间，洗澡又成为不便之事。刚开始，还在同事家里洗过几回，但终因不方便而放弃。那时候，有单元住房的家庭，基本上都使用前锋热水器。热水器一般安放在卫生间里。但卫生间又很狭小，通常只有三到四平方米，甚至还有两平方米左右的。再怎么狭小，也解决了在家洗澡的方便。而作为一个客人，到别人家里去洗澡总觉得是一件很不自在的事情。遇上男主人在家，你在卫生间里洗澡，人家一家人在客厅里看电视。洗完澡之后，主人已经把饭做好了，并邀请你一道吃饭。你还得披散着湿漉漉的头发极不自在地把一顿饭吃完。末了，老是觉得欠着别人什么，总想以什么样的方式去还人家一个人情。到了周末，同事再次发出邀请，自然就会带上一两个菜，一般是红油兔丁或夫妻肺片，要不就是一只樟茶鸭。通常在洗澡前，我那同事要向所有的家庭成员宣布：谁还要上厕所就赶紧得嘞，某某某要洗澡了。于是，同事的哥哥拿了一本故事会悄悄地溜进了卫生间，一蹲就是大半天，一旁的我好不尴尬。还有一回我正在里面洗着，同事的小侄子敲着门对我说：阿姨，你快点，我拉肚子，憋不住了。弄得我心里很不是滋味。打这以后，我再也不到同事家里去洗澡了。

于是，利用中午空闲的时间，我到处闲逛，终于在曹家巷找到了一家国营澡堂。这家澡堂分为男室和女室。女洗澡间足足有三四十平方米，七八个水龙头哗哗地流淌着，一进入浴室，水蒸气散发出来的热气云雾缭绕，潮湿的空气中夹杂着洗发香波的味道。远处看上去，白花花的一片，像粉状的云朵一般，吸着雾蒙蒙的水汽，走近了，才将眼前的景致分辨出来。公共澡堂就是这样，同性之间没有什么隐私可言。当然，你也可以要一个小单间，收费自然就高出许多。而20世纪90年代初期的成都，像这样的国营公共澡堂已不多见了，它们大都是20世纪六七十年代国营旅社或国营澡堂遗留下来的产物。男浴室是一个大池子，有点像现在的公共游泳池和男女共用的温泉池。后来，听老成都讲，在20世纪70年代，地处繁华地段的成都玉泉洗浴中心是成都当时规模最大的国营公共澡堂。那时候，男人们到那儿去泡一次澡一般都要消磨大半天的时间。通常，先在大浴池里泡上一阵，之后披上一根浴巾，躺在一把椅子上，要一碗盖碗茶，一边看报纸一边请师傅来修脚，或掏耳朵，末了，一帮男人聚在一起吹吹国家大事。显然，公共澡堂不单是休闲娱乐的地方，也是社交活动的场所。20世纪90年代中期，玉泉公共澡堂摇身一变成为玉泉大酒店，一种捎带着色情的消费服务模式替代了公共澡堂纯真的集体记忆，它成为成都市最早的桑拿洗浴中心。据说，进去消费一次大约需要人民币四百块钱。

尽管20世纪90年代初期成都的国营澡堂少之又少，但生意却不是很好。除了星期天人多一点以外，平常时间，人少得可怜。按理说，成都市区住平房的居民不在少数，根据成都的天气计算，一年中最冷的时间集中在12月和来年的1月，至少在这两个多月的时间里，澡堂应该是人气兴旺的时候，毕竟这大冬天的，在家里烧水洗澡是一件很费力的事情。但不知什么原因，澡堂依然是冷冷清清的，这让人有些不解。后来，在闲聊中才得知精明的成都人是如何抵御冬天在家里洗澡的寒冷。他们用一块塑料布将木盆像蚊帐一样紧紧地围住，围成一个圆，只在上面留出一个头部大的洞孔来，人坐木盆里面，只露出头来呼吸，这样，里面的水就不容易变冷，这真是一个好办法。

到了20世纪90年代末，我终于有了一间属于自己的小房子，告别了洗澡的诸多不便。穿着浴衣，趿着拖鞋，在屋子里踱来踱去。为此，我养成了每天早晚都要洗澡的习惯，就像一个惯于享受生活的小资一样。通常是在洗完澡之后，用浴袍裹上湿漉漉的身体，舒展地躺在沙发上，一边喝茶一边看书，陶醉在自给自足和丰衣足食的遐想之中。

四

2003年的夏天，因工作原因，我只身来到拉萨，住宿固定下来以后，洗澡的事情又一次摆在我的面前。

拉萨的公共浴池遍布大街小巷，尤其是在人口集中的居住区更是一家挨着一家。浴池分单人间和双人间，洗一次五块钱，还算便宜。我居住的地方是外来人口较为集中距离市区很近的一个小区，它会集了南来北往来自不同省区的人：经营超市的四川人、开发廊的浙江人、开澡堂的江苏人等等。可以说，小区就是一个小社会，你不用出大门就可以在小区里自由地生活与穿行。因此，常常见一些女士穿着睡衣径直走进了洗澡间。

拉萨的气候很干燥，人很少出汗，即便是在夏天也是如此，加之缺氧，洗澡次数过于频繁会耗费人的体力，而且使皮肤变得愈加干燥。通常，人们都是一周洗一次澡，讲究的也要三到四天，这样有利于皮肤油脂生长和新陈代谢。起初，由于我不知道这些情况，仍然保留着每天洗澡的习惯，一段时间下来以后，我的皮肤又干又痒，于是，到自治区人民医院去看门诊，藏族女医生看着我，劈头盖脸地甩过来一句话，语气之中充满着一种坚定和自信：

你是不是每天都要洗一次澡？

我一下愣住了，她怎么知道我每天要洗澡？我在心里寻思着，难道这皮肤瘙痒跟洗澡有关？一个人勤洗澡、讲卫生，有什么不好吗？藏族女医生见我惊讶的表情，语气又缓和了下来，她操着甜美的藏式普通话说：你来西藏时间不长吧！

我点了点头，说：有两个多月了。心里又直犯嘀咕，她怎么知道我进藏时间不长？

你看你，本来就是干性皮肤，西藏的气候又干燥又缺氧，过度洗澡就会导致皮肤的营养和水分流失，自然就不利于皮肤的新陈代谢。像你这样的情况，我接触过不少，他们都是刚来这里不了解高原的气候，这也没什么大不了的，以后注意一点就行了。

我木然地点了点头。

于是，遵照医嘱，我改变了洗澡的策略。

五

2009年，因工作的缘故，我又辗转来到郑州。在居住的徐寨小区，我又一次与公共澡堂结下不解之缘。

郑州的公共澡堂叫洗浴中心，乍一听，我以为是诸如桑拿之类的洗浴中心，心想消费一次肯定不会便宜的。于是，就向同事请教洗澡的相关事宜。同事告诉我说，他们一般都是在洗浴中心洗澡。我愣了一下，问：多少钱一次，贵吗？

他们用惊讶的眼神望着我，说：不贵啊，才五块钱，很便宜的。

徐寨附近有两个公共浴池，一个在北面，一个在南面，两个浴池我都光顾过。分别设有男女大堂和单间，大堂就是四五十个人一起沐浴的公共间，单间有两人间和单人间，但消费一次就是三十元，比起大堂的五元一点不划算，不就是洗一次澡吗，于是，我选择了便宜的大堂。

第一次走进大堂，竟然有一种久违了的陌然，思绪一下把我拉到20多年前。那时，我还是梓城一家国营纺织厂的工人。厂里的公共澡堂就是一个大堂子，可以容纳上百人同时洗澡，而且是免费。记得第一次走进澡堂时，首先映入我眼帘的是白花花一大片的裸体女人。那个时候，电影《画魂》还没拍摄出来，对同性裸体看得最多的是在新华书店翻看过的西方绘画史，里面的插图有许多裸体女人，但一幅图里不过四五个人，顶多也就十几个裸体女人，从未见过这么白茫茫一大片的裸体女人。雾蒙蒙的水蒸气让人看不清她们的面容，但各式各样的形体呈现在我的面前，令我不由得有些尴尬。倏地一下，我面色潮红不知所措，竟然不适应在这一大片陌生女人的面前暴露自己的身体，于是，我穿上内衣走进了大堂子。我的装扮立刻引来众多异样的目光，几十双眼睛齐刷刷地射向我，审视的目光并不想急于收回，我被她们盯得很不自在，紧接着，就传来此起彼伏的议论声：

哟哟哟，不愿让人看，金贵得很吗？

都是女人，有啥看不得，大惊小怪的，假正经。

哎哟，又不是什么金枝玉叶，有啥不能看的。

你一言我一语，难听的议论让人始料不及，也令我十分难堪。女工单位里已婚的大姐大婶们什么样的骚话都说得出来。平时在车间里，我就领教过她们伶牙俐齿的骂人风格，没有一定的承受力是招架不住的，于是，我草草地洗完便逃之夭夭。这之后，我就再也没有在厂里的大浴室洗过澡。

有了那次尴尬的洗澡经历，我对大堂洗澡有了一种莫名的不安，尤其是那种面积特别大的澡堂，它跟现在集体式泡温泉又不一样。泡温泉是男男女女一起行动，大家穿着好看的泳衣，就像阳光下的沙滩，轻松又自在。泡累了，你可以坐在岸边的躺椅上休息，喝着饮料跟朋友一起聊天，打量从你面前经过的那些男人和女人，从他们的表情和体态上，判断出他们之间的微妙关系、身份职业，甚至是生活情态。

如今，郑州的这个大澡堂子又让我不得不去重新面对告别了20多年的洗浴经历。我硬着头皮惴惴不安地走进澡堂，小心翼翼地找到一个墙角的位置，一边慢吞吞地摆放洗发香波和沐浴露，一边观察着周围的动向。澡堂有三四十个喷头，估计有三分之二的喷头都派上了用场。来这里洗澡的女士大都是两三个人一道结伴而来，相互之间有一个照应，很少像我这样单独行动的。我光着身体躲在一边静静地观察着她们。她们一边洗一边闲聊着，对我这个异乡人的到来熟视无睹。渐渐地，我紧张的神经松弛下来。混迹于此的我，没有感到丝毫的不安。或许是随着时间的流逝我已忘却了那段记忆，或许是郑州对于我来说是一个陌生的城市，我面对是一群质朴的北方女人而不是挑剔尖刻的南方女人，或许是自己已经拥有了成熟的心智，足以承受任何的不屑、嘲讽和尖刻甚至是挖苦。所以，当我走进澡堂，眼前立刻浮现出电影《画魂》的镜头，一个超凡脱俗美丽的女子冒着被人唾弃的危险，用一双审美的眼睛诠释着中国女人，无论是年轻的还是年老的，从她们姿态各异的形体就能感受到世事的沧桑和人间的冷暖。这些人生百态就像是生活的缩影，从一个侧面反映出中国妇女的生活情态以及她们的生存现状。

没有了这样的心理负担，洗澡就变得异常轻松。但澡堂的另一项收费服务，搓澡，让人感到有些不自在，因为这项服务是在众目睽睽之下进行的。澡堂的中央置放了一张简易的木床，床面是用人造革装置的，跟理发店的洗头床差不多。一个四十多岁身板壮实的中年妇女穿着内衣站在操作台前。她的面前躺着一位三十多岁体态微胖的年轻女子。那女子半闭着眼睛，全身松软四仰八叉地躺在皮革床上。中年妇女机械地揉搓着她面前的活体，眼睛游离不定，并不时地朝四周张望，完全是程式化的顺序和节奏。中年妇女闭着眼睛就能将整个操作流程演绎得尽善尽美。先从女子的正面开始，然后是左右两侧，最后翻转身体搓背部。中年妇女很麻利，没有漏掉任何一个部位。而那位把自己的身体暴露在众人面前的年轻女子也很沉静，她没有一丝一毫的伪装和掩藏，享受着付费带来的特殊服务，十分惬意。那些站着沐浴的女人们漠然地看着眼前的这一切，并时刻准备着接受这样的礼遇。当然，不是每个人都购买了这样的消费服务，但廉价的收费使得许多女人都愿意加入其中。可能是受条件限制，它与高档休闲会所的桑拿搓澡完全不一样，桑拿搓澡是一对一的服务，场面很安静，现场是没有观众的。

在郑州，像这样的洗浴中心一般都是分布在一些无供暖设施和没有天然气的小区。徐寨是一个人口密集的大社区，一底二层的楼房是农民自主修建的，因此，里面没有任何供暖设施。后来，随着城市化进程的加快，这一地区又成为较为热闹的中心地带，距离小区几百米外就是交通发达的金水路。而一到下午，小商小贩都要汇聚到徐寨摆摊设点，晚上，更是一派热闹的景象。所以，通常是在洗完澡之后，披散着湿漉漉的头发，与熙熙攘攘拥挤不堪的人群擦肩而过，仿佛有一种被掏空的感觉。

按照佛家的说法，洗澡乃是净身，是一件很神圣的事情。洗去尘埃之后，应该回归自然，囿于本我的洁净之中，方能沉寂于心。

而今，对大多数人来说，洗澡乃平常之事，这也是得益于社会的进步和发展。在热带地区，比如我国沿海一带的广州、深圳，洗澡不叫洗澡而叫冲凉，这一地区的人们因为气候常年炎热，上一趟街就汗流浃背，回到家里之后，就必须冲凉消暑，由此，形成了一种必然的生活方式。可见，洗澡并非什么隐晦之事，那是我们每天都要面对的日常琐事。

然而，在西藏，洗澡又成为一种约定成俗的神圣仪式。每到夏末秋初的晚上，在拉萨东南的上空，就会出现一颗十分明亮的星星。这时，藏族人民就开始了一年一度的沐浴节。各地的牧民们在每年的这个时节，都要到附近的河水里洗澡。据说，在这天洗澡，人就会健康愉快，不生疾病。看来，在藏族人民的生活习俗中，洗澡，变成一次美丽的集体行动，一项约定成俗的神圣仪式。由此，将沐浴上升为一种集体无意识精神，超越了洗澡的全部含义，并将洗澡这一仪式演绎成了蓝天白云下的阳光行动，这又多么令人感慨万千啊！洗澡能祛病健体，何乐而不为？虽说这沐浴节只是一个传说，但也让人从中领略到原始生命的激情绽放，因为它是率真的人性回归，是一次集体的审美仪式。

旁观者

头发差不多吹好了，新发型已初具雏形。男人看着镜子里的自己，表情有些茫然，目光仿佛游离在另一个世界。年轻的理发师开始最后一道工序：给头发喷洒定型水，然后将吹风调至最低档位，运用轻柔的暖风轻轻地按压着头发，做好最后的定型，就算大功告成了。于是，年轻的理发师弓着腰兴致勃勃地做着这一切，定完型后，又为男人取下隔在颈部的毛巾，开始为男人整理衣服。

这是一个中年男人，前额的头发有些稀少，但并没有呈现出秃顶的迹象，后面和两侧的头发浓密乌黑，只是在两鬓间有了少许的白发。男人没有中年发福的趋势，不胖不瘦正适中，一身精致的装束显示出这个年龄段的男人的不凡魅力。当年轻的理发师把这一系列程序都做完之后，包括用毛巾拍打残留在男人颈、肩部位的头发等，但男人似乎对这一切并不怎么满意，尤其是对自己的新发型。他盯着镜子里的自己，一副难为情的样子。男人在心里默默地思忖着，究竟是自己的直觉出了问题还是不太适应这刚刚打理过的新发型？因为男人在进入这家理发店之前，是三七分，被年轻的理发师倒饬一番之后，就变成现在的这副模样。

男人在问：这是自己吗？

男人是第一次光顾这家理发店，但这家理发店对男人来说并不陌生。因为他每次到省城来办事都要经过这里，透过玻璃门就能清楚地看见店堂里面的陈设不一般。店面不大，里面全是一些身材瘦削、染着五颜六色头发、衣着光鲜的年轻小伙子，一派生机勃勃的景象，这是时尚发廊的调性。男人从未进来过，也没想要光顾这样的理发店。男人知道在这样的理发店消费一次肯定价格不菲，倒不是因为钱的问题。不知什么原因，男人一进这样的理发店，就有些局促不安缩手缩脚的，可能是不喜欢洗头妹儿像亲人一般嘘寒问暖，也可能是不喜欢那些年轻理发师的故作姿态。二是男人喜欢熟悉的人为自己打理头发，比如自己经常光顾的那家“晨曦”理发店。一走进去，小杨师傅就会亲热地打招呼，不卑不亢的，如果手头正忙着，小杨就会说，要等一下哈，不着急嘛。男人就会说，没关系，等一下就等一下。如果碰巧人多，小杨就会直接告诉男人干脆下午再来。“晨曦”离家很近，是一家小理发店，里面的陈设简单、洁净、明亮，给人一种亲切感，小杨师傅穿得大方得体，头发黑黑的，不像这里的小师傅们衬衣收腰裤子绑腿，脖子还系上一根粗粗的金项链。这样的理发店通常不叫理发店，叫形象设计，扩大了内涵与外延，让人充满了诸多联想。在男人看来，理发店就是理发的地方，怎么又跟形象设计扯上了关系？真是务虚不务实。又比如头发是人的第二张脸，你懂吗？这句话是小艾对小周说的。小艾和小周是公司的员工，两个女孩在洗手间谈论发型样式，碰巧被男人听到了。当时还觉着牛头不对马嘴的，好笑，现在细细品味起来，觉得真有一定的道理。这不，自己被这小年轻一番倒饬，变成了另一张脸，连自己都有些陌生了。

今天，男人正好又路过这里，看见时间尚早，就突发奇想地闯了进来，完全是瞬间的意念做出的决定。男人刚刚迈上台阶，迎宾小姐问男人：先生，是洗头还是剪头？他顿了顿，回答说：洗头。男人被礼貌地请了进来，安排到后面洗头。洗头小姐问：先生有没有中意的发型师？男人随口答道：八号。对，就八号吧。男人知道，到这样的理发店来消费，造型师都是要挂牌编号的，如果客人点了这个发型师，他的牌子就会摘下来。男人是第一次来，当然没有中意的理发师，随口说出的八号，也是因为八这个数字代表吉利的意思。

男人一边回想着这些，一边用手理了理左右两鬓，然后对着镜子，又用手轻轻地按了按头顶，这表明他已经做好接纳新发型的心理准备，也将以乐观的心态去慢慢适应镜子里那张与以往气质略显不同的新面孔。男人在心里默默地念着：管他的，就这么着吧。正这样想着，恰巧，就在这个时候，男人的电话响了。一接上电话，男人似乎找到了生活的重心，比刚才对着镜子寻找失落的自我显得自信多了。在一阵平铺直叙嗯嗯啊啊的语调之后，男人的声音开始变得有了力量，一扫刚才的局促不安。男人似乎在向电话那头的人布置着什么、安排着什么，末了，四周一片静寂，男人的表情就有些僵硬。现在该是电话那边的人嗯嗯点头的时候了。因为一开始男人的声音虽然显得很平和，但还是能从语气中感觉到他说话的分量和威严，不过，又总是能让人愉快地接受，并充满了无比的善意。紧接着，不知什么原因，男人的语气由刚才的平稳变得强硬起来，到最后，男人似乎不想再听电话那头烦琐的解释了，于是，打断对方的絮叨，将说话的语气变成一种命令的口气：你马上去，听清楚没有？电话那头的人好像还想继续解释，犹豫着，没有马上回答男人，于是又把这边的男人撂在一边，这令男人有些尴尬。当然，电话那头的人是感受不到这种缄默的尴尬。男人很急躁，率先打破了沉默，对着电话听筒说：你马上去，就照我说的，你就说是我说的。电话那头的人好像还是一副很为难的样子，迟疑了一下，才接下话茬，好像在说：好吧，我试试看！显然，男人一听这样的回答就有些不高兴了，他冲着电话对听筒那头的人说：我不管你想什么办法，你得给我马上去办理。说完，啪的一声，把电话挂断了。

挂断了电话，男人又重新回到现实的场景中来，但仍然被刚才的电话左右着情绪，一副气急败坏又有些狼狈的样子。他看了看自己的头发，破绽似乎更多了。因说话的声音过于激动而使身体不停地摇晃，加之刚刚喷洒的定型水，头发还没有完全定好型，经男人这般斗志昂扬一甩一摇，有几根不安分的头发就怒发冲冠地跳蹿上来，扰乱了整个阵形，这样看上去就显得有几分怪异。于是，男人将手机放在镜前的柜台上，试图通过轻轻的按压使头顶上那几根特立独行直冲云霄的烦恼丝乖乖就范，但事与愿违。这时候，年轻的理发师在他身后小心翼翼地侍候着，不停地说着客气话，并运用一种类似于台灯样式的吹风机，用手掌轻轻地按着那几根不安分的头发，温柔地安抚着它们。

在理发师的调教下，那几根孤傲、蔑视群雄的发丝终于败下阵来，乖乖地听命于理发师的摆布，男人开始露出了几分满意的神情，但情绪还没有完全调整过来。于是，年轻的理发师继续小心翼翼地平复着男人的头发，将台灯一样的吹风机从头顶移动到后脑勺，还不时堆着一张笑脸与男人搭讪着：哥，你以前的样式不怎么流行了，你看，我给你稍微修剪了一 下，变换了样式，现在这个发型是当下最流行的，大哥剪这个样式看上去年轻多了。男人没有吱声，静静地看着，静静地听着。年轻的理发师接着又说：哥，这一撮头发原来一直放在右边，现在，把它们往左边一拨弄，肯定就不怎么安分了。等一两个星期以后，我再给修剪一次就会完全服帖了。

年轻理发师一番讨好的体己话令男人心潮澎湃。这小伙子一口一口地管自己叫哥，实际上，他比自己儿子还小，应该叫我大叔才对呀。不过，现在帅哥美女早已成为一种随意的口头禅，叫哥叫姐才流行。把对方叫年轻了，人家听着也舒坦。男人在心里笑了，表情也变得柔和起来，对新发型也开始认同了。看到男人面露喜色，年轻理发师的表情也变得轻松起来。男人正欲起身整理衣服买单，然而，不偏不倚，恰在这时，男人的电话又响了，年轻的理发师将手中的电吹风放下，静静地等待男人接听电话。

电话还是刚才那人打过来的，电话接通之后，好像又给了另外一个人，因为这当中男人的表情在空白处停留了几秒钟之后才恢复如常。因为说的是同一件事，显然，男人的怒气未消，电话那头的人在解释，男人听得有些不耐烦，脸上的表情像打了霜，一直僵着，但好像又不好意思冲着电话那头的人发火。这个人说完后又把电话还给了打电话的人，男人这才从僵持的表情中舒缓过来，情绪又开始上扬：困难肯定会有的。那你跟老五抓紧去办，我这边有电话要进来了，要不然，等我明天回来再说。

看来，那个让男人的表情在空白处停留，后来又让男人在焦虑之中默默忍受着他的絮叨的人叫老五，他是这件事的关键人物，男人好像也不敢得罪于他。而打电话的人是男人的下属自然又不敢得罪男人，他把电话拨通之后，很聪明地交给那个叫老五的人来接听。他知道男人不但不敢对老五发火，还要恭敬地听完老五的唠叨，而一旦事情遇到困难，责任似乎又推给那个叫老五的人。这一来二去，实则为一种上乘的策略。

挂断电话之后，男人的表情有些凝重，对着镜中的形象发呆，情绪依然被刚才的电话左右着，他向年轻的理发师示意，意思是叫他继续，年轻的理发师又挥动着他手中的吹风机，轻轻地摆弄着男人那几根顽固的头发，这时，男人不看镜子，只顾想着自己的心事。

正当年轻的理发师左右为难，寻思着如何打破这尴尬的局面，男人的电话再一次响起，这回电话里的人好像不是刚才那个人，因为说的是两件不相干的事，这从男人的表情和对话中可以判断出来。男人显得有些兴奋并一个劲地说着：那是当然的，当然的，应该的应该的嘛！紧接着男人又与对方聊了一些无关痛痒的话题才切入到实质性的主题。问晚上的饭局设在哪里，他要邀请的人最喜欢吃什么菜、喝什么样的酒，一番商量之后，总算将晚上的饭局定在了皇家花园。而这时，那位年轻理发师依然毕恭毕敬地站立在身后任凭男人的差遣。

皇家花园是集餐饮、娱乐、桑拿、保健于一体的高级会所，也是省城数一数二的高级会所。可以看出，男人把晚宴设在那里，说明今晚要宴请的人一定对他很重要，从另一个方面，也说明了男人的实力。

接完这个电话，男人的情绪终于阴转晴了，完完全全地回到了现实中。心情一好，对头发就不再挑剔了。看来，这个电话对男人的情绪至关重要，他向年轻的理发师挥手示意，意思是说可以了。年轻的理发师开始帮助男人整理衣服，然后带着男人来到前台。年轻的理发师满面笑容，谦卑地说：哥，不如办一张会员卡，可以打折，家人也可享用。看男人并没有表示出异议，年轻的理发师又向男人介绍道：普通会员卡五百元起价，打八五折，办一千元打六折，办两千元就是贵宾卡了，打五折，还要免费送洗发水、焗油等。依哥这身份，还是办一张贵宾卡划算一些。

男人想了想，一张卡才两千块钱，不贵，反正自己经常要到省城来办事，公司里其他人来办事也可以用。于是，男人掏出了钱夹，说：行吧，两千就两千。男人的钱夹是长方形的，黑色的牛皮很精致，钱包的外形上印有英文图案的标志，一看就知道是一款进口的国外名牌。男人把钱包伸展开来，里面的各种卡紧贴着皮夹里的那些小隔层。男人像许多成功人士一样在钱包这样一方小小的领地上展示着自己的地位、身份和拥有的权力。男人利索地从一沓厚厚的人民币中抽出二十张百元面钞递给年轻的理发师，年轻的理发师走到前台去为男人结账。这时，男人拿出手机打了一个电话，只说了一句话：我这边已经弄完了，你过来吧。这回男人很快就挂断了电话，从年轻的理发师手中接过了贵宾卡。

柜台里的那位漂亮小姐谦卑对男人说：先生，本次消费折后价一百元，你卡里还有一千九百元。男人在心里咯噔一下，像是受到某种异物的撞击，晨曦洗剪吹才二十元，但他很快又恢复了平静。

男人本来只是想简单地洗吹一下，可最后，不但剪了新发型，还时髦地办了一张贵宾卡。

男人今天是洗、剪、吹，全方位的，并且是干洗，花掉一个多小时的时间。在晨曦统共不过半个钟头。晨曦只有水洗没有干洗这项服务。干洗与水洗的区别就是，少一道按摩的程序。选择干洗主要是为了打发充裕的时间。男人到省城办事，按照约定的时间尚早，自然是闲着无聊，或者头皮发痒，敦促男人应该洗头了。两个前提条件只要有一个成立都有可能将洗头转化为现实，但后一个条件是最具有说服力的。其实，男人来省城办事之前，就应该洗头了。由于这次走得太匆忙，来不及到晨曦去找小杨。小杨是一个三十多岁的小伙子，已经为他打理头发五年多了。小杨说自己也是一个与时俱进的人，每年都要到省城进行短期进修。只不过小杨的穿着老气横秋，不像这里的年轻人这般新潮。给男人理发的年轻人也就二十出头，穿着紧身的黑衬衣，脖子上还戴了一条金项链，头发染成了红色，刘海浓密整齐地排列至眉眼处。男人知道这叫哈韩风，他是听儿子说的。儿子说这种发型一般是十七八和二十多岁小男生追求的风格，有点媚。儿子三十多了，结婚三年多，孩子都一岁多了。儿子追求的风格是简单、大方的英伦风范。儿子说，他不喜欢哈韩风，不男不女的，缺少阳刚之气。男人经常会从儿子儿媳那里听到一些新鲜的网络用语，也试图了解并学习学习，但儿子总是一句话就把他打发了：老汉，你跟我们有代沟，跟你说了你也不懂。儿子一副不耐烦不情愿的样子，哪像这位年轻人这般温柔体贴。男人突然喜欢上了哈韩风，觉得这样的小伙子做事仔细、耐心又周到，时刻让人感受到一种温馨，一看就知道是穷人的孩子早当家。一想到这些，男人又开始检讨自己，自己都是当爷爷的人了，刚才还这般不明事理地挑剔这位小朋友，就有些百感交集了。男人在猜测，这位小年轻肯定是从农村来的，没有上过大学，十四五岁就开始学手艺，混到今天能成为中级技师已经是很不错了。因为小年轻的造型收费标准是中级，二百，店里只有一位高级技师，剪一次头是三百。男人是在服务小姐给他办卡的间隙，看到墙壁上贴着一排照片，其中，小年轻与另外三名中级技师并排一列，高级技师单独列在最前排，后排则是两个技师，收费标准是一百元。

趁着办卡的间隙，男人又从前台绕到旁边的大镜前，仔细地端详自己的新发型，不由得心中荡起阵阵涟漪：自己看上去的确年轻了好几岁，这是不争的事实。男人的头发集中到中间，遮住了宽宽的额头，整个面部显小了，人也精神了，这种发型是先定好型，用吹风轻轻地烘干，之后，再用手随意地抓弄一番，这样看上去很自然，不像原来的老式三七分，头发贴着头皮，脸显得宽大圆润，前额突显出来，将自身的弱点昭然若揭。男人在心里笑了。当然，暴露自身缺点这句话，是那位小年轻给男人提建议时说的。乍一听，有些生气，后来仔细品味起来，又觉得十分在理。因为小年轻说这话时很委婉，语气又柔和，哪像儿子那般生硬。本来，男人来理发店只是想洗吹一下，一坐下来，这小年轻就开始对男人做建议之类的动员工作了，说男人的脸型更适合什么样的发型，完全没必要像现在这样把自己的缺点暴露在外，男人知道这是在推销业务，但这小年轻说话温柔，处处顺着自己，尤其是那一声一声的哥，叫得十分顺溜，男人仿佛重新找回了自信，于是，男人听从了建议。后来，洗头的小妹也叫男人哥，边洗边向男人推荐一种洗发水，说是洗了这样的洗发水，头发柔顺光亮、香气四溢，是德国生产的，小妹一口一口地哥，叫得甜甜的、润润的，于是，男人又洗了小妹介绍的德国洗发水。于是，小妹又说，先生可以办一张卡，这样消费起来，可以省一半的费用，男人觉着这个小妹的服务态度不错，于是，答应考虑考虑小妹的建议。后来，小年轻也说了办卡的事情，男人就不好意思再推辞了。

现在，回过头看看男人离开这家理发店的最后一个画面，男人接过前台那位漂亮小姐递过来的卡，将它放到钱夹内，然后畅然地吸了一口气，算是对自我形象做出的肯定。随后，他笑了笑，对年轻的理发师挥了挥手，说：下次再来找你哈，八号。八号为男人拉开玻璃门一直把男人目送到外面。

一个月以后的某一天，男人又来省城办事。他特意将卡别在钱夹里，准备来这家理发店洗头。到了这里，却发现大门紧闭。男人好生奇怪，走近一看，发现理发店的门前聚集了许多中年妇女，男人上前一打听，才知道这些看上去穿着十分讲究的中年妇女跟他一样是这家理发店的贵宾。这两天，她们到理发店来洗头时，才发现这家理发店的大门已经关闭好几天。她们怀疑这家理发店借办卡之名有欺诈消费者之嫌疑。男人听后，吃了一惊，心想，天下竟然还有这样的事，怎么从来没有听说过？男人本想打听得详细一些，但强烈的自尊心使他不好意思向这些女会员们打听。男人在心里一阵苦笑。紧接着，男人又发现上当的会员全是中年妇女，怎么就没有一个男士呢？或许，男会员们还不知道自己被骗了，要不就是男会员们不好意思聚集到这里与女会员们一道七嘴八舌地声讨理发店的罪行。男人并没有将这一发现告诉那些女会员。女会员也当男人是一路人，可能是出于好奇，才向她们打听。

于是，男人就索性把自己当成一个旁观者。

男人建议大家不要惊慌，赶紧报案，一是报110，二是打工商局的消费者热线电话。于是，有女会员听从了男人的建议，打了电话，不多时，110和12315都来了，顿时，女会员们的情绪又都激动起来，她们簇拥在工作人员的面前，诉说着各自的遭遇，愤怒声讨“形象设计”的罪行。相关部门的工作人员叫大家不要着急，一个一个地口述、做笔录。

这时候，男人悄悄地离开了现场。

时间 在文字里复活

郭 顺

偶然间，读到王旭全的诗集《我的子弹不转弯》，里面有许多大气磅礴的作品，让人眼前一亮。后来，见其本人时，她却告诉我，她大约有十年未写诗了。从事媒体工作的王旭全，由于工作很忙，鲜有过多的时间潜心于写作。后来，当她把这本《天使望故城》的电子版发给我时，我抽出时间来细细品读，发现从诗歌的跳跃转化为细腻的描写，那些发生在过去岁月里的人和事在王旭全的文字里复活了。我没有想到的是，她的叙事能力是如此的流畅，而且依然是视角独特。诗人大都敏感、忧郁、情绪化，但王旭全给我的印象却不是这样的。除了敏感以外，后面两种气质并不属于她。相反，她很乐观，有时还很风趣，这跟她所从事的职业有关。作为一名新闻工作者，她每天都要面对不同的采访对象，去聆听他们的烦恼和忧愁，帮助他们解决生活中遇到的难题，因此，角色的转换在她的文字里得到了充分的体现。

故城，对每一个人而言，爱或不爱，皆是无法抹去的岁月痕迹。莫言的高密，刘震云的延津，王安忆的上海胡同，这充分说明了故土是作家离不开的创作源泉。因此，《天使望故城》也定格在作家生活了二十多年的故土——梓城，一个封闭落后的川北小县城。

整部书由十个短篇构成，主要讲述了发生在20世纪二三十年代至七八十年代的事情。篇中那些小人物虽然没有大起大落、大悲大喜的曲折命运，但他们却是那个时代的缩影，是那个特定年代大多数中国老百姓的生活现状。在这些充满苦涩的回忆里，我们依然能感受到人性的善良给生命带来的温暖和力量。尽管人物的命运是悲苦的。将过去的记忆与现实的感悟进行比照，折射出了作家对现实的独特思考。

一个人，一座城。一个人的故事延伸出这座城市的集体记忆。因为，每个故事里都包含着一种集体无意识精神，从另一种层面上理解，也是对文化的一种考量。一方水土养育一方人，这些故事被烙上岁月的痕迹，植根在故乡的泥土里，让我们的记忆不再有缺憾和空白。

在《父亲的学习班里》，王旭全写到，三岁的王影儿有了人生的第一次记忆。人生的最早记忆竟然是从父亲参加学习班开始的。以一个三岁小女孩的视线为切入点，勾勒出当时的政治文化背景和生活形态。在书中，作家对“三反”“五反”虽然只是点到为止，但它依然勾起了我们对过去的反思。父爱如山。对作家而言，通过文字记录的方式来怀念父亲，让父亲的光辉形象永远留在这些字里行间，这又是多么幸福的一件事。

同样，《粉蒸羊肉》也是从一个小女孩的视角入手，讲述了一个母亲对女儿的思念之情。为了能使女儿有一个快乐健康的童年和温暖的家，母亲不惜牺牲自己的幸福甚至是生命。

《枪毙王远林》讲述了一个盗窃犯的心路历程，读来发人深省。王远林偷东西的目的不是销赃变现，而是把偷来的东西视为宝物加以欣赏。到后来偷盗成瘾，竟然发展到一种痴迷的状态。行刑前的王远林，口中仍然念念不忘那些偷来的“宝物”。

《洗澡》讲述了不同时期洗澡给人们带来的困扰。如今，随着居住环境的改善，洗澡，已成为我们日常生活的一部分，不足挂齿。按照佛家的说法，洗澡乃是净身，是洗去尘埃之后的一片清新。所以，在西藏地区，洗澡仍然被视为一项神圣的仪式。由此延伸的沐浴节，不但是一次阳光下的集体行动，而且还能祛病消灾。

《捕获者》讲述的是一群小学三年级的学生，利用星期天的时间去市场周边，逮那些贩卖票证的投机分子。

《二舅与女学生》，讲述的是一个固守传统文化和道德观念的老学究，一心向往着自由恋爱的新式婚姻。在二舅的心目中，理想的婚姻对象就是剪着短发的女学生。女学生不但要有知识，而且还要具备温文恭俭谦让的传统美德。但二舅最终还是没能逃脱媒妁之言的命运。二舅是一个充满矛盾的小人物，满怀理想却又胆小怕事，而这些性格特征正是二舅命运的悲剧所在。

《城关医院》讲述了一个镇级医院沉浮的故事。在医疗资源极度匮乏的年代，人们对中西医的懵懂认识和对医生的敬畏之情。

《车路口逸事》，从一只公鸡黄毛的命运入手，讲述两个疯子的故事。两个疯子一静一动，分别以自己的不同方式表达出对世界的爱与恨。勾画出一幅20世纪70年代中期小城镇的现实生活图景。

《旁观者》，讲述的是一个中年男人在省城一家高档理发店的遭遇。理发师谦卑、热情的服务态度迎合了中年男人的虚荣，于是，一个老套的骗术发生了。

《杨高人》，一个幸福快乐的小人物。一个计划经济时代的特长生，因与众不同的高度，成为小城的名人，后又因高度走完了短暂的一生。

时间，记录了一个人的存在方式，回忆，又让过去的时间有了温度，也使那些毫无光泽的日子变得鲜亮起来。然而，时间只是记忆的符号，那些摇曳在时间里的人和事才是我们要追忆和感怀的对象。因为，它使我们的生命得到了升华。这是因为我们已经把生命交付于时间，交付于历史。而赋予我们生命价值的就是这些充满灵性和力量的文字。文字是掷地有声的语言符号，是充满质感和血性的画面，可以不受时空的限制，帮助我们留住人世间最美好的事物。这本书想要告诉我们的就是，用理性的方式去触碰那些感伤的记忆，把它融进水一样的日子，生命就变得温润、剔透、明了、柔韧。那就让这故城的时光去消解我们内心的张皇，让我们的记忆在时光的背影里变得越来越理性，越来越有温度。

郭　顺：剧作家。主要中英文作品有话剧《微光》《远方》《零号病区》《红老鼠，黑老鼠》，电影文学剧本《饕餮》《第三国来的孩子》，电视连续剧《走过旧金山》，长篇小说《天痛》等。现在在美国某大学任教。